LE VAISSEAU QUI CHANTAIT

ŒUVRES D'ANNE McCAFFREY
CHEZ POCKET

LA BALLADE DE PERN

1. LE VOL DU DRAGON
2. LA QUÊTE DU DRAGON
3. LE CHANT DU DRAGON
4. LA CHANTEUSE-DRAGON DE PERN
5. LES TAMBOURS DE PERN
6. LE DRAGON BLANC
7. LA DAME AUX DRAGONS
8. L'AUBE DES DRAGONS
9. HISTOIRE DE NÉRILKA
10. LES RENÉGATS DE PERN
11. TOUS LES WEYRS DE PERN
12. LES DAUPHINS DE PERN

CHRONIQUES DE PERN

1. LA CHUTE DES FILS

LE VOL DE PÉGASE

1. LE GALOP D'ESSAI
2. LE BOND VERS L'INFINI
3. LA ROWANE
4. DAMIA

LA TRANSE DU CRYSTAL

1. LA CHANTEUSE CRYSTAL
2. KILLASHANDRA
3. LA MÉMOIRE DU CRYSTAL

LA DAME DE LA HAUTE TOUR
(Le Grand Temple de la S.-F.)
LES FORCES MAJEURES
(avec Elizabeth Scarborough)

SCIENCE-FICTION

Collection dirigée par Jacques Goimard

ANNE McCAFFREY

LE CYCLE DES PARTENAIRES

LE VAISSEAU QUI CHANTAIT

POCKET

Publié aux éditions Ballantine, États-Unis,
sous le titre original :

THE SHIP WHO SANG

Si vous souhaitez recevoir régulièrement
notre zine **« Rendez-vous ailleurs »**, écrivez-nous à :

« Rendez-vous ailleurs »
Service promo Pocket
12, avenue d'Italie
75627 PARIS Cedex 13

PRESSECO
PAPIER RECYCLÉ
NATURE PROTÉGÉE

ISBN 2-266-06834-2

LE VAISSEAU QUI CHANTAIT

Elle était née à l'état de « chose » et, comme telle, serait condamnée si elle ne passait avec succès le test de l'encéphalographe obligatoire pour tous les nouveau-nés. Il ne fallait pas oublier, en effet, que si les membres étaient peut-être tordus, le cerveau, lui, était bien conformé, que si les oreilles entendaient à peine, si les yeux ne voyaient que vaguement, l'esprit dissimulé derrière eux pouvait être réceptif et alerte.

L'électro-encéphalogramme se révéla tout à fait favorable, plus même qu'on ne l'espérait, et l'on alla porter la nouvelle aux parents qui attendaient, éplorés. Il leur restait à prendre une décision cruelle : soit soumettre leur enfant à l'euthanasie, soit lui permettre de devenir un « cerveau » encapsulé, un mécanisme directeur auquel on assignerait une profession parmi beaucoup d'autres. S'ils choisissaient la deuxième solution, leur progéniture ne souffrirait pas, mènerait pendant plusieurs siècles une existence confortable dans une capsule de métal, et rendrait en même temps d'incalculables services aux Mondes Centraux.

Elle vécut et on lui donna un nom : Helva. Pendant ses trois premiers mois de vie végétative, elle agita ses pinces, lança de faibles ruades de ses pieds bots, bref se comporta comme n'importe quel bébé de son âge. Elle n'était pas seule car la grande nursery spécialisée de la cité abritait trois autres enfants semblables à elle. Bientôt, on les transporta au laboratoire, où leur délicate transformation commença.

L'un des bébés mourut au cours du transfert initial mais les dix-sept autres membres de la « promotion » prospérèrent dans leurs coquilles de métal. Au lieu d'agiter ses pieds, les impulsions neurales d'Helva actionnaient des roues ; au lieu de saisir les objets avec ses mains, elle manipulait des extensions mécaniques. Au fur et à mesure de sa croissance, on lui ajusterait des synapses de plus en plus nombreux, qui commanderaient d'autres mécanismes destinés à assurer l'entretien et le fonctionnement d'un astronef. Car Helva était censée devenir le « cerveau » d'un patrouilleur ; elle serait associée, selon son choix, à un homme ou à une femme qui en deviendrait la moitié mobile. Elle appartiendrait à l'élite de son espèce. Ses premiers tests d'intelligence avaient donné des résultats supérieurs à la normale et son indice d'adaptation était exceptionnellement élevé. Si son développement à l'intérieur de sa coquille ne décevait pas les espérances que l'on formait à son sujet, et si les manipulations que l'on infligeait à son hypophyse ne produisaient aucun effet secondaire, Helva mènerait une existence riche, valable, insolite, bien différente de celle qui l'aurait attendue si elle était née « normale. »

Cependant, ni les diagrammes de ses circonvolutions cérébrales ni les premiers tests destinés à déterminer son Q.I. ne pouvaient révéler certains aspects essentiels de sa personnalité, que le Centre pourtant devait connaître. Il lui faudrait patienter pendant les délais officiels, avec l'espoir que les doses massives de soutien psychologique qui lui étaient administrées suffiraient à la préserver des tensions exercées par sa solitude contre nature et par sa profession. On ne pouvait risquer qu'un astronef actionné par un cerveau humain sombrât dans la délinquance ou dans la démence avec les ressources énergétiques et autres dont le Centre devait équiper ses patrouilleurs. Bien entendu, la technique employée par le Centre avait depuis longtemps dépassé le stade expérimental. La plupart des bébés survivaient aux manipulations pituitaires qui permettaient, grâce à une méthode perfectionnée, d'interrompre leur croissance, éliminant ainsi la nécessité de transferts successifs dans des capsules de plus en plus grandes. Et un nombre infime succombait au moment où l'on procédait aux derniers raccords avec les tableaux de contrôle de l'astronef ou de la machine industrielle. Quelles que fussent leurs déformations congénitales, les êtres encapsulés ressemblaient par la taille à des nains adultes, mais le cerveau bien orienté n'aurait accepté pour rien au monde d'échanger son sort contre celui de l'homme le plus beau de l'Univers.

Donc, pendant plusieurs années heureuses, Helva s'ébattit dans sa coquille en compagnie de ses camarades, jouant à Bloque-Moteur, à Cache-Énergie, étudiant les techniques de la trajectoire et de la propulsion, les mathématiques, la logistique, l'hygiène mentale, des éléments de psychologie extraterrestre, la philosophie, l'histoire spatiale, le droit, les règlements de la circulation, les codes... tous les et cetera nécessaires à la formation d'un citoyen raisonnable, réfléchi et bien informé. Enfin, chose moins évidente pour elle mais beaucoup plus importante aux yeux de ses professeurs, elle assimila les préceptes de son conditionnement avec autant de facilité que son liquide nutritif. Un jour, elle penserait avec reconnaissance au ronronnement patient de l'instructeur qui agissait au niveau de son subconscient.

La civilisation à laquelle appartenait Helva n'était pas sans abriter certaines associations pacifistes, dont les membres s'affairaient à dépister les cas de cruauté à l'égard de citoyens terrestres ou extraterrestres. Helva venait d'entrer dans sa quatorzième année lorsqu'un groupe de ce genre s'enflamma au sujet des « enfants » encapsulés. S'inclinant devant la nécessité, les autorités du Centre haussèrent les épaules et organisèrent une visite des Écoles Laboratoires, qu'elles firent débuter par la biographie de leurs sujets, avec photos à l'appui. Rares étaient les comités qui résistaient aux premières de ces photos. La plupart des objections qu'ils pouvaient formuler à l'égard des « capsules » s'effaçaient devant le soulagement qu'ils éprouvaient à la pensée de savoir ces corps hideux (pour eux tout au moins) heureusement dissimulés à leur vue.

Helva assistait à un cours de dessin, matière facultative de son programme chargé. Elle avait activé l'un de ses outils microscopiques dont elle se servirait plus tard pour procéder à des réparations délicates dans diverses parties de son tableau de contrôle. Son modèle était grand — elle travaillait à une copie de la Cène — et sa toile minuscule : la tête d'un petit clou. Elle avait ajusté sa vision au degré convenable. Absorbée par son œuvre, elle fredonnait distraitement, émettant un son bizarre. Les êtres encapsulés utilisaient pour parler leurs propres cordes vocales et leur diaphragme, mais l'orifice par lequel passaient les ondes sonores tenait plus du microphone que de la bouche. Aussi le bourdonnement d'Helva, bien que réduit à des variations chromatiques hasardeuses, se distinguait-il par une richesse, une suavité, une vibration curieuses.

« Mon Dieu, mais quelle jolie voix vous avez », dit l'une des visiteuses.

Helva leva les « yeux » et vit un panorama fascinant de cratères sales, disposés avec régularité sur une surface rose écailleuse. Son fredonnement se mua en un hoquet de surprise. Instinctivement, elle réajusta son degré de vision : la peau perdit son aspect de terrain volcanique et les pores reprirent des proportions normales.

« Oui, madame. Nous suivons pendant plusieurs années des cours qui nous apprennent à corriger notre voix, dit calmement Helva. Les particularités vocales deviennent souvent excessivement irritantes au cours de voyages interstellaires prolongés, et doivent être éliminées. Ces cours m'ont beaucoup plu. »

Bien que ce fût là le premier contact d'Helva avec des êtres non encapsulés, elle accueillit l'expérience sans se départir de son calme. Toute autre réaction eût été immédiatement signalée.

« Je voulais dire que vous chantiez bien... ma chère enfant, expliqua la dame.

— Merci. Aimeriez-vous voir mon dessin ? » demanda poliment Helva. Son instinct la poussait à éviter les conversations d'ordre personnel, mais elle enregistra le commentaire de sa visiteuse dans un coin de sa mémoire pour le méditer plus tard, à tête reposée.

« Votre dessin ? fit la dame.

— Je suis en train de reproduire la Cène sur une tête de clou.

— Oh ! vraiment ! » gazouilla la dame.

Helva grossit sa vision et contempla son œuvre d'un œil critique.

« Bien sûr, certaines nuances ne correspondent pas tout à fait à celles du vieux Maître, et la perspective est défectueuse, mais je crois que c'est une bonne copie. »

Les yeux de la dame, n'étant pas adaptables, lui sortaient de la tête.

« Oh ! j'oubliais ! » s'écria Helva d'une voix réellement contrite. Si elle avait pu rougir, elle l'aurait fait. « Les gens de votre espèce ne peuvent pas modifier leur degré de vision. »

Le responsable de cet entretien eut un sourire à la fois fier et amusé, tant le ton d'Helva exprimait de pitié pour ces infortunés.

« Tenez, cela vous aidera », proposa Helva, en présentant au bout d'une extension une loupe qu'elle posa sur le tableau.

En proie à une sorte de choc, les messieurs et les dames du comité se penchèrent pour examiner la copie brillante et parfaitement exécutée de la Cène sur une tête de clou.

« Eh bien, observa un monsieur qui avait été forcé d'accompagner sa femme, le Seigneur peut manger là où les anges craignent de poser le pied.

— Ne feriez-vous pas allusion, monsieur, s'enquit poliment Helva, aux controverses qui eurent lieu durant le Moyen Age concernant le nombre d'anges qui pouvaient tenir à la fois sur une tête d'épingle ?

— C'est effectivement à cela que je pensais.

— Si l'on substitue le terme "atome" au terme "ange", et si l'on connaît la composition métallique de l'épingle en question, le problème n'est pas insoluble.

— Et votre instruction vous permet de le résoudre ?

— Bien sûr !

— A-t-on pensé à inclure dans cette instruction le sens de l'humour, jeune demoiselle ?

— On s'efforce, monsieur, de développer en nous le sens des proportions, ce qui revient à peu près au même. »

Le monsieur émit un petit rire appréciateur et se dit qu'il n'avait pas perdu son temps.

Si le Comité d'Enquêtes mit plusieurs mois à digérer la nourriture intellectuelle que lui avait servie l'École Laboratoire, il alimenta également pendant un certain temps les pensées d'Helva.

Pour devenir applicable à son cas, la technique du « chant » nécessitait quelques adaptations. Helva, bien entendu, avait eu, à son grand plaisir, l'occasion d'assister à des cours de critique musicale qui comportaient l'audition des classiques les mieux connus, tels *Tristan et Isolde*, *Candide*, *Oklahoma*, *les Noces de Figaro*, les chanteurs de l'âge atomique, Eileen Farrell, Bob Dylan, Geraldine Todd, sans oublier les bizarres progressions rythmiques des Vénusiens, les gammes visuelles capellannes et les concerti sonores des Altaïriens. Mais, pour un être encapsulé, la technique du « chant » posait des problèmes considérables. L'éducation d'Helva lui avait appris à examiner successivement tous les aspects d'une situation donnée avant d'établir un pronostic. Parfaitement équilibrée entre l'optimisme et le sens des réalités, l'attitude antidéfaitiste des êtres encapsulés leur permettait de se tirer d'affaire, eux, leurs appareils et leurs équipages, dans les circonstances les plus insolites. Helva ne se laissa donc pas décourager par le fait qu'entre autres inconvénients elle ne pouvait ouvrir la bouche pour chanter. Elle inventerait une méthode qui triompherait de toutes ces difficultés.

Pour commencer, Helva étudia les méthodes employées depuis le début de l'histoire pour reproduire le son, par l'intermédiaire des organes humains et des instruments de musique. Son équipement à elle était plus instrumental que vocal. Le contrôle de la respiration et la prononciation correcte des voyelles lui parurent exiger des efforts sérieux et de longs exercices. Les êtres encapsulés ne respiraient pas à proprement parler. L'oxygène et les autres gaz qui leur étaient nécessaires ne leur parvenaient pas de l'air ambiant par le canal des poumons, mais d'une solution artificielle contenue dans leurs capsules. Au terme de ses expériences, Helva découvrit qu'il lui était possible de manipuler son unité diaphragmatique de manière à soutenir le son. En relaxant les muscles de la gorge, en dilatant la cavité orale jusque dans les sinus frontaux, elle parvenait à placer sa voix de la manière la plus favorable à la reproduction microphonique. Elle compara les enregistrements de sa propre voix à ceux des chanteurs modernes et fut enchantée du résultat, bien que les premiers se distinguassent par une sonorité particulière, pas du tout désagréable mais simplement unique. Acquérir un répertoire grâce à la bibliothèque du Labo ne soulevait aucune difficulté pour une personne dont la mémoire atteignait à la perfection. Helva se découvrit capable de chanter n'importe quel rôle et n'importe quel air. Il ne lui serait jamais venu à l'idée qu'on pût s'étonner d'entendre une chanteuse incarner indifféremment une basse, un baryton, un ténor, une alto, mezzo, soprano ou coloratura. Pour elle, il s'agissait simplement de savoir adapter la reproduction sonore et le contrôle du diaphragme à chaque cas.

Si les autorités remarquèrent ses curieuses distractions, elles n'en discutèrent qu'entre elles. On encourageait les êtres encapsulés à se trouver un violon d'Ingres, du moment qu'il ne nuisait pas à leur travail technique.

A l'occasion du seizième anniversaire de son entrée dans sa capsule, Helva reçut son diplôme et fut installée dans son astronef, le XH-834. Sa coquille permanente de titanium fut encastrée, derrière une barrière plus indestructible encore, dans l'axe central du patrouilleur. On brancha définitivement les unités nerveuses, sonores, visuelles et sensorielles. Les extensions furent détournées, branchées ou augmentées. Enfin, Helva étant endormie sous l'influence d'un anesthésique, on procéda aux dernières dérivations cérébrales, infiniment délicates. Quand elle se réveilla, elle *était* l'astronef. Son cerveau, son intelligence en contrôlaient chaque fonction, de la navigation au chargement du fret dont un patrouilleur de sa classe pouvait avoir besoin. Elle était capable d'assurer sa propre sécurité et celle de sa moitié mobile dans les situations les plus difficiles que le Centre connût ou qu'une imagination fertile pût inventer.

Son premier vol réel (car, comme tous les êtres de son espèce, elle accomplissait des simulations de vols depuis l'âge de huit ans), prouva qu'elle possédait parfaitement toutes les techniques de sa profession. Elle était prête pour les grandes aventures et pour l'arrivée de son partenaire.

Neuf patrouilleurs qualifiés flânaient dans les baraquements de la base le jour où Helva entra en service. Plusieurs missions urgentes réclamaient leur attention, mais, dans certains services du Centre, on s'intéressait à Helva depuis pas mal de temps et chacun de ces services était bien décidé à se la faire affecter. En conséquence, on oublia de présenter à Helva ses partenaires éventuels. C'était toujours le vaisseau qui choisissait son partenaire. S'il y avait eu à ce moment-là sur le terrain un autre « cerveau », il aurait conseillé à Helva de faire le premier pas. Mais il n'y en avait pas. Aussi, pendant que les services des Mondes Centraux se disputaient entre eux, Robert Tanner quitta furtivement la caserne des pilotes, traversa l'aérodrome et s'approcha de la svelte coque métallique.

« Il y a quelqu'un ? demanda-t-il, en manière de plaisanterie.

— Bien sûr, répondit Helva avec logique, en activant

ses radars extérieurs. Vous êtes mon partenaire ? s'informa-t-elle avec espoir en reconnaissant l'uniforme des patrouilleurs.

— Je le deviendrai avec plaisir si vous le désirez, répliqua-t-il, sincère.

— Personne n'est venu. Je me disais qu'il n'y avait peut-être pas de partenaires disponibles, et je n'ai reçu aucune directive des Mondes Centraux. »

Sa voix était plaintive. Elle s'en rendit compte elle-même, mais elle s'ennuyait, seule sur cet aérodrome obscur. Elle vivait depuis toujours en compagnie d'autres capsules et, les derniers temps, elle avait été entourée par de véritables essaims de techniciens. Sa solitude soudaine avait perdu son charme provisoire et commençait à l'oppresser.

« L'absence de directives serait plutôt un sujet de joie que de regret, mais il se trouve que, sans me compter, huit autres types se rongent les ongles en attendant d'être invités à votre bord, superbe créature. »

Tout en parlant, Tanner était entré dans la cabine ; il effleurait des doigts, avec délectation, les cadrans, la couchette antigravité, inspectait les cuisines, le poste de pilotage, les compartiments pressurisés.

« Si vous voulez à la fois vous venger du Centre et nous faire à tous une faveur, appelez la Caserne et organisez une petite surprise-partie. On pendra la crémaillère et vous choisirez votre partenaire. D'accord ? »

Helva rit sous cape. Il ressemblait si peu aux gens qui visitaient parfois le Laboratoire, aux divers techniciens qu'elle avait eu l'occasion de rencontrer. Il était si gai, si sûr de lui, et l'idée qu'il venait de lui suggérer était si amusante. Rien, dans le règlement, ne lui interdisait de la mettre en pratique.

« Les communications ? Ici, XH-834. Passez-moi la Caserne des Pilotes.

— En visuel ?

— S'il vous plaît. »

Le tableau d'une pièce remplie d'hommes affalés dans les différentes postures de l'ennui apparut sur l'écran.

« Ici XH-834. Les patrouilleurs sans affectation veulent-ils me faire l'honneur de monter à mon bord ? »

Huit silhouettes bondirent sur leurs pieds, saisirent leurs vêtements, débranchèrent des prises de magnétophone, lancèrent aux quatre coins de la pièce draps ou serviettes.

Helva interrompit la communication. Tanner, gloussant de joie, s'installa pour attendre l'arrivée de ses collègues.

Helva fut prise dans un tourbillon de joie et d'impatience, fort éloigné de l'état d'âme qui caractérisait habituellement les êtres encapsulés. Une actrice le soir de la première ne se fût pas montrée plus craintive, plus nerveuse, plus agitée. Mais, à la différence de l'actrice, Helva ne pouvait, pour se soulager, piquer une crise de nerfs, casser des porcelaines ou des boîtes à maquillage. Par contre, elle pouvait, bien sûr, vérifier son stock de boissons et de comestibles. Ce qu'elle fit, et Tanner entama le premier les vivres sélectionnées par l'officier d'intendance.

Dans l'argot de la base, les patrouilleurs se nommaient « les muscles », par opposition aux « cerveaux ». Ils devaient subir un entraînement aussi rigoureux que leurs partenaires et seuls les étudiants qui avaient obtenu les notes les plus élevées dans les différents collèges du monde entier étaient admis à suivre les cours du Centre. Aussi les huit jeunes gens qui escaladèrent la passerelle et se pressèrent dans le sas hospitalier d'Helva étaient-ils des spécimens d'une beauté, d'une intelligence, d'un équilibre supérieurs à la normale, ravis de cette réunion au cours de laquelle ils comptaient bien, avec la permission d'Helva, s'enivrer légèrement, et bien décidés à se marcher réciproquement sur les pieds pour hériter d'elle.

Devant cette marée humaine, Helva perdit mentalement le souffle, luxe dont elle se délecta pendant les quelques instants qui lui parurent convenables.

Elle se mit à trier les jeunes gens. L'opportunisme de Tanner l'amusait sans l'attirer spécialement ; le blond Nordsen lui semblait trop fruste ; le brun Al-atpay faisait preuve d'une sorte d'entêtement qui ne lui plaisait guère ; l'amertume de Mir-Ahnin dissimulait sans doute des ténèbres intérieures qu'elle ne se souciait pas d'éclairer, quoique ce fût lui qui fit les plus grands efforts pour attirer son attention. Quelle étrange cour ! Son premier mariage ne serait pas le dernier, car les « muscles » prenaient leur retraite après soixante-quinze ans de service, ou même moins, s'ils étaient malchanceux. Les cerveaux, n'étant sujets à aucune détérioration physique, servaient pendant deux cents ans ; on leur demandait alors s'ils désiraient ou non continuer. Helva elle-même avait eu l'occasion de rencontrer un être encapsulé âgé de trois cent vingt-deux ans. Trop intimidée par ce contact, elle n'avait pas osé poser à cette personne les questions d'ordre intime qu'elle avait préparées.

Elle resta indécise jusqu'au moment où Tanner entonna une chanson de patrouilleurs qui narrait les mésaventures de l'intrépide, de l'obtus, de l'imbécile « Monsieur Muscles ». Les invités se mirent à chanter en chœur, mais il en résulta une cacophonie telle que Tanner agita frénétiquement les bras pour réclamer le silence.

« Ce qu'il nous faudrait, c'est un bon ténor, capable de nous mener. Jennan, à part tricher aux cartes, que sais-tu faire d'autre ? Qu'est-ce que tu chantes ?

— Dièse, répliqua Jennan avec un humour facile.

— Si vous avez absolument besoin d'un ténor, je m'en charge, proposa Helva.

— Mais, ma bonne *dame*... protesta Tanner.

— Donnez-nous le "la" », suggéra Jennan en riant.

Dans le silence stupéfait qui suivit un « la » magnifique, clair et puissant, Jennan observa doucement : « Pour chanter un "la" pareil, Caruso aurait donné toutes les autres notes de la gamme. »

Il ne leur fallut pas longtemps pour découvrir toute l'étendue de sa voix.

« Tout ce que Tanner réclamait, c'était un bon ténor, se lamenta Jennan en souriant, et notre douce maîtresse nous fournit toute une troupe d'opéra. Le type auquel reviendra le vaisseau ira loin, très loin.

— Jusqu'à la Nébuleuse Tête de Cheval? demanda Nordsen, faisant allusion à une vieille scie que les patrouilleurs du Centre se répétaient depuis toujours.

— Jusqu'à la Nébuleuse et au-delà, nous voguerons en musique, répliqua Helva avec un léger rire.

— Tous les deux, ajouta Jennan. Mais, avec la voix que j'ai, je préfère que ce soit vous qui chantiez et moi qui écoute.

— Je pensais au contraire que le rôle du public me reviendrait », suggéra Helva.

Jennan exécuta un salut majestueux, en ôtant avec élégance son calot chiffonné. Pour ce faire, il se tourna vers le pilier de contrôle central, là où se *trouvait* Helva. Ce fut à ce moment précis que le choix de cette dernière se cristallisa, et pour la raison suivante : seul Jennan, en lui parlant, s'adressait directement à sa présence physique, sans tenir compte du fait qu'elle pouvait capter son image à quelque endroit de l'astronef qu'il se trouvât, et que son corps était caché derrière des parois de métal massif. Tout le temps que dura leur association, Jennan ne manqua jamais de tourner la tête dans sa direction, quelle que fût son orientation par rapport à elle. Dès lors, et pour répondre à cette personnalisation, Helva prit l'habitude d'utiliser son micro central quand elle parlait à Jennan, même lorsque cette méthode n'était pas la plus efficace.

Helva ne se rendit pas compte qu'elle était tombée amoureuse de Jennan ce soir-là. N'ayant jamais connu ni l'amour ni l'affection, mais seulement leurs cousins plus arides, l'estime et l'admiration, elle ne pouvait identifier la réaction que suscitaient en elle la chaleur de sa personnalité et sa considération. En sa qualité d'« encapsulée », elle se croyait inaccessible à des émotions qui avaient pour source principale des désirs physiques.

Elle était en train de discuter avec Jennan de la qualité du Baroque dans *Come All Ye Sons of Art* quand, brusquement, Tanner déclara : « J'ai été ravi de faire votre connaissance, Helva. Merci pour cette petite réunion. On se reverra un jour dans l'espace, Jennan, sale veinard.

— Vous n'avez pas besoin de partir si vite, implora Helva, réalisant un peu trop tard que Jennan et elle avaient exclu les autres de leur discussion.

— Le meilleur a gagné, fit Tanner, mi-figue mi-raisin. Je crois que je ferais bien d'aller me documenter sur les refrains amoureux. Il se peut que j'en aie besoin la prochaine fois, au cas où le Centre abriterait d'autres cerveaux de votre genre. »

Helva et Jennan les regardèrent partir, tous deux un peu confus.

« Tanner a peut-être conclu trop vite ? » s'enquit Jennan.

Helva le regarda. Accoudé à un meuble, il avait la tête tournée dans la direction de sa capsule, les bras croisés sur la poitrine, et il tenait à la main un verre, vide depuis un bon moment déjà. Il était beau, comme eux tous. Mais il avait le regard vif, précis, une bouche qui souriait facilement, une voix grave et sonore (qui attirait particulièrement Helva), vierge de tout accent déplaisant.

« Réfléchissez-y jusqu'à demain, Helva, en tout cas. Appelez-moi dans la matinée si vous êtes décidée. »

Elle l'appela dès le petit déjeuner, après avoir soumis son choix au Centre. Jennan aménagea à bord, reçut leur assignation commune, vit le dossier qui décrivait l'histoire de sa vie et son expérience enregistré dans le viseur d'Helva, lui indiqua les coordonnées de leur première mission et le XH-834 devint officiellement le JH-834.

Cette première mission était urgente (le Service Médical avait finalement hérité d'Helva), mais assez terne : il s'agissait de porter en toute hâte un stock de vaccins dans une colonie victime d'une violente épidémie. Il fallait arriver à Spica le plus rapidement possible.

Après la merveilleuse découverte de l'essor initial à la vitesse maximale, Helva se rendit compte que cette mission trop facile fatiguerait moins ses muscles à elle que ceux de son partenaire. Mais ils disposaient de tout le temps nécessaire pour explorer leurs personnalités réciproques. Jennan savait, bien sûr, de quoi Helva était capable en qualité d'astronef et de partenaire, tout comme Helva elle-même connaissait les capacités de son compagnon. Mais tout cela se résumait à des faits arides et Helva était impatiente de découvrir ce qui, chez Jennan, ne se réduisait pas à une série de symboles. D'ailleurs, le contact de deux personnalités ne pouvait s'apprendre dans un livre. Il fallait en faire l'expérience directe.

« Mon père était patrouilleur, lui aussi. Mais c'est peut-être écrit dans mon dossier ? commença Jennan, le troisième jour du voyage.

— Bien sûr.

— C'est injuste, vous savez. Vous connaissez toute l'histoire de ma famille et je ne sais rien de la vôtre.

— Moi non plus, avoua Helva. Avant de lire votre dossier, je n'avais jamais pensé que moi aussi j'en avais un, caché quelque part dans les classeurs du Centre.

— Vive la psychologie de capsule ! » fit Jennan.

Helva éclata de rire. « Oui, et l'instruction que l'on m'a donnée me protège contre toute curiosité à cet égard. Dommage que ce ne soit pas votre cas. »

Jennan se fit offrir un verre, s'étendit sur la couchette antigravité, juste en face d'elle, posa ses pieds sur les tampons et se mit à se balancer.

« Helva... c'est un nom fabriqué...

— A la sonorité scandinave.

— Vous n'êtes pas blonde, trancha Jennan.

— Eh bien, il y a des suédoises brunes.

— Comme il y a des Turques blondes, mais cette fois mon harem se limite à un seul spécimen.

— L'épouse cachée derrière son purdah. Libre à vous cependant de hanter les maisons de plaisir... » Helva elle-même fut surprise par la nervosité que trahissait sa voix si soigneusement éduquée.

« Vous savez, fit Jennan sans lui laisser le temps de terminer sa phrase tant il était absorbé par ses propres réflexions, mon père m'a toujours donné l'impression d'être marié à son astronef, le Silvia, plutôt qu'à ma mère. Je me rappelle que je considérais Silvia comme ma grand-mère. Ou plutôt comme mon arrière-arrière-arrière-grand-mère car elle portait l'un des premiers numéros. Je lui parlais pendant des heures.

— Quel était ce numéro ? demanda Helva, sans prendre conscience de la jalousie qu'elle éprouvait pour toutes les personnes avec lesquelles Jennan était entré en contact.

— 422. Je crois qu'à présent elle s'appelle TS. J'ai eu l'occasion de rencontrer Tom Burgess, un jour. »

Le père de Jennan était mort à la suite d'une épidémie planétaire, après avoir employé tout le stock de vaccins que son astronef transportait à soigner les citoyens de ladite planète.

« D'après Tom, elle est devenue coriace et morose. Si vous perdez votre douceur, je reviendrai vous hanter après ma mort, ma fille. »

Helva eut un petit rire. Jennan la surprit en bondissant jusqu'au tableau de contrôle qu'il se mit à palper avec des doigts légers et tendres.

« Je me *demande* vraiment comment vous pouvez bien être », dit-il doucement, d'un ton pensif.

Helva était prévenue et s'attendait à ces accès de curiosité, naturels chez ses partenaires. Elle ne savait rien d'elle-même, ne saurait, ne pourrait jamais en savoir rien.

« Choisissez la forme, la nuance qui vous plaira, et je serai trop heureuse de vous obliger, répliqua-t-elle comme ses instructeurs le lui avaient suggéré.

— Vierge de Fer, j'aime les blondes aux longues tresses, et Jennan décrivit du geste les nattes de Lady Godiva. Puisque vous êtes immolée dans le titanium, reprit-il en saluant, je vous appellerai Brunhilde, ma chère. »

En riant, Helva entonna l'aria de circonstance. A ce moment précis, Spica établit le contact.

« Qu'est-ce qu'il y a, bon Dieu ? Qu'est-ce que vous

avez à hurler comme ça ? Et d'abord, qui êtes-vous ? Si vous n'appartenez pas au Service Médical, allez-vous-en. Il y a une épidémie chez nous et les visites ne sont pas admises.

— Mon vaisseau est en train de chanter. Nous sommes le JH-834 et nous avons votre vaccin. Quelles sont vos coordonnées d'atterrissage ?

— Votre vaisseau est en train de chanter ?

— C'est la meilleure cantatrice de tout l'espace connu. Désirez-vous un air particulier ? »

Le JH-834 livra le vaccin, mais plus d'arias, et reçut l'ordre de poursuivre immédiatement sa route en direction de Leviticus IV. Arrivé là, Jennan découvrit que sa réputation l'avait précédé et dut défendre l'honneur du 834.

« Je ne chanterai plus, murmura Helva d'un ton contrit en préparant des cataplasmes pour son troisième œil au beurre noir de la semaine.

— Si, vous chanterez, déclara Jennan, les dents serrées. Tant pis si je dois récolter encore toute une cargaison de gnons, mais votre surnom "le vaisseau qui chante" perdra son contexte ironique. »

Lorsque « le vaisseau qui chante » se fut victorieusement mesuré avec des trafiquants de drogues assez perfides dans les Magalléniques Inférieures, son surnom devint un sujet de respect. Le Centre, qui avait suivi chaque épisode de la lutte, marqua d'une croix blanche le dossier du JH-834. Une équipe de premier ordre venait de se former.

Après l'arrestation spectaculaire à laquelle ils avaient procédé, Helva et Jennan se considérèrent, eux aussi, comme une équipe de tout premier ordre.

« De tous les vices de la terre, c'est la toxicomanie que je déteste le plus, dit Jennan pendant le voyage de retour. Les gens ont assez vite fait de se damner sans qu'on les y aide.

— C'est pour cela que vous êtes devenu patrouilleur ? Pour enrayer le trafic ?

— Je parie que ma réponse officielle se trouve dans votre viseur.

— Oui, mais elle est conçue dans des termes beaucoup trop fleuris. Si je puis me permettre de citer vos propres paroles, voilà ce que vous avez dit : “Je veux m'engager dans le Service pour perpétuer les traditions de ma famille, qui est fière d'y servir depuis quatre générations.” »

Jennan émit un gémissement. « J'étais *très* jeune quand j'ai écrit ça. En tout cas, je n'étais pas encore passé par les dernières années d'instruction. Mais, quand j'en suis arrivé là, mon orgueil ne m'a pas permis d'échouer...

» Je vous ai déjà dit que je rendais souvent visite à mon père à bord du Silvia. Peut-être Silvia s'était-elle mis en tête de me prendre plus tard pour partenaire, en remplacement de papa, car j'ai été soumis à des doses massives de propagande destinées à me faire embrasser la carrière de patrouilleur. Je m'y suis laissé prendre. Dès l'âge de sept ans, j'avais décidé que je deviendrais patrouilleur, et rien d'autre. » Il haussa les épaules, comme pour déprécier une décision juvénile dont la réalisation avait pourtant exigé de sa part des années d'efforts.

« C'est ça ? Le patrouilleur Sahir Silan, sur le JS-422 pénétrant dans la Nébuleuse Tête de Cheval ? »

Jennan choisit de ne pas saisir l'allusion sarcastique. « Avec vous, il se peut que j'aille plus loin encore mais, malgré les encouragements de Silvia, je n'ai jamais, aux heures les plus délirantes, rêvé pour moi cette sorte de gloire. C'est à votre cerveau agile que j'abandonne la réalisation de ces exploits. La contribution que je désire apporter à l'Espace est moins grandiose.

— De la modestie ?

— Non. Du sens pratique. L'humble tâcheron, etc. » D'un geste théâtral, il posa une main sur son cœur.

« Ame assoiffée de gloire, fit Helva d'un ton moqueur.

— Et vous qui rêvez de votre Nébuleuse ! Moi, du moins, je ne demande pas grand-chose. Il n'y aura qu'un héros comme mon père à Parsaea, mais, bien sûr, je ne détesterais pas me distinguer par quelque haut fait. C'est normal. Sinon, pourquoi risquer sa vie ?

— Si je puis me permettre de vous rappeler quelques faits incontestables, je vous dirai que votre père étant mort pendant le voyage, en revenant de Parsaea, il n'a jamais su qu'on le considérait comme un héros pour avoir stoppé l'inondation avec son astronef. Ce qui permit aux colons de rester à Parsaea. Et, par la suite, de découvrir les qualités antiparalytiques de la planète. Mais ça non plus, il ne l'a jamais su.

— Je ne l'ignore pas », fit doucement Jennan.

Aussitôt, Helva se repentit de sa rebuffade. Elle connaissait parfaitement toute l'étendue de l'affection que Jennan éprouvait autrefois pour son père. Sur son dossier, une note indiquait qu'il s'était fait une raison de cette perte, en jugeant que son père avait payé de sa vie l'issue heureuse et imprévue de l'affaire parsaéenne.

« Les faits ne sont pas humains, Helva. Mon père l'était, et je le suis. Vous êtes humaine, vous aussi, au fond. Inspectez vos cadrans, 834. Au milieu de tous les fils branchés sur votre corps se trouve un cœur, un cœur humain sous-développé. Manifestement !

— Excusez-moi, Jennan », dit-elle, repentante.

Il hésita un instant, puis leva la main en signe d'acceptation et tapota affectueusement sa capsule.

« Si nous cessons un jour de faire la tournée du laitier, nous nous attaquerons à la Nébuleuse. D'accord ? »

Comme cela se produisait fréquemment dans le Service, ils reçurent, au cours de l'heure suivante, l'ordre de modifier leur itinéraire et de se diriger, non vers la Nébuleuse, mais vers un système récemment colonisé, composé de deux planètes habitables, l'une tropicale, l'autre glaciale. Le soleil, nommé Ravel, était devenu instable. Son spectre indiquait une expansion rapide et des lignes d'absorption qui se déplaçaient vers le violet. L'accroissement de la température avait déjà rendu nécessaire l'évacuation du monde le plus proche, Daphnis. D'après les émissions spectrales, Chloé n'échapperait pas non plus à la catastrophe. Tous les appareils qui se trouvaient dans le voisinage immédiat devaient entrer en contact avec la Base de Chloé pour procéder à l'évacuation des derniers colons.

Obéissant, le JH-834 offrit son concours et reçut la mission de se rendre dans les régions éloignées de la planète afin d'y récupérer quelques groupes disséminés qui ne semblaient pas se rendre compte du caractère urgent que présentait la situation. En fait, il régnait sur Chloé, pour la première fois depuis que cette planète avait été séparée de sa sœur jumelle, une température supérieure à zéro. Comme la plupart des colons étaient des fanatiques venus s'installer dans ce climat rigoureux pour mener une existence faite de pieuses méditations, ils étaient plutôt enclins à expliquer ce brusque dégel par des causes moins naturelles que les excentricités du soleil.

Jennan avait perdu un temps précieux en discussions oiseuses ; aussi Helva et lui étaient-ils en retard sur leur horaire quand ils partirent pour le quatrième et dernier campement.

D'un bond, Helva franchit la haute chaîne de pics déchiquetés qui entourait la vallée, l'abritant autrefois des tempêtes de neige et maintenant de la chaleur. Au moment où l'astronef se posa, le soleil brûlant, encerclé de sa couronne embrasée, commençait juste de dissiper les ombres.

« Ils feraient bien de sauter sur leurs brosses à dents et de se précipiter à bord, remarqua Helva. La Base dit qu'il faut se dépêcher.

— Il n'y a que des femmes, s'écria Jennan, surpris, en se portant à la rencontre du groupe qui s'avançait. A moins, bien sûr, que, sur Chloé, les hommes ne portent des jupes de fourrure.

— Hâtez-vous de les séduire, mais réduisez la routine à l'essentiel. Et n'oubliez pas de brancher votre circuit privé. »

Jennan s'approcha en souriant mais, quand il exposa

sa mission, il fut accueilli par une incrédulité totale; on alla même jusqu'à exprimer des doutes sérieux quant à l'authenticité du rôle dont il était chargé. Il eut un gémissement intérieur en écoutant la supérieure lui exposer, tout comme dans les cas précédents, les causes auxquelles elle attribuait personnellement le réchauffement de l'atmosphère.

« Révérende Mère, il y a eu surcharge sur votre circuit de prière et le soleil est en train d'exploser rien que pour vous exaucer. J'ai reçu l'ordre de vous ramener au spatioport de Rosaire...

— Cette Sodome? rugit la digne femme en repoussant la proposition de Jennan d'un haussement d'épaules indigné. Nous vous remercions de votre avertissement mais nous ne désirons pas abandonner notre cloître pour les rudesses du monde. Laissez-nous poursuivre la méditation matinale que vous avez interrompue...

— Elle le sera définitivement quand le soleil se mettra à vous griller. Il faut partir immédiatement, dit Jennan avec fermeté.

— Madame, fit Helva, pensant que dans ce cas particulier une voix féminine aurait peut-être plus de poids que le charme très masculin de Jennan.

— Qui a parlé? s'écria la nonne, surprise par la voix désincarnée.

— Moi, Helva, l'astronef. Je vous prends sous ma protection, vous et vos sœurs en religion. Ainsi, vous ne serez point profanées par la présence d'un mâle. Je vous transporterai dans un refuge qui a été préparé pour vous. »

La supérieure glissa un œil prudent par le sabord ouvert du vaisseau.

« Puisque l'usage de ces appareils est strictement réservé aux Mondes Centraux, je dois reconnaître, jeune homme, l'authenticité de votre mission. Cependant, nous ne courons aucun danger.

— A Rosaire, la température est, à présent, de 37°, dit Helva. Dès que les rayons du soleil s'infiltreront directement dans cette vallée, la température y sera également de 37°. Elle doit s'élever jusqu'à 70° environ dans le courant de la journée. Je vois que vos huttes sont faites de bois et de mousse. De mousse sèche. Elles s'enflammeront sans doute vers midi. »

Le soleil commençait à percer obliquement entre les pics et les rayons brûlants réchauffaient le groupe de jeunes femmes qui s'agitaient autour de la supérieure. Plusieurs d'entre elles entrouvrirent le col de leurs parkas fourrées.

« Jennan, dit Helva sur le circuit privé, nous n'avons pas beaucoup de temps.

— Je ne peux pas les abandonner, Helva. Il y a là des jeunes filles à peine sorties de l'adolescence.

— Et jolies, par la même occasion. Je ne m'étonne pas que la supérieure refuse de les laisser monter.

— Helva !

— Ce sera à la grâce de Dieu, dit la supérieure avec fermeté, en tournant le dos à ses sauveteurs.

— Croyez-vous qu'Il veuille vous voir brûler vives ? hurla Jennan en la regardant fendre la foule de ses disciples murmurantes.

— Elles ont envie de jouer les martyres ? Libre à elles, Jennan, dit Helva, sans émotion. Nous, nous devons partir. Le choix ne nous appartient plus.

— Comment pourrais-je les abandonner, Helva ?

— Parsaea ? » lui lança-t-elle d'un ton provocant, en le voyant s'avancer d'un pas pour rattraper l'une des femmes. « Vous ne pourrez les traîner *toutes* à bord et nous n'avons pas le temps de les persuader par la force. Montez, Jennan, ou je rendrai compte de votre attitude au Centre.

— Elles vont mourir, murmura Jennan avec abattement, en se retournant à contrecœur vers la passerelle.

— Il ne faut pas prendre plus de risques, lui dit Helva gentiment. Au point où en sont les choses, nous aurons déjà du mal à rejoindre le lieu du rendez-vous. Le rapport du laboratoire signale une accélération critique de l'évolution spectrale. »

Jennan était déjà entré dans le sas quand l'une des

plus jeunes femmes s'élança en hurlant derrière lui. Son initiative décida ses compagnes ; elles se pressèrent dans l'étroite ouverture. On eut beau les entasser à l'intérieur de l'astronef, il n'y avait pas assez de place pour tout le monde. Jennan prit trois scaphandres et les donna aux femmes qui devraient rester avec lui dans le sas. Il lui fallut encore perdre un temps précieux pour expliquer à la supérieure qu'elle devait enfiler ce scaphandre car le sas ne possédait ni provisions d'oxygène ni dispositif de climatisation indépendant.

« La chaleur va nous rattraper, déclara Helva sur leur circuit privé. Dans cette précipitation, nous avons perdu dix-huit minutes. Maintenant, je suis trop chargée pour atteindre la vitesse maximale et, si je ne l'atteins pas, nous ne pourrons échapper à la vague de chaleur.

— Pouvez-vous vous élever ? Nous avons revêtu nos scaphandres.

— M'élever ? Oui, dit-elle en le faisant. Mais je me sens trébucher. »

Jennan se raidit, saisit les femmes à bras-le-corps pour les soutenir : il percevait la pesanteur du vaisseau. Inaccessible à la pitié, sachant que la force de gravité écrasait brutalement les passagers de la cabine (deux en moururent), Helva maintint le plus longtemps possible sa poussée. Le sort de Jennan était son unique sujet de préoccupation et il lui inspirait de terribles inquiétudes. Malgré leurs scaphandres, les quatre personnes emprisonnées dans ce sas dépourvu d'oxygène, non climatisé, protégé par une seule couche de métal au lieu de trois, n'étaient pas en sécurité. Leurs scaphandres appartenaient au type standard ; ils n'étaient pas faits pour supporter la chaleur excessive à laquelle le vaisseau allait être soumis.

Helva fit de son mieux, mais les brûlantes radiations émises par le soleil qui explosait la rattrapèrent à mi-chemin du port.

Elle ne prêta nulle attention aux cris, aux gémissements, aux prières, aux supplications dont retentissait la cabine. Elle n'écoutait que la respiration haletante de

Jennan, les pulsations défectueuses du système qui renouvelait l'air de son scaphandre, le bruit de succion du dispositif de climatisation surchargé. Elle entendait, impuissante, les hurlements hystériques de ses trois compagnes, qui se tordaient dans l'affreuse chaleur. C'était en vain que Jennan essayait de les calmer, de leur expliquer qu'à condition de se tenir tranquilles, elles seraient bientôt sauvées. Affolées par la terreur et la souffrance, elles se jetèrent sur lui, malgré l'exiguïté du sas. Un bras qui cherchait à le frapper se prit dans les fils de son générateur d'énergie individuel, et la catastrophe ne tarda pas à se produire. L'un de ces fils, dont la résistance était affaiblie par la chaleur, se rompit.

Malgré toute la puissance dont elle disposait, Helva était désarmée. Elle vit Jennan étouffer, tourner la tête dans *sa* direction, l'implorer du regard, et mourir.

Il fallut toute la rigueur des principes qu'on lui avait inculqués pour empêcher Helva de faire demi-tour et de se purifier en plongeant dans le cœur brûlant du soleil. Muette de douleur, elle rejoignit le convoi de réfugiés et transféra ses passagères prostrées, couvertes de brûlures, dans le transport qu'on lui indiquait.

Puis elle entra en contact avec le Centre.

« Je garde le corps de mon patrouilleur, dit-elle d'une voix sourde. Je le mène à la Base la plus proche pour procéder aux formalités de l'enterrement.

— Nous vous fournissons une escorte, lui fut-il répondu.

— Je n'ai pas besoin d'escorte.

— Elle arrive, XH-834 », répliqua le Centre, d'un ton sans réplique.

Le choc qu'elle éprouva en se rendant compte que l'initiale de Jennan ne faisait déjà plus partie de son numéro étouffa ses protestations. Assommée, elle attendit près du transport, jusqu'au moment où ses écrans lui révélèrent l'arrivée de deux sveltes vaisseaux semblables à elle. Ce ne fut point à un pas d'enterrement que le cortège entama le voyage de retour.

« 834 ? Le vaisseau qui chante ?

— Je n'ai plus de chants.

— Votre patrouilleur était Jennan.

— Je n'ai pas envie de communiquer.

— Je suis la 422.

— Silvia?

— Silvia est morte il y a longtemps. Je suis la 422. MS, pour l'instant. Notre compagne est AH-640, mais Henri n'est pas en ligne en ce moment. Tant mieux... il ne comprendrait pas si vous décidiez de passer dans l'illégalité. Mais, au cas où il essaierait de vous en empêcher, j'interviendrais.

— Dans l'illégalité ? » Ce terme arracha Helva à son apathie.

« Mais oui. Vous êtes jeune. Vos réserves d'énergie sont suffisantes pour des années. Filez. D'autres l'ont fait avant vous. Le 732 s'est échappé il y a deux ans, après avoir perdu son patrouilleur lors de la fameuse mission sur la naine blanche. On ne l'a plus revu depuis.

— Je n'en ai jamais entendu parler, s'exclama Helva.

— Ce n'est pas à l'école qu'on pourrait vous l'apprendre, ma chère, puisque tout votre conditionnement est dirigé contre cela.

— Il faudrait lui désobéir? s'écria Helva, angoissée, mais pleine de désir pour le cœur brûlant, le cœur aveuglant du soleil qu'elle venait de quitter.

— Je crois que, pour vous, cela ne poserait guère de problèmes en ce moment, lui dit calmement la 422 d'une voix qui avait perdu toute trace de cynisme. Les étoiles vous appellent.

— Et je serais seule? demanda Helva dans un élan.

— Seule ! » confirma la 422.

Seule avec les profondeurs de l'espace et du temps. La Nébuleuse elle-même ne serait pas assez loin pour la décourager. Seule, pendant plus de cent ans, avec ses souvenirs, et rien d'autre... rien d'autre.

« Parsaea en valait-il la peine ? demanda-t-elle doucement à la 422.

— Parsaea? répondit, surprise, la 422. Avec son père? Oui. Bien sûr. Nous étions là, au moment où l'on avait besoin de nous. Tout comme vous... et son fils... vous étiez à Chloé. Au moment où l'on avait besoin de vous. Le crime, c'est toujours d'ignorer où surgit ce besoin, et de ne pas répondre à l'appel.

— Mais c'est *lui* qu'il me faut. Qui étanchera ma soif ? » gémit Helva avec amertume.

« 834, dit la 422 après toute une journée de silence. Le Centre désire votre rapport. Un remplacement vous attend à la Base de Régulus. Veuillez corriger votre cap en conséquence.

— Un remplacement ? » Ce n'était pas cela, en tout cas, qu'il lui fallait. Ce n'était pas quelqu'un qui lui rappellerait Jennan sans combler le vide laissé par lui. Sa coque était encore chaude du soleil de Chloé. Poussée par son atavisme, Helva voulait du temps pour pleurer Jennan.

« Oh ! tous les patrouilleurs se valent si le vaisseau est bon, remarqua la 422 avec philosophie. Et c'est exactement ce dont vous avez besoin. Le plus tôt sera le mieux.

— Vous leur avez dit que je ne m'échapperais pas, n'est-il pas vrai ? fit Helva, pesamment.

— Vous avez laissé passer l'occasion tout à l'heure, comme moi après Parsaea, après Glen Arthur, après Betelgeuse.

— Notre conditionnement nous empêche d'agir ainsi, n'est-ce pas ? Cela nous est *impossible*. Ce que vous m'avez dit, c'était un test ?

— Oui. J'en avais reçu l'ordre. Les Psychiatres eux-mêmes ne savent pas pourquoi certains cerveaux passent à l'illégalité. Le Centre est très inquiet, et nous aussi, ma sœur. Je... j'ai demandé moi-même à vous servir d'escorte. Je ne veux pas vous perdre tous les deux. »

Dans le tourbillon d'émotions qui l'agitait, Helva eut un élan de gratitude pour la rude sympathie de Silvia.

« Nous sommes toutes passées par là, Helva. Ce que je vais vous dire ne vous consolera pas, mais que serions-nous si nous ne pouvions souffrir avec nos patrouilleurs ? Des machines équipées de haut-parleurs. »

Helva regarda la forme immobile de Jennan, étendue devant elle dans son linceul, et entendit l'écho de sa voix puissante dans la cabine silencieuse.

« Silvia. *Je n'ai pas pu* l'aider ! cria-t-elle du fond du cœur.

— Je sais, ma fille », murmura doucement la 422. Et puis, tout se tut.

Les trois vaisseaux poursuivirent leur route en silence jusqu'à la grande base de Régulus. Là, Helva reçut les instructions d'atterrissage et les condoléances officielles.

Le cortège se posa près de l'enceinte boisée où les gigantesques arbres bleutés de Régulus montaient la garde auprès des morts, endormis dans le petit cimetière du Service. Le contingent tout entier de la Base s'approcha à pas mesurés pour former une haie d'honneur entre Helva et le cimetière. Un détachement gravit, avec lenteur, sa passerelle, pénétra dans sa cabine. Le corps de son bien-aimé disparu fut respectueusement placé dans le cercueil monté sur roues, recouvert du drapeau bleu roi éclaboussé d'étoiles. Helva le regarda longer la haie vivante qui se referma derrière lui.

Alors, quand furent prononcées les simples paroles de l'adieu, quand les avions passèrent en inclinant leurs ailes au-dessus de la tombe ouverte pour rendre au patrouilleur un dernier hommage, Helva retrouva sa voix.

Doucement, d'abord à peine perceptibles, les accents de l'antique requiem s'enflèrent jusqu'à la poignante mesure finale et dans l'espace sombre retentit la voix du vaisseau qui chantait.

Traduit par Élisabeth Gille.
Titre original : The Ship Who Sang

LE VAISSEAU EN DEUIL

De ses yeux qui n'enregistraient pas ce qu'ils voyaient, Helva fixait le personnel de la Base de Régulus qui rompait les rangs à la fin du service funèbre de Jennan. Jamais plus on ne la connaîtrait sous le nom du vaisseau qui chantait, se promettait-elle. Cette part d'elle-même était morte en même temps que Jennan.

D'un point très éloigné de ses centres émotifs, elle observait impassiblement les petites silhouettes qui se détachaient, se regroupaient par deux et s'éloignaient rapidement pour reprendre leurs tâches interrompues, ou regagnaient à pas lents les bâtiments de la caserne. Quelques-uns levaient les yeux au passage, mais elle n'interprétait pas leurs regards. Elle n'avait nulle part où aller, et nul désir de s'éloigner de la tombe de son défunt partenaire.

« Cela ne peut pas finir ainsi, songeait-elle, l'angoisse prenant le dessus sur l'état de stupeur de son cœur. Je ne peux pas rester ainsi. Mais que vais-je faire à présent ?

— XH-834, Theoda de Medea demande l'autorisation d'entrer, déclara une voix au bas de son ascenseur.

— Autorisation accordée », répondit automatiquement Helva.

Elle était tellement absorbée dans sa peine que lorsque l'ascenseur eut déposé la fine silhouette féminine devant le sas, elle avait même oublié qu'elle avait donné la permission d'entrer. La femme s'avança vers le conduit central derrière lequel Helva était prise dans sa capsule. Elle tenait à la main une bobine d'instructions.

« Eh bien, mettez-la donc en place ! fit Helva d'un ton sec en s'apercevant que la femme ne bougeait plus.

— Où cela ? Je ne fais pas partie du service régulier. La bande explique la mission, mais...

— Dans le secteur nord-ouest du panneau central, vous remarquerez une fente marquée de bleu ; posez la bobine sur l'axe d'enroulement le plus proche du bouton rouge au centre du tableau. Pressez le bouton bleu marqué "transmission" et si vous ne connaissez pas la teneur du message, si vous êtes autorisée à le connaître, pressez le second bouton jaune marqué "audio". Et veuillez vous asseoir, je vous prie. »

Sans y prendre le moindre intérêt, n'ayant que vaguement conscience qu'elle eût dû mettre Theoda à l'aise ou du moins faire preuve d'un peu de gentillesse, Helva observa la femme qui cafouillait avant d'insérer correctement le ruban. Theoda s'assit maladroitement sur le siège du pilote quand le son se fit entendre.

« XH-834, vous allez vous rendre en compagnie de la physiothérapeute Theoda de Medea au NDE, Système de la Lyre II, Annigoni IV, pour apporter toute l'assistance au programme de réadaptation des survivants de l'épidémie qui sévit sur Van Gogh. En toute hâte ! En toute hâte ! En toute hâte ! »

Helva abaissa brutalement l'interrupteur de défilement de la bande et appela le Centre de Contrôle. « Est-ce que la physiothérapeute Theoda constitue ma partenaire de remplacement ?

— Non, XH-834, Theoda n'appartient pas au Service. Votre remplaçant s'est trouvé retardé en cours de voyage. Rendez-vous en toute hâte, je répète, en toute hâte, à Annigoni.

— Je demande l'autorisation de décoller immédiatement. »

Les méthodes établies et les formalités menèrent

Helva jusqu'au décollage sans qu'elle se fût réellement rendu compte de ce qu'elle faisait. Quitter Régulus, c'était la dernière chose qu'elle eût faite, mais elle avait sa bande d'instructions et elle avait entendu l'insistant *en toute hâte*.

« Toutes aires dégagées pour décollage. Allez-y. Et puis, XH-834... ?

— Je vous écoute.

— Bonne chance.

— Message bien compris », répondit Helva, sans paraître consciente du ton radouci de cet au revoir qui n'avait rien d'officiel. Elle expliqua brièvement à Theoda comment elle devait s'attacher au siège de pilotage, observant les doigts incertains de la femme qui manœuvrait les boucles des courroies. Enfin certaine que Theoda ne risquerait rien durant l'accélération, Helva décolla, laissant son viseur arrière lui montrer le cimetière de la base aussi longtemps qu'elle le put.

Peu importait maintenant à Helva quelle vélocité elle atteindrait, mais quand elle se surprit à accroître l'accélération dans son désir inconscient d'accomplir rapidement sa mission et de revenir à la Base de Régulus — près de Jennan — elle compara sévèrement son taux à la tolérance de Theoda. Une fois atteinte la vitesse de croisière, elle annonça à la femme qu'elle pouvait quitter son siège.

Theoda déboucla son harnais et se leva, les jambes mal assurées.

« On m'a envoyée ici si vite... et j'ai déjà accompli vingt-quatre heures de voyage, dit-elle en baissant les yeux sur son uniforme froissé et sali.

— Vos quartiers d'habitation se trouvent derrière la colonne centrale », dit Helva, et elle soupira secrètement en s'apercevant que Theoda se dirigeait vers les lieux encore tout récemment occupés par Jennan. D'instinct, elle examina la cabine. On en avait déjà fait disparaître les effets personnels de son compagnon. Il ne subsistait pas un seul souvenir de l'occupation de la chambre par ce dernier, pas trace de leur court bonheur.

Son sentiment de désolation se fit encore plus profond. Comment avaient-ils pu ? Et quand ? Ce n'était pas juste. Et maintenant on lui imposait de supporter cette femelle maladroite.

Sans attendre, Theoda était entrée dans les logements, jetant son sac d'ordonnance sur la couchette, et pénétrant déjà dans la salle de bains. Poliment, Helva obscurcit sa vision. Elle cherchait à se persuader que les bruits de la douche venaient de Jennan, mais les habitudes de sa nouvelle passagère étaient totalement différentes.

Quelle différence, oh ! quelle différence pour moi, se lamentait Helva dans son deuil.

Perdue dans ses souvenirs, ce ne fut que peu à peu qu'elle se rendit compte du calme qui régnait à bord, et, d'un balayage discret, elle constata que Theoda était allongée sur le dos, dormant d'un profond sommeil. Au repos, la femme était plus âgée que ne l'avait supposé Helva au début. En outre, maintenant, Helva attribuait en toute justice l'ineptie et les maladresses de la passagère à leur véritable cause, une immense fatigue. Le visage était profondément marqué par les chagrins aussi bien que par la lassitude ; il y avait des taches sombres sous les yeux clos. Les coins de la bouche s'abaissaient, trahissant une longue habitude de la peine. Les doigts effilés mais aux bouts carrés frémissaient légèrement, en réflexe à quelque rêve troublant, et Helva était en mesure de distinguer la force et la sensibilité inhérentes, les marques du travail dans les cicatrices éparses sur les paumes et les doigts, très inhabituelles en une ère où le travail manuel se bornait dans la plupart des cas à presser des boutons.

Jennan aussi s'était servi de ses mains. La comparaison lui vint inconsciemment. Son deuil reprenait possession d'Helva.

« Combien de temps ai-je dormi ? » La voix de Theoda vint couper le fil des souvenirs d'Helva, quand la femme entra, titubante de sommeil, dans le poste avant. « Et combien de temps encore va durer le voyage ?

— Vous avez dormi durant dix-huit heures. Nos instructions estiment la distance à 49 heures galactiques jusqu'à l'orbite d'Annigoni.

— Oh! Y a-t-il une cuisine?

— Premier compartiment à votre droite.

— Heu... auriez-vous besoin de quoi que ce soit? s'enquit Theoda, à mi-chemin de la cuisine.

— La satisfaction de tous mes besoins est assurée pour les cent années à venir, répondit froidement Helva, tout en sachant à l'énoncé de ces paroles qu'il n'y avait plus rien qui puisse répondre à son besoin essentiel.

— Je suis désolée. Je ne sais que très peu de chose de vous autres les vaisseaux, s'excusa Theoda. Je n'ai jamais été jusqu'à présent traitée avec autant d'égards. » Elle eut un sourire timide.

« Votre planète natale est bien Medea? » demanda Helva avec une courtoisie un peu forcée. Il n'était pas rare qu'un employé donnât comme son origine la planète de son employeur du moment.

« Oui, c'est Medea », confirma Theoda. Elle fit soudain du bruit avec les vivres qu'elle tenait en main, les plaquant sur la table avec une violence que rien ne justifiait. Sa réaction suggérait un conflit ou un chagrin d'ordre intime, mais Helva ne se souvenait d'aucun événement d'importance rattaché à Medea, aussi devait-elle présumer que les problèmes de Theoda étaient de nature purement personnelle.

« Naturellement, j'ai déjà vu auparavant des vaisseaux de votre type. Nous autres de Medea avons de bonnes raisons de vous être reconnaissants, mais je n'avais encore jamais voyagé sur l'un d'eux. » Theoda parlait avec nervosité, ses yeux examinant en hâte les approvisionnements dans les placards de la cuisine, déplaçant les boîtes pour distinguer le fond des rayons. « Aimez-vous votre travail? Il doit vous donner d'immenses satisfactions? »

Dire que des paroles aussi innocentes pouvaient tomber comme des braises ardentes sur la plaie encore ouverte d'Helva! Celle-ci se mit à bavarder bien vite...

N'importe quoi pour éviter d'être de nouveau soumise à des politesses lui causant autant de mal, d'une façon imprévisible.

« Il n'y a pas longtemps que je suis en service, répondit-elle. En votre qualité de physiothérapeute, vous devez certainement connaître notre origine.

— Oh ! oui, bien sûr. Malformation à la naissance. » Theoda parut aussi embarrassée que si elle eût abordé un sujet obscène. « Je persiste à penser que c'est horrible. *Vous* n'avez eu aucune possibilité de choix ! » lâcha-t-elle d'un ton coléreux.

Helva éprouva soudain un sentiment de supériorité. « Peut-être pas, au début. Mais à présent, il me serait très difficile de cesser de foncer à travers l'espace pour me contenter de *marcher.* » Theoda rougit en percevant l'emphase presque méprisante mise sur le dernier mot. « Je laisse cela à quiconque me sert de *muscle.* » Et Helva se tassa mentalement sur elle-même au souvenir de Jennan.

« J'ai récemment entendu parler d'un de vos vaisseaux qui chante, reprit Theoda.

— Oui, moi aussi », fit Helva d'un ton qui n'encourageait pas à poursuivre le sujet. Est-ce que tout devait ainsi lui rappeler la perte qu'elle avait subie en la personne de Jennan !

« Quelle est votre durée de vie ?

— Aussi longue que nous le désirons.

— C'est-à-dire... Je voulais vous demander quel est le plus ancien vaisseau ?

— Il y en a encore un de la série 200 en service actif.

— Donc, vous n'êtes pas très âgée, n'est-ce pas, puisque vous êtes de la série 800 ?

— Non.

— Moi, je le suis, dit Theoda, les yeux fixés sur la boîte de vivres vide qu'elle tenait à la main. J'approche de ma fin, à présent, je pense. » Et il ne perçait aucun regret dans sa voix, pas même de la résignation.

Il vint à l'esprit d'Helva qu'elle se trouvait en présence d'une personne qui souffrait elle aussi d'un profond chagrin, et qui attendait.

« Combien d'heures encore avant que nous touchions la planète ?

— Quarante-sept.

— Il faut que j'étudie. » Et brusquement Theoda se mit à fouiller dans ses affaires pour y prendre un classeur de microfilms et une visionneuse.

« Quel est votre problème ? s'enquit Helva.

— Van Gogh, dans le Groupe de la Lyre II, a été frappée par une épidémie dont les manifestations sont analogues à celles de la maladie qui s'est attaquée à Medea il y a cent vingt-cinq ans », expliqua Theoda.

Helva sut soudain pourquoi Theoda avait vu des vaisseaux du Service. Elle grossit comme au microscope sa vision du visage de Theoda et y distingua les myriades de lignes ténues qui attestent un âge avancé. Theoda avait sans nul doute vécue sur Medea à l'époque du fléau. Helva se rappela que la peste avait touché une zone fortement peuplée et s'était répandue avec une rapidité et une violence inouïes sur toute la planète en quelques jours... Son assaut avait été si féroce et les pertes si énormes que le personnel médical tombait souvent, touché à son tour, parmi les victimes qu'il soignait. D'autres étaient inexplicablement restés en vie, sans la moindre atteinte du mal. Les spores de la maladie, transportées dans l'atmosphère, frappaient les animaux aussi bien que les humains, et puis, aussi soudainement qu'elle était venue, presque comme si le mal eût su que toutes les ressources d'une galaxie se mettaient en branle pour combattre ses ravages, elle avait disparu. Medea avait été décimée en l'espace d'une semaine et les survivants, aussi bien ceux qui avaient été assez vigoureux pour résister à la fièvre intense et aux douleurs abominables que ceux qui se trouvaient si étrangement immunisés, avaient alors consacré le restant de leur vie à en chercher la source ou la cause, un moyen de guérison ou un vaccin.

Dans sa vaste mémoire entraînée aux associations

d'idées, Helva retrouva sept autres épidémies de peste de l'espace, différentes mais tout aussi inexplicables, dont certaines avaient été soignées avec plus de succès que sur Medea. La pire de toutes avait frappé la planète Clematis, éliminant quatre-vingt-treize pour cent de la population avant même l'arrivée des secours. Clematis avait été placée sous quarantaine à perpétuité. Helva estimait que cela revenait à peu près à fermer l'écurie une fois les chevaux enfuis, sans même se donner la peine de tenter de les retrouver.

« Si je comprends bien, vous avez acquis une expérience suffisante lors de la maladie de Medea pour que votre présence soit utile aux gens de Van Gogh ?

— C'est ce qu'on pense », répondit Theoda, les traits contractés.

Elle reprit sa visionneuse d'un air affairé et Helva se rendit compte que mieux valait ne pas poursuivre la conversation. Elle comprenait également que, même au bout d'une longue vie, Theoda souffrait encore des idées évoquées par certains mots. Helva elle-même ne concevait pas que des siècles plus tard la simple mention du nom de Jennan ne puisse encore réveiller sa peine.

Annigoni fut en vue à l'instant où le chronomètre indiquait soixante-sept heures. Helva dut répondre immédiatement à un avertissement de quarantaine lancé par un satellite d'observation en orbite.

« Vous avez à votre bord la physiothérapeute Theoda, n'est-ce pas ? lui demanda-t-on dès qu'elle eut fait connaître son identité.

— Exact.

— Vous devriez vous poser aussi près que possible de la ville-hôpital d'Erfar. Il n'existe toutefois pas d'aire d'atterrissage pour les astronefs dans le voisinage, aussi a-t-on aménagé une prairie à votre usage. Êtes-vous en mesure de régler vos redoutables tuyères arrière ? »

Helva le rassura un peu ironiquement quant à ses capacités de se poser avec prudence. On lui fournit alors la latitude et la longitude et elle n'eut aucun mal à s'immobiliser dans la petite prairie indiquée. Une route blanche et poudreuse menait à un long ensemble de bâtiments peints en blanc, avec de nombreuses fenêtres, à un demi-kilomètre de distance. Un véhicule de surface arrivait déjà de l'agglomération.

« Theoda, dit Helva tandis qu'elles attendaient le véhicule, dans le compartiment aux accessoires sous le pupitre de commande, vous trouverez un petit bouton gris. Si vous le fixez à votre uniforme, vous pourrez rester en communication avec moi. Si vous voulez avoir la bonté de tourner la partie supérieure du bouton dans le sens des aiguilles d'une montre, je serai en contact avec vous et vous avec moi, dans les deux sens. Cela me rassurera d'être tenue au courant des problèmes qui se poseront à vous.

— Oui, naturellement.

— Si vous faites pivoter la moitié inférieure du bouton, je bénéficierai également d'une vision télescopique partielle.

— Que c'est pratique », murmura Theoda en examinant le bouton avant de l'épingler à sa tunique.

Quand la voiture s'arrêta, Theoda adressa du sas supérieur un geste de la main aux occupants, puis s'avança sur la plaque de l'ascenseur.

« Oh ! Helva, merci du voyage. Et toutes mes excuses. Je ne crois pas avoir été de très bonne compagnie.

— Moi non plus. Bonne chance. »

Tandis que Theoda descendait, Helva savait que ce n'était pas exact. Elles avaient été d'excellente compagnie l'une pour l'autre, enfermées chacune dans sa propre misère. Il lui avait en quelque sorte échappé jusqu'alors que le chagrin était un visiteur fréquent dans l'univers, et que l'incapacité où elle s'était trouvée de secourir Jennan n'avait rien d'unique. Ses vaisseaux-sœurs avaient tous traversé de pareilles épreuves et pourtant ils continuaient à s'acquitter de leurs tâches.

« Aucune d'elles n'a jamais aimé son "muscle"

comme j'aimais Jennan », soliloquait-elle tristement, consciente du fait que ses sentiments n'étaient guère adaptés à sa coque d'acier, et pourtant impuissante à détourner le cours de ses pensées qui revenaient inconsciemment à son deuil.

« Je demande l'autorisation de monter à bord, dit une voix brutale au bas de l'ascenseur.

— Identité ?

— Officier médical principal Onro, détaché de la Base de Régulus. J'ai besoin d'utiliser votre faisceau concentré.

— Autorisation accordée », répondit Helva après une rapide vérification du nom de l'officier médical sur la liste en vigueur.

L'officier médical Onro plongea dans le sas et, après un salut des plus brefs à la colonne centrale, se précipita dans le siège de pilotage et pressa le bouton d'appel du faisceau concentré.

« Auriez-vous par hasard du vrai café ? fit-il d'une voix rauque en faisant pivoter le fauteuil pour foncer de là vers la cuisine.

— Vous êtes mon invité, servez-vous », murmura Helva, mal préparée à un tel débordement d'activité après les jours passés en compagnie de Theoda.

Onro se cogna l'épaule en franchissant d'un bond le seuil de la cuisine. Il ouvrit brutalement les placards, bousculant les boîtes à l'intérieur.

« Il se pourrait que le café soit encore à sa place accoutumée, sur le troisième rayon du placard de droite, observa Helva d'un ton sec. Veuillez m'excuser, mais je vous signale qu'une boîte vient de rouler sur le sol. »

Onro la ramassa mais se heurta durement la tête contre l'angle de la porte de placard restée ouverte. Le flot d'invectives auquel s'attendait Helva ne sortit pas. L'homme referma la porte avec soin, avec la patience exagérée de ceux qui sont exaspérés et, après avoir brisé le sceau de chauffage, regagna à grands pas le poste central et se rassit, examinant l'aiguille sur le cadran du faisceau concentré, qui chauffait lentement pour arriver au maximum d'intensité, et il ne cilla même pas en avalant le café fumant, presque à ébullition. Tandis qu'il buvait, les ressorts contractés de tout son être commençaient à se détendre.

« Nous sommes vraiment des esclaves de nos habitudes, n'est-ce pas, XH ? Depuis dix-huit jours et nuits interminables, je ne rêvais plus que de café. L'ersatz qu'on emploie ici sur cette masse lamentable de métaux mal assortis m'endort, *moi*. Le café n'a ni la puissance de la benzédrine ni la moitié de ses mauvais effets sur le système nerveux. Ah ! les voici ! Je serais prêt à jurer que ces faisceaux de communication mettent de plus en plus longtemps à s'échauffer chaque fois que j'ai à manipuler ces foutues mécaniques !

— Base Centrale de Régulus.

— Ici XH-834, déclara Onro.

— Qui est au micro ? souffla une voix qui n'avait rien d'officiel.

— Onro à l'appareil.

— Oui, chef. Je n'avais pas reconnu votre voix.

— Vous avez cru qu'Helva avait attrapé un rhume ?

— Non, chef, ce n'est pas ce que j'ai pensé.

— Bon, assez bavardé. Introduisez ceci dans les ordinateurs, et que ça saute ! Je suis trop fatigué. Et vous feriez bien de surveiller les ordinateurs également. Je ne dors pas beaucoup depuis quelque temps. » Il se tourna vers Helva. « Qu'est-ce que vous dites d'une pareille déveine ? Mon premier congé dans mes foyers en trois années galactiques, et il faut que j'arrive juste en même temps que la maladie. Je me demande si je pourrai toucher une compensation pour mes vacances perdues. » Il se retourna vers le micro du faisceau. « Voilà le paquet, et il se mit à dicter rapidement son rapport. Et maintenant, en voici confirmation verbale.

» Maladie non identifiable sur l'échelle Orson en tant que virus connu ou variance d'un virus connu. Des malades soigneusement examinés et apparemment en parfait état de santé peuvent manifester les symptômes cliniques en dix heures : détérioration totale du contrôle musculaire avec présence d'une forte fièvre, et au bout de trois jours, douleurs violentes au niveau de l'épine dorsale. Mort causée par 1) hémorragie cérébrale, 2) arrêt du cœur, 3) affaissement des poumons, 4) étouffement, ou bien, dans le cas où l'assistance médicale est venue trop tard, 5) la faim. Les survivants sont incapables d'exercer la moindre coordination musculaire. Étendue des dommages au cerveau, négative. Mais ils pourraient tout aussi bien être morts.

— Intellect atteint? s'enquit le Centre.

— Impossible d'en juger, on peut seulement l'espérer.

— Julie O'Grady et la Dame du Colonel sont sœurs sous l'épiderme », murmura Helva, car au travers des paroles de l'officier médical elle comprenait que les victimes n'étaient pas aussi dépouillées de leurs corps par la maladie qu'elle l'avait été elle-même par ses malformations de naissance.

« Notre amie encapsulée est plus près de la vérité qu'elle ne le croit, grogna Onro. A part les tout petits enfants, il n'y a pas un seul d'entre les malades qui ne serait pas mieux installé dans une capsule pour le moment. Dans l'état où ils se trouvent, ils n'ont plus nulle part où aller.

— Souhaitez-vous attendre le rapport? demanda le Centre.

— Il y en a pour longtemps?

— Vous pourriez dormir un peu, suggéra Helva d'un ton neutre. Ces rapports ne prennent généralement pas très longtemps, ajouta-t-elle tout en codant un appel privé de détresse au Centre.

— Pas longtemps, officier médical Onro, répondit le Centre, comme pour confirmer les paroles d'Helva.

— Vous allez attraper un torticolis, Onro, observa Helva en le voyant allonger ses jambes et se tasser dans le fauteuil de pilotage pour faire un somme. Prenez la couchette du pilote. Je vous enverrai une petite secousse dès que le message arrivera.

— Tâchez de me réveiller à temps, sinon je dévisse

votre plaque de sûreté ! aboya Onro, qui se dirigeait en titubant vers la couchette.

— Mais bien sûr, voyons ! »

Helva l'examina pendant qu'il prenait les deux profondes inspirations qui lui suffirent pour sombrer dans l'oubli.

Le contact avec Theoda s'établit, en visuel et son. Theoda était penchée sur un lit et ses doigts vigoureux massaient doucement le corps inerte de la femme qui était étendue. Muscles flasques, absence de réflexes, teint livide, regard perdu, bouche ouverte ; les tendons du cou saillirent brièvement tandis que la patiente émettait un son incohérent des profondeurs de la gorge.

« Il n'y a pas de sensations aux extrémités autant que nous pouvons en juger, dit la voix d'une personne qui n'était pas dans le champ de vision. Il semble y avoir une certaine réaction à la douleur dans le torse et au visage, mais nous ne saurions en être certains. La patiente, si elle nous comprend, ne le manifeste en rien. »

Helva remarqua — et elle espéra que Theoda le notait aussi — que les paupières mi-closes amorçaient un mouvement presque imperceptible vers le bas, puis vers le haut. Helva observa également une dilatation des narines.

« Theoda », fit-elle à voix basse pour éviter de la surprendre. Néanmoins Theoda se redressa brusquement, en un sursaut.

« Helva ?

— Oui. Dans mon champ limité de vision, j'ai distingué un frémissement des paupières et un mouvement des narines. Si la paralysie est aussi accusée que me l'a dit l'officier médical Onro, ces manifestations quasi imperceptibles sont peut-être les seules que la maladie puisse extérioriser. Veuillez prier l'un des observateurs de concentrer son attention sur l'œil droit, l'autre de surveiller l'œil gauche, tandis que vous-même vous inquiéterez des narines.

— Est-ce le vaisseau ? demanda d'un ton irrité une des personnes invisibles.

— Oui, le XH-834 qui m'a amenée ici.

— Oh ! c'est celui qui chante, vint la réponse plutôt méprisante. Je croyais que c'était le JH ou GH.

— Helva n'est ni un numéro ni un objet, rétorqua Theoda d'un ton ferme. Essayons d'agir comme elle le suggère, puisque sa vue est plus perçante que la nôtre et son pouvoir de concentration infiniment supérieur. »

Theoda s'adressa à la patiente sur un ton calme et distinct : « Si vous m'entendez, veuillez tenter d'abaisser votre paupière droite. »

Pendant une seconde qui parut s'éterniser, il n'y eut pas de réaction ; puis, comme sous un effort prodigieux, la paupière droite s'abaissa lentement d'une fraction de millimètre.

« Pour m'assurer qu'il ne s'agit pas d'un mouvement involontaire, voulez-vous tenter de dilater vos narines à deux reprises ? »

Lent, d'une lenteur extrême, fut le mouvement des narines que perçut Helva. Elle constata aussi, point plus important, l'apparition de minuscules gouttelettes de transpiration sur la lèvre supérieure et le front, et attira rapidement l'attention des observateurs sur ce fait.

« Quel effort énorme cela doit représenter pour cet esprit emprisonné », dit Theoda avec une compassion profonde. Sa main aux doigts carrés effleurait doucement le front moite. « Reposez-vous maintenant, chère malade. Nous n'allons pas insister davantage, mais nous avons maintenant bon espoir pour vous. »

Helva seule eut conscience de l'affaissement accablé des épaules de Theoda avant qu'elle ne se redresse pour s'approcher du lit suivant.

Helva accompagna ainsi Theoda tout au long de sa visite de l'hôpital, parmi les services des hommes et des femmes, puis des enfants, et même à la pouponnière. La peste spatiale n'avait aucune considération pour l'âge des patients, et des bébés de quelques semaines en étaient atteints.

« On pourrait avoir l'espoir que, dans les corps jeunes et plus résistants, les tissus endommagés, s'il y en a, auraient les meilleures chances de régénération », remarqua l'un des guides de Theoda. Helva perçut en partie un geste qui embrassait les cinquante berceaux du service, occupés par des bébés inertes.

Theoda se pencha pour prendre dans ses bras un bébé blond de trois mois. La chair était ferme, le teint satisfaisant. Elle pinça le tissu pectoral avec une force exagérée. Les yeux du bébé s'écarquillèrent et sa bouche béa. Un faible gémissement monta de sa gorge.

Theoda serra vivement l'enfant contre sa poitrine, le berçant comme pour s'excuser de lui avoir fait mal. Vue et son furent vite amortis par la couverture, mais pas avant qu'Helva eût également reçu et compris ce qui n'avait pas échappé à Theoda.

Celle-ci berçait toujours l'enfant, si bien qu'Helva ne distinguait que des fragments incohérents d'une violente discussion. Puis sa vision et son ouïe reprirent de l'ampleur quand Theoda reposa le bébé dans son berceau, sur le ventre, et se mit à manipuler avec précaution les bras et les jambes de l'enfant pour imiter ces ébauches de mouvements qui sont le commencement de la locomotion autonome.

« Nous allons pratiquer les mêmes exercices sur tous les enfants, toutes les personnes atteintes, une heure le matin et l'après-midi. S'il le faut, nous réquisitionnerons tous les adultes et adolescents d'Annigoni pour nous servir de thérapeutes. Si nous voulons toucher le cerveau, rétablir le contact entre l'intellect et les nerfs, il nous faut refaçonner les centres cérébraux à l'origine même de leurs fonctions. Il nous faut aller vite. Ces pauvres gens emprisonnés dans leur propre corps attendent depuis assez longtemps qu'on les tire de cet enfer...

— Mais... mais... sur quoi fondez-vous votre raisonnement, Physiothérapeute Theoda? Vous avez admis que la maladie de Medea a moins de points communs avec celle-ci qu'on ne l'avait d'abord pensé.

— Je ne peux vous fournir d'arguments plaidant en ma faveur pour le moment. Pourquoi le devrais-je? Toute mon expérience me conduit à *savoir* que j'ai raison.

— Votre expérience ? Je crois, moi, que vous entendez par là votre *intuition*, répondit le fonctionnaire d'un ton rogue. Et ce n'est pas sur la foi de l'intuition d'une femme que nous pouvons recruter la main-d'œuvre nécessaire parmi les citoyens en activité...

— N'avez-vous pas vu les gouttes de transpiration sur la figure de cette femme ? Les efforts qu'elle devait fournir pour un acte aussi élémentaire que de baisser la paupière ? demanda Theoda, agressive. Est-ce que comparé à cela tout travail qu'on peut exiger *de notre part* n'est pas dû ?

— Pas la peine de vous mettre en colère, dit-on sèchement à Theoda. Annigoni s'est ouverte à ces survivants sans la moindre arrière-pensée quant au danger de se trouver elle-même exposée au virus...

— Ridicule, trancha Theoda. Avant que vos vaisseaux aient approché de Van Gogh, vous avez attendu d'avoir la certitude que l'épidémie était terminée. Mais tout cela n'a rien à voir avec ce qui nous intéresse. Je vais retourner à bord du vaisseau et entrer en liaison avec le Centre de Contrôle. Je vous rapporterai en bonne et due forme les renseignements et autorisations qu'il vous faut. » Elle pivota, faisant de nouveau face à la salle où Helva put voir les infirmières qui attendaient respectueusement. « Mais pour toutes celles et tous ceux d'entre vous qui aiment les enfants, faites ce que je viens de faire, que ce soit autorisé ou non. Il n'y a rien à y perdre et tout à y gagner pour ceux qui vivent encore. »

Theoda sortit en coup de vent de l'hôpital, repoussant d'un geste les protestations et les atermoiements des fonctionnaires. Elle se laissa tomber dans la voiture, donnant ordre qu'on la reconduise au vaisseau. Son ton de voix autoritaire imposa le silence au chauffeur. Helva la voyait se tordre les mains, se frotter les doigts, incapable de demeurer immobile, tant elle était impatiente.

Puis, d'un coup, Theoda porta la main au bouton qu'elle portait et coupa brusquement le contact.

Sans s'en offusquer, Helva se brancha en vision élargie sur ses viseurs de balayage extérieurs et prit dans leur champ le véhicule qui venait rapidement vers elle. La passagère descendit et le véhicule repartit. Mais Theoda ne monta pas dans l'ascenseur. Un peu désavantagée par ce difficile angle de vision, Helva pouvait seulement constater que Theoda marchait de long en large.

Sur la couchette, Onro dormait toujours pendant qu'Helva attendait.

« Autorisation d'entrer ? demanda finalement Theoda à voix basse.

— Accordée. »

De nouveau titubante, une main tendue devant elle comme pour chercher son chemin à tâtons, Theoda pénétra dans le vaisseau. Elle s'affaissa, épuisée, dans le siège de pilotage et, penchée sur le pupitre de commande, elle s'enfouit la tête entre les bras.

« Vous avez vu, Helva, murmura-t-elle, vous avez vu. Il y a plus de six semaines que ces gens sont dans cet état. Bougeant la paupière avec un effort comparable à celui de déplacer un poids d'une tonne. Combien d'entre eux sortiront de là avec toute leur santé mentale ?

— Ils ont quand même un espoir supplémentaire, Theoda. N'oubliez pas qu'une fois que vous aurez démontré que l'intellect demeure intact et entier, il est possible de laisser le corps de côté. Et cela présente des avantages, vous savez », rappela-t-elle à la thérapeute.

Theoda releva la tête et pivota sur son siège, levant des yeux étonnés sur le panneau qui dissimulait le corps encapsulé d'Helva. « Bien sûr ! Et vous en êtes un exemple frappant, n'est-ce pas ? » Elle se mit alors à secouer la tête pour exprimer son désaccord. « Non, Helva, c'est une chose que d'avoir été élevée à cette fin, mais c'en est une autre que de s'y trouver obligé parce qu'il n'y a pas d'autre expédient.

— Les jeunes n'éprouveraient aucun traumatisme à

vivre en capsule. Et, je le répète, il y a là des avantages et même des gains très nets. Par exemple la possibilité que j'ai eue de vous suivre pendant la visite.

— Mais avoir marché, et touché, et senti, et ri, et pleuré...

— Avoir pleuré, fit Helva dans un soupir. Être capable de pleurer. Oh ! oui. » Et une tension insupportable s'empara de son esprit tandis que disparaissait le bref répit qu'elle avait eu dans sa peine.

« Helva... je... à l'hôpital... je veux dire... j'ai appris que vous aviez eu... Je suis navrée, mais j'étais tellement perdue dans mes problèmes personnels que je n'ai tout simplement pas compris que c'était vous, le vaisseau qui chantait, et que vous aviez... » Sa voix s'éteignit.

« Pas plus que moi je ne me suis rappelé que sur Medea le virus n'avait pas pour seul effet d'isoler l'intellect dans le corps ; il le détruisait, ne laissant qu'une enveloppe sans esprit. »

Theoda détourna la tête. « Ce bébé, ce pauvre bébé.

— Centre de Contrôle à XH-834, m'entendez-vous ? »

Theoda, surprise par cette voix qui jaillissait à côté de son coude, s'écarta brusquement du cadran éclairé du faisceau concentré.

« XH-834 vous reçoit cinq sur cinq.

— Préparez-vous à enregistrer le rapport d'ordinateur demandé par l'officier médical Onro. »

Helva mit l'appareil sous tension et donna le signal.

« Verbalement ? demanda Theoda, dans un souffle.

— Transmission verbale demandée, dit Helva.

— Aucune corrélation indiquée entre l'âge, la constitution physique, la santé, le groupe ethnique, le type sanguin, la structure des tissus, le régime, le lieu et l'histoire médicale. Maladie de hasard, aux dimensions épidémiques. Pas de corrélation entre muscles, os, tissus, sang, crachats, urine et moelle dans les autopsies pratiquées après la maladie. Médication négative. Opération négative. Possibilité thérapeutique.

— Là ! s'écria Theoda, triomphalement, se relevant d'un bond. Seule la thérapeutique est positive !

— Seulement *possible.*

— C'est cependant le seul facteur *positif.* Et je maintiens que c'est un processus de refaçonnage.

— Refaçonnage ?

— Oui. C'est une thérapeutique bizarre, qui ne marche pas toujours, mais les échecs peuvent être causés par le fait que l'intellect se soit replié dans le désespoir, reprit Theoda avec une confiance véhémente. Être pris au piège... dans l'incapacité d'établir la communication même la plus élémentaire... pouvez-vous imaginer à quel point ce doit être horrible ? Oh ! mais qu'est-ce que je raconte ? fit-elle, se tournant avec effarement vers la présence d'Helva.

— Vous avez parfaitement raison, lui affirma Helva d'un ton neutre, mais avec un amusement intérieur. Il me serait intolérable de ne plus être en mesure de commander à mes synapses électroniquement comme je le fais maintenant. Je crois que je deviendrais folle après avoir connu ce que c'est que de foncer parmi les étoiles, de converser à des années-lumière de distance, d'écouter en des lieux bien fermés tout en conservant ma propre invulnérabilité. »

Theoda se remit à marcher de long en large.

« Mais vous ne pensez pas vraiment que vous allez convaincre ces sceptiques de procéder au recrutement nécessaire sur la seule foi du rapport d'ordinateur ? s'enquit Helva.

— La thérapeutique est un facteur positif, insista Theoda, le visage raidi par l'obstination.

— Elle n'est qu'une *possibilité.* Je ne mets pas en cause votre conviction, je vous signale seulement quelle sera leur réaction, s'empressa de dire Helva en voyant Theoda qui prenait son souffle pour protester. Je suis moi-même convaincue. Mais ils ne le seront pas et ce ne sera pas la première fois que de bons samaritains auront pris la décision de se reposer prématurément sur leurs lauriers, persuadés d'avoir fait en conscience tout ce qu'ils pouvaient. »

Theoda pinça les lèvres. « Je suis certaine qu'on peut sauver ces gens... ou du moins un assez grand nombre d'entre eux pour que tous les efforts en vaillent la peine.

— Pourquoi ? Pourquoi pensez-vous qu'une réadaptation amène la guérison ?

— C'est une méthode du xxe siècle qu'on appliquait avant qu'il fût possible de remédier à la majorité des malformations prénatales, ainsi qu'à la suite de divers accidents graves du cerveau ou du système nerveux. Un grand nombre des problèmes qui se posaient dans ce domaine ont maintenant disparu, mais, naturellement, il arrive parfois qu'une maladie d'autrefois réapparaisse soudain. Par exemple l'épidémie de poliomyélite sur Evarts II. Alors les vieilles techniques sont remises en vigueur. J'ai d'ailleurs un diplôme d'histoire de la physiothérapie.

» Le présent fléau, par exemple, rappelle le virus de Rathje, sauf que la forme originelle attaquait sporadiquement et que la guérison était lente mais certaine. Peut-être parce que la thérapeutique commençait dès que la phase douloureuse avait pris fin. Je crois en outre que la paralysie n'était pas aussi accusée, mais il est évident que le virus a subi des modifications au cours des siècles et est devenu plus actif.

» On ne saurait toutefois nier la ressemblance entre les deux. J'ai emporté mes enregistrements, Helva, poursuivit Theoda avec animation, et l'enthousiasme conférait à son visage une sorte de jeunesse. Le refaçonnage Doman-Delacato a été employé avec des effets très positifs sur les victimes du virus de Rathje.

» Vous ne pensez pas... (Theoda s'immobilisa sur place) que nous pourrions également prouver que les spores de ces maladies spatiales sont passées par la vieille Terre en ce temps-là ? Possédez-vous des détails sur les formations spirales galactiques ?

— Tenez-vous-en aux aspects médicaux et physiologiques, Theoda », répondit Helva en riant.

Theoda se frotta le visage des deux mains comme si cela devait effacer la fatigue et apporter l'inspiration à son esprit las. « Rien qu'un enfant, une preuve unique, voilà ce qu'il me faut.

— Combien de temps cela prendrait-il ? Quel âge serait le plus favorable ? Pourquoi un enfant ? Pourquoi pas cette pauvre femme avec ses mouvements de paupières ?

— C'est la moelle qui commande les réflexes à la naissance. Le pont de Varole, qui arrive à maturité au bout de vingt semaines, commande le mouvement de reptation sur le ventre. Au bout de quinze semaines, le moyen cerveau se met à fonctionner et l'enfant apprend à se déplacer sur les mains et les genoux. Au bout de soixante semaines, le cortex commence son action et gouverne la marche, la parole, la vue, l'ouïe, le toucher et la coordination des mains.

— A un an, ce serait trop jeune... la parole n'est pas compréhensible », dit Helva en réfléchissant à voix haute, se rappelant sans difficulté son premier anniversaire. Mais elle avait déjà « marché » et « parlé ».

« L'âge le meilleur est cinq ans », dit une autre voix. Theoda eut le souffle coupé en voyant Onro debout dans la cuisine, une boîte chauffante à la main. « Parce que c'est l'âge de mon fils. Je suis l'officier médical Onro. C'est moi qui vous ai fait demander, Physiothérapeute Theoda, parce que j'ai entendu dire que vous n'abandonniez jamais. » Son visage où se marquaient encore les plis de la couverture se durcit sous l'effet de sa détermination. « Je n'abandonnerai pas non plus avant que mon fils marche, parle et rie de nouveau. Il est tout ce qu'il me reste. Mais quelle façon de passer d'heureuses vacances ! » Il eut un rire amer, puis avala une gorgée de café brûlant.

« Vous êtes Van Goghien ? demanda Theoda.

— Il se trouve que oui, et je suis parmi les immunisés.

— Vous avez entendu ce que je disais ? Vous êtes d'accord ?

— J'ai entendu. Je ne suis ni pour ni contre. Je suis prêt à tenter tout ce qui paraîtra faisable. Votre idée est rationnelle et l'ordinateur n'a avancé qu'une seule suggestion positive : la thérapeutique. Je vais vous amener mon fils. »

Il se retourna en arrivant au sas et secoua le poing en direction d'Helva. « Vous m'avez drogué, espèce de sorcière en plaqué argent !

— Votre définition est inexacte, mais j'accepte l'insulte », répondit Helva tandis qu'il disparaissait dans l'ascenseur, le front soucieux.

Ragaillardie, Theoda reprit sa visionneuse et étudia de nouveau avec soin les vues filmées de la méthode qu'elle comptait mettre en pratique. « Ils utilisaient les stéroïdes, marmonna-t-elle. Est-ce que vous en avez ?

— Il n'était pas indiqué de médicaments dans le rapport, lui rappela Helva, mais vous pourrez obtenir d'Onro qu'il vole ce dont vous aurez besoin dans le synthétiseur de l'hôpital. C'est un officier médical *supérieur.*

— Oui, oui, ce sera une aide précieuse. (Theoda se replongea dans une attitude concentrée.) Pourquoi donc employaient-ils... Mais oui, bien sûr ! Ils n'avaient pas de conglomérats, n'est-ce pas ? »

Helva, fascinée, observait Theoda qui examinait le film, l'enroulant et le déroulant, procédant à des vérifications, prenant des notes, parlant toute seule, s'interrompant, les yeux perdus dans l'espace, plongée dans le domaine de la pensée abstraite.

Quand Theoda eut revu ses notes pour la quatrième fois, Helva insista avec autorité pour qu'elle mange quelque chose. Theoda venait juste de finir d'avaler son ragoût quand Onro revint, portant dans ses bras le corps inerte d'un enfant aux cheveux roux. Le rude visage d'Onro était impassible, presque rigide à force de manque d'expression, tandis qu'il déposait tendrement l'enfant sur la couchette. Helva remarqua les caractéristiques presque universelles des victimes, les yeux mi-clos, comme si les paupières eussent été trop lourdes pour les maintenir ouvertes.

Agenouillée près du lit, Theoda tourna le visage de

l'enfant de façon à avoir les yeux exactement au même niveau que lui. « Mon petit, je sais que tu m'entends. Nous allons faire travailler ton corps pour t'aider à te rappeler ce qu'il pouvait faire. Et bientôt, tu courras de nouveau au soleil. »

Sur ce, et dédaignant les protestations d'Onro, elle mit l'enfant à plat ventre sur le sol, lui prit un bras et une jambe et indiqua à Onro d'agir de même.

« Nous allons te ramener au temps où tu n'étais qu'un bébé et où tu essayais de ramper pour la première fois. Nous allons faire avancer ton corps en avant en rampant sur le ventre comme un serpent. »

Sur un ton patient et monotone, elle donnait ses instructions. Helva interrompit l'exercice au bout de quinze minutes. Ils attendirent une heure et recommencèrent les mêmes mouvements. Une heure encore s'écoula et Theoda, toujours avec la même patience, débita ses instructions pour réadapter le corps de l'enfant à la marche en position verticale, la main gauche se déplaçant en même temps que le pied droit, et la main droite avec le pied gauche. Encore une heure, et elle reprit l'exercice de marche. Puis elle revint à la reptation plusieurs fois, alternant avec les mouvements de la marche. Les deux thérapeutes faisaient un somme quand ils le pouvaient. Helva ferma subrepticement son sas, coupa sur ses relais le poste d'audition et ne prêta aucune attention aux appels radio de l'hôpital qui réclamait la communication avec Theoda ou Onro. Au bout de vingt-quatre heures, Theoda continuait de faire alterner les deux ensembles de mouvements et y avait ajouté une thérapeutique musculaire sur le corps toujours inerte, manipulant avec une patience infinie les membres pour les disposer en diverses attitudes et positions, jusqu'aux petits orteils et aux doigts.

A la vingt-septième heure, Onro, déjà épuisé par ses fatigues antérieures, accablé par sa déception et son désespoir croissants, sombra dans un sommeil d'où des secousses violentes ne purent l'arracher. Theoda, le teint de plus en plus blafard, continua le travail, effectuant toutes les répétitions de mouvements avec autant de soin et de doigté que la première fois où elle avait commencé cette réadaptation intensive.

Helva ne faisait pas attention à la foule au-dehors. Pas plus qu'aux exigences voilées, aux menaces, aux prières.

« Theoda, dit-elle doucement à la trentième heure, avez-vous remarqué comme moi la tendance des muscles à se convulser ?

— Oui, certes. Cet enfant a autrefois été dans une telle détresse qu'une trachéotomie s'est imposée. Regardez la cicatrice. (Elle montrait la mince ligne.) Je constate également que les paupières se déplacent avec un peu plus d'ampleur que lorsque nous avons commencé les soins. L'enfant sait que nous voulons lui venir en aide. Voyez, ses yeux s'ouvrent... si peu... mais c'est suffisant. J'avais raison ! Et je le savais !

— Il ne vous restera pas beaucoup de temps, dit Helva. Les autorités d'Annigoni ont appelé un vaisseau du Service et il devrait se poser près de moi dans une demi-heure. Je serai dans l'obligation d'ouvrir ou de faire subir des dommages au vaisseau, ce que je suis formée à éviter. »

Theoda leva les yeux, surprise. « Que voulez-vous dire ?

— Jetez un coup d'œil sur mon écran. » Helva fit passer l'image sur le pupitre de commande pour que Theoda puisse voir la foule de gens et la quantité de véhicules massés à la base du vaisseau. « Ils deviennent de plus en plus insistants.

— Je n'en avais pas la moindre idée.

— Il vous fallait le calme. Du moins pouvais-je vous l'assurer, répondit Helva. Mais, à toutes fins utiles, leur officier médical supérieur, son fils et la conseillère technique qu'on leur a envoyée sont emprisonnés ici même et ils soupçonnent que mes récentes... que je deviens rebelle.

— Mais ne leur avez-vous pas dit que nous procédions à une thérapeutique ?

— Naturellement.

— Entre toutes les idioties...

— C'est l'heure de la thérapeutique. Chaque minute compte à présent.

— Tout d'abord, il faut le nourrir. » Theoda inséra précautionneusement la solution concentrée dans la mince veine, aplanissant la bosse qui se formait quand le liquide nutritif pénétrait. « Un gentil petit garçon, j'imagine, Helva, d'après son visage.

— Un garnement, avec toutes ces taches de rousseur, riposta Helva.

— Ce sont généralement les plus doux à l'intérieur », déclara Theoda d'un ton ferme.

Helva remarqua que les paupières tombaient, puis se relevaient. Elle décida que c'était elle qui avait raison, et non la thérapeute. Quelle idée de parler de douceur en face de ces cheveux roux et de ces taches de rousseur !

Et le patient labeur reprit, la réadaptation assistée. Puis un coup sourd fit sursauter Theoda. La silhouette endormie du médecin étendu sur le sol en fut ébranlée. Helva, qui gardait un œil sur l'extérieur, s'était attendue à ce choc. Onro s'éveilla, mécontent, oubliant apparemment l'endroit où il se trouvait.

— Qu'est-ce qu'il y a ?

— Que se passe-t-il ? Qui frappe ainsi ?

— La moitié de la planète », répondit sèchement Helva, et elle activa les systèmes de vision et d'audition externes. Elle baissa immédiatement le son presque assourdissant.

« C'est bon, c'est bon ! cria-t-elle à la foule, sa voix s'amplifiant avec aisance pour dominer leurs clameurs furieuses.

— DEMANDONS AUTORISATION D'ENTRER, XH-834 », lança quelqu'un sous la coque. Obéissante, elle mit l'ascenseur sous tension et ouvrit le sas. Onro se rendit à l'ouverture et se pencha en hurlant : « Qu'est-ce qui vous prend ? Allez-vous-en tous. N'avez-vous pas le moindre respect ? Alors on ne peut plus dormir ici ? Le seul endroit tranquille de toute la fichue planète ! »

L'ascenseur était maintenant arrivé à sa hauteur, portant le « muscle » du vaisseau de service et le prétentieux fonctionnaire de l'hôpital qui avait accompagné Theoda lors de sa visite des malades.

« Officier médical Onro, nous avions peur pour vous, surtout quand nous nous sommes aperçus que votre fils n'était plus dans son lit.

— Administrateur Carif, pensiez-vous donc que cette dame thérapeute nous avait enlevés, mon fils et moi, pour nous garder en otages à bord d'un vaisseau rebelle ? Vous êtes tous beaucoup trop romanesques. Hé ! que faites-vous donc, jeune homme ? demanda-t-il quand le "muscle" tendit la main vers le panneau protecteur de la colonne d'Helva.

— J'obéis aux ordres du Centre de Contrôle.

— Chauffez donc plutôt le faisceau concentré et dites au Centre de s'occuper de ses propres affaires. Sans Helva et la paix et la tranquillité qu'elle a maintenues à notre bénéfice, je ne sais pas où nous en serions. »

Il rentra dans le poste, où son fils était de nouveau sur le plancher, tandis que Theoda lui appliquait laborieusement la thérapeutique Doman-Delacato.

« J'ignore combien nous en sauverons par cette méthode, mais cela marche. Quant à vous, jeune homme, vous allez demander au Centre — après leur avoir dit de ma part d'aller se faire fiche — qu'ils accordent à Theoda pleine autorité pour recruter s'il le faut toute la population de cette planète afin de constituer une force suffisante pour la mise en œuvre de son programme de réadaptation. »

Il s'agenouilla près de son fils. « C'est bien, mon petit, rampe.

— Mais cet enfant va prendre froid dans ce courant d'air... » s'écria l'administrateur.

Une femme s'efforçait d'obtenir d'Helva qu'elle fasse descendre l'ascenseur pour elle, mais Helva n'y prêtait pas attention, observant les gouttes de transpiration qui apparaissaient sur le front de l'enfant. Il n'y avait pas le moindre mouvement musculaire, pas un frémissement.

« Essaie, petit. Essaie, essaie ! le suppliait Onro.

— Ton esprit se rappelle ce que pouvait faire ton corps autrefois, bras droit en avant, genou gauche levé », disait Theoda d'une voix si bien maîtrisée que pas l'ombre de la tension qu'elle devait subir ne se reflétait dans son ton calme et doux.

Helva voyait les muscles de la gorge de l'enfant remuer convulsivement, mais elle savait que ceux qui observaient attendaient des réactions plus sensationnelles.

« Allons, joli petit garçon à sa maman avec tes taches de rousseur », gouailla-t-elle d'une voix provocante et irritante.

Avant que ceux qui regardaient aient pu se retourner pour lui manifester leur mécontentement, le coude de l'enfant avait glissé de trois bons centimètres sur le plancher et son genou gauche, légèrement fléchi par les mains de Theoda, fila en arrière, tandis que la gorge s'agitait frénétiquement. Un son rauque jaillit de ses lèvres. Avec un cri de joie, Onro serra son fils contre lui.

« Tu vois, tu vois, Theoda avait raison.

— Je vois en effet que l'enfant a fait volontairement un mouvement, oui, dut convenir Carif. Mais un exemple isolé... ce n'est pas... » Il étendit les bras en un geste expressif. Il n'était pas convaincu.

« Un seul, cela suffit. Nous n'avons pas eu le temps d'aller plus loin, déclara Onro. Je vais faire connaître le résultat à tous ces gens, dehors. Ils seront notre main-d'œuvre. »

Il emporta son fils jusqu'au sas et hurla à la foule ce qui était arrivé. Il y eut des acclamations et des applaudissements. Puis le petit groupe rassemblé à la base du vaisseau désigna avec insistance la femme qui avait réclamé l'ascenseur.

« Je ne vous comprends pas ! » lança Onro, car ils parlaient tous à la fois, tentant tous de communiquer la même idée.

Helva envoya l'ascenseur et la femme monta. Dès qu'elle fut à mi-hauteur, elle cria son message à Onro.

« Nous avons fait ce que Theoda avait suggéré, dans la pouponnière. On note déjà des améliorations chez les enfants. Pas beaucoup, cependant, et nous voulons savoir ce qui ne va pas dans notre traitement. Mais quatre bébés sont déjà capables de pleurer », bafouilla-t-elle, entrant dans le vaisseau et se précipitant vers Theoda qui s'appuyait d'un air las contre l'encadrement de la porte. « Jamais je n'aurais cru que cela me redonnerait du bonheur d'entendre pleurer un bébé. Mais il y en a qui pleurent et d'autres qui émettent des bruits affreux, et une petite fille a même agité la main pendant qu'on changeait ses langes. Oh ! nous avons juste fait ce que vous nous aviez dit. »

Theoda jeta un coup d'œil triomphant à Carif, qui haussa les épaules, accepta sa défaite et fit un signe d'acquiescement.

« Et maintenant, Carif, dit Onro d'un ton animé, en portant son fils dans ses bras sur la plate-forme de l'ascenseur, voici ce que nous allons faire. Comment nous organiser. Nous n'avons pas besoin de toute la population de la planète. On peut convoquer le Corps de la Jeunesse à Avalon. C'est tout à fait dans leurs cordes.

— Je vous remercie de m'avoir accordé votre confiance, dit Theoda à l'infirmière.

— Un des bébés est l'enfant de ma sœur, dit doucement la femme, les larmes aux yeux. Elle est la seule survivante de tout le bourg. »

L'ascenseur était revenu. Le « muscle » et l'infirmière y entrèrent. Theoda devait encore faire ses bagages.

« Nous avons accompli le plus facile, Helva. Maintenant ce sera dur : encouragements, instructions, patience inlassable. Même le fils d'Onro a encore un long chemin à parcourir avant de retrouver à peu près son état physique d'avant la maladie.

— Du moins y a-t-il de l'espoir.

— Tant qu'il y a de la vie, il y a de l'espoir.

— Était-ce *votre fils* ? demanda Helva.

— Oui, et ma fille, et mon mari, toute ma famille.

Moi seule étais indemne, immunisée. » Le visage de Theoda se convulsa. « Malgré toute mon expérience, malgré toute l'habileté acquise durant des années d'exercice, je n'ai pas su les sauver. »

Theoda ferma les yeux au souvenir de ses peines.

Helva bloqua sa propre vision avec un profond soupir mental car les paroles de Theoda faisaient écho à la protestation qu'elle avait elle-même élevée devant sa propre impuissance. Toujours cette brûlure dans son esprit : le souvenir térébrant de Jennan, les yeux tournés vers elle au moment de sa mort.

« J'ignore pourquoi on procède à une sorte d'ajustement émotif, dit Theoda d'une voix fatiguée. J'imagine que c'est le facteur de survie qui vous pousse à continuer, qui conserve votre santé mentale et votre sens d'identité par l'établissement d'une nouvelle échelle de valeurs. J'ai eu l'impression que si je parvenais à apprendre mon métier au point de ne plus jamais voir mourir quelqu'un que j'aime à cause de mon manque d'efficacité, alors mon ignorance, qui a tué ma famille, me serait pardonnée.

— Mais comment auriez-vous pu stopper une épidémie spatiale ? demanda Helva.

— Oh ! je sais bien que je n'aurais pas pu, mais je ne me le pardonne toujours pas. »

Helva retournait dans son esprit les paroles de Theoda, laissant leur sens pénétrer en elle comme un baume anesthésiant.

« Je vous remercie, Theoda, dit-elle enfin en regardant de nouveau la thérapeute. Pourquoi pleurez-vous ? fit-elle, stupéfaite de voir Theoda assise au bord de la couchette, les larmes lui coulant abondamment sur les joues.

— Pour vous. Parce que vous ne pouvez pas pleurer, n'est-ce pas ? Et vous avez perdu votre Jennan et on ne vous a pas laissé un seul moment de repos. On vous a tout simplement ordonné de me conduire ici et... »

Helva examinait fixement Theoda, déchirée entre des

émotions diverses : hésitant à croire qu'on pût comprendre son chagrin dû à la perte de Jennan, que Theoda s'inquiétât de sa peine, au moment même où ses idées triomphaient. Elle sentait se dénouer en elle le dur nœud de son chagrin et était soudain stupéfaite d'être à son tour un objet de pitié, elle, Helva.

« Par le Tout-Puissant, Helva, réveillez-vous ! » cria Onro d'en bas. Helva lui envoya l'ascenseur en toute hâte.

« Pourquoi diable êtes-vous en train de pleurer ? Pas la peine de me répondre ! » débita-t-il en fonçant dans le poste et en arrachant le sac de Theoda de ses mains molles. Il fonça ensuite dans la cuisine. « C'est sans nul doute pour une bonne cause. Mais il y a une planète qui n'attend que vos instructions... » Il ramassait toutes les boîtes de café qu'il trouvait et les fourrait dans le sac aussi bien que dans ses poches. « Je vous promets que vous pourrez pleurer tout votre soûl dès que vous m'aurez enseigné la technique thérapeutique. » Il empila encore des boîtes de café entre ses mains et ses bras. « Je vous prêterai même mon épaule pour pleurer dessus.

— Elle a la mienne quand elle voudra », fit Helva d'un ton mal assuré.

Onro prit le temps de jeter un coup d'œil à Helva. « Vos paroles n'ont guère plus de sens, dit-il d'un ton irrité. Vous n'avez pas d'épaule !

— Ce qu'elle dit est cependant parfaitement raisonnable, intervint vigoureusement Theoda alors que Onro la poussait déjà vers le sas.

— Venez, Theoda, venez donc.

— Merci, mon amie », murmura Theoda en se retournant vers Helva. Puis elle pivota et Onro mit en marche l'ascenseur.

« Non, non, Theoda, c'est moi qui vous suis reconnaissante », cria Helva à l'instant où la tête de Theoda disparaissait au bord du sas. Elle ajouta doucement pour elle-même : « Il me fallait des larmes. »

Tandis que le véhicule de surface filait vers les bâtiments de l'hôpital, Helva voyait le bras de Theoda qui s'agitait en signe d'adieu et elle eut la certitude que Theoda avait compris tout ce qui n'avait pas été dit. La poussière retombait déjà sur la route de l'hôpital alors qu'Helva rendait compte à la Base de Régulus de l'achèvement de sa mission et évaluait la durée de son voyage de retour.

Alors, tel un phénix renaissant des cendres amères de son deuil de cent heures, Helva s'envola sur une queue de flammes vers les étoiles... et l'apaisement.

Traduit par Bruno Martin.
Titre original : The Ship Who Mourned.

LE VAISSEAU QUI TUAIT

Tous les sypnases de dérivation du corps encapsulé d'Helva frissonnaient de révolte inconditionnelle contre l'autocratie du Service des Mondes Centraux.

« Se dépêcher ! Toujours se dépêcher ! » grommela-t-elle dans un accès de révolte impuissante à l'adresse de la nef sœur, la 822, sur la fréquence privée de bâtiment que le Centralcom lui-même ne pouvait capter.

La Seld-Ilsa lui répondit avec hargne : « Toi, au moins, tu vas faire quelque chose et je ne peux pas en dire autant. Il y a des semaines et des semaines que j'attends que le Service de Médiation se décide enfin à déterminer quelle est la plus grave des crises planétaires actuelles. Quand j'arriverai à pied d'œuvre, le seuil critique aura été dépassé et ce sera joyeux pour y mettre de l'ordre !

— Tu te figures peut-être que le Service Médical ne lanterne pas, lui non plus ? rétorqua sèchement Helva. Pourquoi Jennan et moi... » Elle s'interrompit, stupéfaite d'avoir été capable de mentionner le nom de Jennan.

Profitant de cette brève pause, Ilsa, sans remarquer le silence stupéfait d'Helva, continua de ronchonner :

« Ils pourraient quand même nous préparer mieux à l'instruction. Quand je pense à certaines situations devant lesquelles je me suis déjà trouvée et dont je n'avais jamais entendu parler ! La théorie, les procédures, la technique... un point c'est tout ! Jamais une seule suggestion d'ordre pratique. Du bavardage, rien que du bavardage, rien que des banalités ! Ils n'ont pas besoin de nefs-cerveaux : ce qu'il leur faut, ce sont des ordinateurs ! Des ordinateurs stupides, des ordinateurs idiots, des ordinateurs dépourvus d'émotions... » acheva la 822 d'une voix tonitruante.

Helva s'abstint de relever ce qu'avaient de spéciaux les griefs de la 822. Elle avait été à l'école avec elle et connaissait par expérience les limites de la personnalité de son ancienne condisciple.

« J'ai entendu dire, enchaîna la 822 sur le ton de la confidence, que ta mission n'est pas sans rapport avec le bâtiment bleu de l'annexe hospitalière. »

Helva ajusta le sondeur de son aileron droit mais rien ne permettait de deviner ce que recelait l'édifice oblong.

« N'as-tu pas entendu dire quand je dois partir ? demanda-t-elle à Ilsa d'une voix vibrante d'espoir.

— Je ne peux pas parler maintenant. Voilà Seld qui revient. A plus tard. »

Helva vit le partenaire de la 822 pénétrer dans le sas pneumatique, puis la nef décolla. Seld s'était lié d'amitié avec Jennan un jour où les deux vaisseaux s'étaient trouvés en même temps sur Leviticus IV. Helva se rappelait qu'il avait une basse passable et elle éprouva un fugitif pincement de jalousie. Prenant sur elle, elle donna un autre tour à ses pensées. Elle se mit à songer à cette mystérieuse annexe hospitalière, se demandant avec fièvre en quoi pouvait bien consister cette nouvelle mission. Et si elle était condamnée à être immatriculée en X jusqu'à la fin de sa carrière ?

Elle s'était posée à l'extrémité de la grande aire de contact de Régulus, le plus loin possible du cimetière du service. Bien qu'elle se fût résignée à la perte de Jennan et en dépit des larmes consolatrices de Theoda, elle ne pouvait supporter de se trouver à proximité de la tombe. C'était retourner le couteau dans la plaie. Peut-être que dans un siècle... Mais cette attente sur Régulus était une pénible épreuve et, maintenant que la 822 était partie, Helva ne pouvait plus avoir recours à la colère comme moyen de diversion.

« KH-834, votre "muscle" est en route. Elle apporte votre ordre de mission sur bande enregistrée », lui annonça le Centralcom.

Helva accusa réception. Elle était soudain surexcitée. C'était presque un soulagement que de recevoir un appel signalé par une double initiale d'identification et le plaisir qu'elle en éprouvait éclipsait la déception qu'elle avait ressentie en apprenant que son « muscle » serait un partenaire féminin. C'était également un soulagement pour elle que de faire à nouveau l'expérience de l'émotion après l'engourdissement qu'avait provoqué en elle la mort de Jennan.

Une voiture apparut, venant du bâtiment résidentiel de contrôle. Elle s'arrêta au pied d'Helva qui, sans attendre, actionna l'élévateur. Une silhouette minuscule déposa trois colis sur la plate-forme. « K » avait apparemment l'intention de rester quelque temps, en conclut Helva. La plate-forme remonta et, bientôt, le nouveau « muscle » d'Helva se profila dans l'ouverture du sas, se détachant sur le fond étincelant du ciel de Régulus.

« Kira de Canopus demande l'autorisation d'embarquer à bord de la nef KH-834, dit la jeune femme en saluant martialement, face à la cloison de titane derrière laquelle était encastrée Helva.

— Autorisation accordée. Soyez la bienvenue à bord, Kira de Canopus. »

Sans cérémonie, Kira fit glisser d'un coup de pied un sac de toile à l'intérieur de la nef puis elle alla déposer avec soin ses deux autres colis dans la cabine de pilotage. Après avoir réfléchi un moment, Helva reconnut dans celui qui avait une forme insolite un ancien instrument de musique à cordes appelé guitare.

Naturellement, pensa-t-elle, ils m'ont envoyé une partenaire mélomane. Elle n'était pas tellement sûre d'approuver une telle initiative, qui profanait les souvenirs les plus chers qu'elle conservait de Jennan, mais elle chassa énergiquement cette pensée indigne en se répliquant à elle-même que la plupart des membres du personnel du Service étaient musiciens. Les possibilités infinies de la musique convenaient admirablement pour passer le temps en cours de voyage.

Helva jeta un coup d'œil furtif sur la petite mallette que sa partenaire était en train d'ouvrir : elle était pleine de flacons et d'instruments médicaux. Après en avoir vérifié le contenu avec dextérité, Kira rabattit le couvercle et fixa soigneusement l'objet avec des sangles sur l'étagère qui se trouvait derrière le lit afin de le protéger du choc de l'accélération.

Par son aspect et sa nature aussi bien que par son sexe, Kira était l'antithèse de Jennan et, parce qu'elle était d'humeur chicanière, Helva se demanda si c'était un hasard. Mais supposer que ce fût intentionnel eût été concéder au Centralcom plus de finesse que, selon les estimations d'Helva, il ne pouvait s'en enorgueillir.

Kira de Canopus ne devait pas peser plus de 40 kilos tout habillée. Son mince visage aux hautes pommettes avait une délicatesse qui, apparemment, correspondait assez mal à l'euphémisme de « muscle » par lequel on désignait le partenaire mobile de la nef, dans le Service. Elle avait des cheveux foncés coiffés de façon à former une tresse serrée autour de son crâne ovale. Ses yeux en amande, très écartés, étaient verts — un vert clair, froid et profond — et ses cils étaient fournis. Ses doigts fuselés étaient aussi élégants que ses pieds étroits auxquels les lourdes bottes réglementaires conféraient une grâce étrange. Ses gestes, vifs et précis, révélaient un tempérament débordant d'énergie. Du vif-argent, cette fille !

Kira rentra dans le poste. Helva, habituée aux mouvements nonchalants de Theoda, dut s'ajuster rapidement.

La jeune femme inséra la bande d'ordres dans le réceptacle *ad hoc* dont était équipé le tableau de bord et le message codé commença de se dérouler. Helva poussa soudain une exclamation de surprise.

« Trois cent mille bébés ! »

Kira éclata d'un rire joyeux, tout en arpèges et en staccatos.

« Opération Cigogne !

— Tu es seulement là à titre temporaire ? » demanda Helva en s'efforçant de ne pas laisser sa voix trahir son irritation. Elle avait beau ne pas connaître encore Kira, elle avait du mal à résister au magnétisme de sa partenaire.

Kira grimaça un sourire. « Cette mission demandera un certain temps. On n'en a encore recueilli que trente mille. Même à l'époque où nous vivons, les bébés ne se font pas en un clin d'œil.

— Je ne possède pas les installations... » bégaya Helva, affolée à l'idée d'être transformée en pouponnière, mais elle laissa sa phrase en suspens tandis que la bande définissait les exigences du conditionnement requis par ce fret d'un nouveau genre. « Des chapelets de bébés ? » s'étonna-t-elle.

Kira, qui était au courant, se mit à rire devant la réaction scandalisée d'Helva.

L'enregistrement continuait de se dérouler inexorablement et Helva commença à comprendre la raison d'être des kilomètres de tubes de matière plastique et de bacs que l'on avait entassés dans l'espace limité de ses soutes.

Quelque part dans le système de Nekkar, une irradiation imprévue avait stérilisé la totalité de la population de la planète récemment ouverte à la colonisation. Une panne de courant tout aussi inattendue avait anéanti intégralement les embryons en incubateurs. La mission dévolue à KH-834 consistait à livrer sur Nekkar les embryons mis à sa disposition par les planètes qui avaient répondu au S.O.S.

Dans les tout premiers temps de l'exploitation spatiale et avant que l'homme n'eût mis le pied sur les satellites de Mars ou de Jupiter, la génétique avait fait un extraordinaire bond en avant. Il était devenu possible de transférer d'une matrice à l'autre le fœtus au premier stade de son développement, la mère-hôte portant l'enfant à terme et le mettant au monde sans avoir contribué à le procréer. Un autre progrès, non moins formidable, dans le domaine de la propagation de la race humaine, avait été accompli le jour où il était devenu possible de réaliser scientifiquement la conjugaison entre un spermatozoïde et un ovule. La fertilisation avait eu lieu. Le fœtus résultant était arrivé à terme, l'enfant avait eu une croissance normale et était devenu un adulte équilibré.

Une règle s'était alors instituée : tous ceux et toutes celles qui avaient un métier dangereux, tous ceux et toutes celles qui possédaient des caractéristiques héréditaires dominantes sur le plan de l'intelligence ou de la perfection physique qu'il était hautement souhaitable de perpétuer, donnaient leurs spermatozoïdes ou leurs ovules à un institut spécialisé qui prit le nom d'Agence pour la Conservation de la Race.

A mesure que la civilisation s'étendait à des mondes nouveaux et périlleux, une coutume s'instaura, universellement acceptée : les jeunes hommes et les jeunes femmes qui partaient pour ces planètes lointaines remettaient un spécimen de leur semence à l'A.C.R. lorsqu'ils atteignaient leur majorité. Ainsi, par exemple, si on constatait l'absence d'un groupe ethnique particulièrement intéressant dans une génération, il suffisait de débloquer le nombre voulu d'embryons supplémentaires pour rétablir la balance écologique.

Cet état de choses avait également des conséquences sur le plan de l'individu. Une jeune femme prématurément veuve pouvait donner le jour aux enfants de son défunt époux dont la semence était stockée dans les banques de l'A.C.R. Un homme qui voulait que son fils présente telle ou telle caractéristique précise afin de maintenir le nom de la famille ou de lui succéder dans ses entreprises s'adressait à la banque. Certes, cette pratique conduisait aussi à des abus ridicules : des hystériques, obnubilées par un pionnier de l'espace ou un artiste en renom, se précipitaient à l'Agence pour quémander un échantillon séminal si le personnage en question était beau garçon. Cependant, les enfants naturellement conçus étaient la règle plutôt que l'exception. Helva avait été procréée de façon naturelle. Le fait qu'une mystérieuse tare héréditaire eût fait d'elle une infirme grotesque était imputable à l'un de ces accidents aussi curieux qu'imprévisibles que les soins prénatals les plus raffinés et l'obstétrique la plus perfectionnée étaient eux-mêmes incapables d'éliminer. Ses parents l'avaient inscrite au Service des cerveaux-nefs des Mondes Centraux. A l'âge de trois mois, l'enfant avait été encapsulée. Enfermée dans l'enveloppe grâce à laquelle on pouvait déconnecter ses synapses endommagés et dériver ses impulsions cérébrales, Helva avait commencé à se préparer à devenir l'élément directeur d'un élégant et puissant astronef.

En général, l'A.C.R. servait de dépôt aux Mondes Centraux en prévision d'une catastrophe toujours possible — comme celle qui s'était abattue sur Nekkar : l'incapacité des individus à assurer la propagation de l'espèce. L'état-major de l'Agence sur la Terre avait reçu un appel : trouver et fournir trois cent mille œufs fertilisés conformes au type génétique des Nekkariens. L'A.C.R. en avait trente mille sous la main. Elle avait transmis la commande à ses principales banques réparties dans les Mondes Centraux. KH-834 devait en assurer le ramassage et effectuer la livraison.

L'enregistrement s'interrompit avec une brutalité qui fit tiquer Helva. Il lui fallut quelques instants pour réaliser que, si elle connaissait à présent sa mission en long et en large, elle n'avait reçu aucune information en ce qui concernait sa coéquipière. Ladite mission avait beau n'être que temporaire, elle demanderait un certain temps et, pour que l'association entre Kira et elle fût efficace, il lui était indispensable d'avoir quelques données biographiques élémentaires sur le compte de sa partenaire. Docilement, elle coupa la bande et activa le système en archives. Cette mission comportait des aspects insolites. Les desseins des Mondes Centraux étaient impénétrables.

« Eh bien, s'exclama Helva pour meubler le silence, je ne m'attendais pas à accéder si jeune à la maternité ! J'avoue avoir sous-estimé les exigences des Mondes Centraux. »

Ce ton badin déclencha une réaction brutale de la part de Kira et Helva se demanda ce qu'elle avait bien pu faire aux étoiles pour toucher une telle coéquipière.

« Commence par prendre connaissance de la bande biographique », fit enfin la jeune femme d'une voix monocorde, sa véhémence soudain éteinte.

Elle mit en place la seconde bobine, tourna le bouton du son d'un geste sauvage et resta debout, rigide, tandis que le ruban se déroulait, sourde ou inaccessible aux informations qu'il débitait.

Kira Falernova Mirsky de Canopus avait suivi la formation destinée à faire d'elle un « muscle » mais elle y avait renoncé alors qu'il ne lui restait plus qu'une année à accomplir. Elle était issue d'une famille qui, pendant dix générations, avait fourni aux diverses branches du Service des Mondes Centraux des fonctionnaires dévoués qui s'étaient illustrés dans des carrières alors exaltantes. Elle avait quitté l'école pour prendre un congé matrimonial qui avait duré deux ans, la mort de son mari y ayant mis fin. Elle avait subi un long traitement à l'hôpital pendant lequel elle avait sollicité l'autorisation de se lancer dans des études médicales, autorisation qui lui avait été accordée. Toutefois, l'enregistrement précisait qu'elle n'avait pas demandé à terminer son instruction de « muscle ». Elle avait accepté la présente mission temporaire qui lui avait été proposée par les autorités supérieures, son entraînement antérieur correspondant parfaitement aux exigences de cette opération particulière.

Suivait une longue liste d'indices personnels, émotionnels, psychologiques et pédagogiques qu'Helva traduisit au fur et à mesure et d'où il ressortait que, comme elle s'y attendait, cette Kira Mirsky de Canopus aurait fait un « muscle » d'une rare efficacité si elle l'avait voulu. La bande se tut de façon impromptue — comme si tout n'avait pas été dit, silence infiniment plus éloquent que les évaluations et les recommandations banales qui constituaient la conclusion de l'enregistrement. Les voies des Mondes Centraux étaient souvent tortueuses et il se pouvait bien que ce mutisme fût une de leurs habiletés. Kira devait sûrement éprouver la même impression. Cette fichue biographie omettait trop de choses et ce devait être particulièrement frappant pour quelqu'un qui avait été formé en vue de remplir les fonctions de « muscle ». Helva passa en revue les différentes possibilités qu'impliquait cette mission en grinçant mentalement des dents. Elle se trouvait dans une situation extrêmement inconfortable car son ajustement à sa nouvelle partenaire s'annonçait mal.

Elle émit un bruit grossier et fut soulagée de constater la réaction de surprise de Kira.

« Quelle bande d'abrutis ! s'exclama-t-elle avec mépris. Ils appellent ça un enregistrement ! Sans compter qu'ils ont oublié la moitié du baratin d'usage. Enfin ! Je pense que nous nous entendrons toutes les deux, ne serait-ce qu'à cause de cela. D'ailleurs, il ne s'agit que d'une mission temporaire. »

Kira ne dit rien mais son corps mince parut se détendre comme si le supplice auquel elle s'attendait avait été ajourné. Elle déglutit péniblement, se passa la langue sur les lèvres, hésitant encore car elle s'était cuirassée pour affronter quelque chose de désagréable.

« Chargeons la cargaison et partons. »

Kira se leva. Elle chancelait un peu sur ses jambes mais elle réussit à adresser un sourire à la colonne à l'intérieur de laquelle était lovée Helva. « Avec joie. Est-ce que les soutes sont équipées ?

— Avec des mètres et des mètres de galons et une bicyclette pour deux », répondit Helva, citant une vieille chanson. Elle était résolue à créer un climat de sympathie.

Le sourire de Kira se fit plus assuré et ses mouvements retrouvèrent leur souplesse.

« Oui, cela doit faire un peu cette impression, j'imagine.

— Bien sûr, je n'ai jamais vu de bicyclettes pour deux...

— Ni de vache mauve ? » Et Kira éclata d'un rire

enfantin. Helva feignit de ne pas remarquer ce que cette hilarité avait de nerveux : elle était satisfaite que son « muscle » eût un sens de l'humour aussi prononcé même s'il arrivait comme des cheveux sur la soupe.

« Hem ! Cette vache mauve, mon cher muscle, est une analogie qui ne convient que trop à notre présent état. Et ne viens pas me raconter que j'aurais de quoi loger trois cent mille mamelles mécaniques dans les cales dont les Mondes Centraux ont jugé bon de nous pourvoir.

— Oh, non ! fit Kira, riant toujours. Nous n'avons encore que cent mille articles. Nous ferons le ramassage en chemin pour effectuer la livraison sous quatre semaines, délai au bout duquel les fœtus doivent être implantés ou décantés. Puis nous sillonnerons la Grande Roue jusqu'à ce que le quota soit rempli. »

Tout cela, Helva le savait par l'enregistrement. « Trois cent mille ovules, ce n'est pas énorme pour une population planétaire d'un million d'individus pour laquelle l'expansion est une impérieuse nécessité.

— Chère KH-834, répliqua Kira en détachant chaque syllabe, le mot “temporaire”, particulièrement lorsque c'est notre Service bien-aimé qui l'emploie, possède une élasticité et une extension infinies. Sache qu'une autre équipe est chargée de recruter des orphelins sur les mondes non socialisés afin d'assurer une pyramide d'âge adéquate. Mais les enfants ne sont pas de notre ressort.

— Le ciel en soit loué ! » soupira Helva en aparté. Il n'y avait pas suffisamment de place à bord pour transporter des corps vivants et actifs, et elle se souvenait encore de la dramatique expérience qu'elle avait eue du surpeuplement lorsque le soleil de Ravel avait explosé et qu'il lui avait fallu fuir. Elle n'avait nulle envie de la revivre.

Kira se retourna pour lui sourire tandis qu'elle prenait contact avec l'Hôpital pour demander que le fret soit embarqué. « Veux-tu mettre les pompes en marche ? » fit-elle à l'adresse d'Helva, qui était précisément en train de s'en occuper.

Les kilomètres de tube plastique, une fois garnis de minuscules sachets contenant les ovules fertilisés, seraient remplis de tous les liquides nutritifs et amniotiques indispensables au développement des embryons.

L'interminable ruban divisé en compartiments microscopiques recelant chacun un organisme d'une taille infime fut préparé pour le voyage avec autant de soin, autant de précautions que les médecins en déploient sur la Terre avant d'entreprendre une délicate intervention de chirurgie crânienne. Chaque section devait être en contact avec un alimentateur véhiculant le fluide nutritif et avec une valve d'évacuation des résidus. Mètre par mètre, le ruban fut vérifié. Ce boyau, les liquides qui y circulaient et le tube qui le gainait constituaient un bouclier encore plus invulnérable qu'une matrice naturelle. Ainsi protégés, les embryons n'auraient rien à redouter des rigueurs du voyage spatial. A condition que KH-834 rallie Nekkar dans le délai imparti de quatre semaines, les trente mille fœtus qu'elle transportait vivraient et arriveraient à terme.

Si Kira manifestait une compétence toute professionnelle, Helva fut frappée du détachement avec lequel elle se livrait à son travail. Les Mondes Centraux pouvaient compter sur l'instinct maternel afin d'avoir une assurance supplémentaire. Alors qu'elle-même, enclose dans sa coquille, relevait noblement le défi — ce qui l'amusait secrètement —, Kira, qui était manifestement encore assez jeune pour connaître un jour les joies de la maternité, ne semblait pas du tout être dans le coup. Pourtant, l'affinité qu'éprouvait Helva envers les minuscules voyageurs était fondamentalement une réaction de coquillage. Après tout, ils étaient encapsulés comme elle l'était elle-même. La seule différence était qu'ils jailliraient un jour de leur enveloppe alors que, l'eût-elle désiré, cela lui était à jamais interdit. Pourtant, elle ressentait avec de plus en plus de force le besoin insolite de protéger ses passagers. La situation ne semblait pas troubler Kira et cela intriguait Helva. C'est en vain qu'elle tentait de comprendre la froideur qui caractérisait les réactions de sa coéquipière. Finalement, les techniciens qui avaient mis en place le fret précieux repartirent et Helva commença à préparer le décollage.

Quel plaisir d'avoir une partenaire qui sût prendre soin d'elle-même ! Bien sûr, Theoda n'avait pas été un fardeau au sens psychologique du terme mais Kira connaissait les procédures et Helva n'avait pas besoin de lui consacrer une seule de ses pensées. Le décollage eut lieu avec la poussée minimale ; les embryons ne seraient aucunement endommagés, protégés qu'ils étaient par leur triple fourreau, si Helva avait mis toute la puissance. Mais elle préférait ne pas prendre de risques inutiles et elle avait tout son temps pour atteindre Nekkar, dans le secteur de Boote.

La première escale serait Talitha où l'on prendrait livraison de quarante mille futurs citoyens de Nekkar. Ils étaient déjà prêts. Lorsque KH-834 eut quitté la base de Régulus, Kira vérifia soigneusement tous les circuits de la « pouponnière », fit part de ses observations à Helva par le truchement des télécontrôles, puis elle informa le Centralcom que la nef avait décollé et se dirigeait sur Talitha.

Ces formalités terminées, Kira fit lentement pivoter le fauteuil de pilotage à cardans. Son corps svelte semblait perdu au milieu du gros siège capitonné. Elle avait l'air à la fois trop frêle et trop jeune pour porter tout le poids de ses responsabilités sur ses épaules.

« Le garde-manger est abondamment garni », lui suggéra Helva.

Kira s'étira nonchalamment et fit jouer ses muscles pour délasser son dos raide. Elle secoua la tête et sa couronne de tresses se défit tandis qu'une pluie d'épingles à cheveux s'abattait d'un bout à l'autre de la cabine. Helva la contemplait avec fascination. Les cheveux tombant jusqu'aux épaules étaient à la mode chez les femmes de l'espace mais l'extrémité des tresses de Kira balayait le plancher. Toute la maturité qu'elle pouvait posséder disparut en même temps qu'elle libérait sa chevelure. Elle se leva et, tel le prototype d'une antique créature fantastique, elle se dirigea vers la cambuse.

« N'auriez-vous pas stocké quelque part un peu de ce breuvage connu sous le nom de café ? » demanda-t-elle avec mélancolie.

Helva pouffa. Elle se souvenait d'un major, un dénommé Onro, qui lui avait un jour posé une question semblable. C'était apparemment là une nécessité professionnelle. Elle s'empressa de rassurer la jeune femme : « J'en ai trois fois autant que le recommande l'intendance du Service.

— Oh, ce n'est pas possible ! » s'exclama Kira en levant les yeux au ciel avec ravissement. Le navire qui m'a amenée à Régulus était un transport provincial en provenance du Dragon et il n'y avait pas une goutte de café à bord. J'ai cru périr ! »

Elle ouvrit le compartiment et brisa le sceau thermique, humant avec délice l'arôme qui s'élevait du breuvage à mesure que celui-ci chauffait. Elle en avala une gorgée. La boisson brûlante lui arracha une grimace. Elle s'accouda au rebord du guichet et une expression de soulagement se peignit sur ses traits. « Ça va coller magnifiquement entre nous, Helva. J'en suis sûre. »

Il y avait quelque chose de rugueux dans sa voix mélodieuse, qui trahissait la fatigue. Helva ne manqua pas de le remarquer. Serait-elle toujours condamnée à accueillir des passagers aux limites de l'épuisement ? Ou était-elle elle-même responsable du fait que tous ses visiteurs avaient tendance à s'endormir dès qu'ils avaient mis le pied à bord ? Pour une crèche ambulante, c'était un bon point, songea-t-elle avec aigreur.

« Tu as eu une longue journée, Kira. Tu devrais te reposer un peu. N'importe comment, moi, je reste debout. »

Kira se mit à rire : elle savait que les nefs-cerveaux ne dormaient jamais. Elle jeta un coup d'œil en direction des soutes. Helva la rassura : « Sois tranquille : je monterai la garde.

— D'accord. Je finis mon café et j'irai faire un petit somme. »

Au moment où elle allait ouvrir la porte de sa cabine, elle se retourna et regarda la colonne d'Helva, la tête légèrement penchée, l'œil scintillant.

« Helva, tu ne m'espionneras pas ?

— Je t'affirme que je suis une nef bien élevée, répondit Helva avec la plus grande dignité.

— J'espère que tu te conduiras en tout temps avec la bienséance qui convient à une personne occupant dans la vie la situation qui est la tienne », rétorqua Kira d'un air si altier qu'Helva imagina que son pedigree était émaillé d'ancêtres de sang royal.

La tête haute, Kira entra dans la cabine, se prit le pied dans une tresse libérée et s'étala de tout son long. Helva fut terriblement tentée de jeter un coup d'œil.

« Je te conseille de ne pas regarder ! » s'exclama Kira entre deux éclats de rire.

Mais Helva n'avait pas promis de couper le son. La jeune femme se releva en pouffant. Bientôt, le seul bruit qui troubla le silence du vaisseau fut celui de sa respiration, légère et régulière.

Helva sortit de la sonothèque le fragment d'enregistrement succédant à la plage de silence qui lui avait mis la puce à l'oreille. Le texte en était bref et énigmatique :

« L'Antenne Mirsky est une dylaniste pratiquante. Par accord mutuel, il a été entendu qu'elle accepterait de remplir la présente mission au titre du Service des Mondes Centraux sans avoir à renoncer à son art. En conséquence, il lui sera interdit de débarquer sur les planètes dont les noms suivent du fait que ses activités constituent une infraction aux lois planétaires limitant le prosélytisme de la part des organismes administratifs et risquent de placer le Service des Mondes Centraux dans une situation embarrassante. Planètes : Ras Algothi, Das Alhague et Sabek. L'Antenne et le Vaisseau passeront au large — je répète : passeront au large — des planètes Baham et Homan dans le secteur de Pégase, ainsi que des planètes Beid et Keid dans le secteur d'Eridan. »

Rien ne pouvait être plus clair que ces consignes mais

le motif qui les avait inspirées était pour Helva un mystère insondable. Kira était une dylaniste pratiquante. Qu'est-ce que cela pouvait vouloir dire ? Ce terme avait une résonance familière et la guitare que Kira chérissait suggérait un quelconque groupe musical. Eh bien, songea rêveusement Helva, il faudra amener la question sur le tapis d'une façon naturelle au cours de la conversation.

Les six jours que prit le voyage de Talitha furent animés par les brusques changements d'humeur et d'attitude de Kira, tantôt gamine et tantôt princière, qui enchantaient Helva, d'une part parce qu'ils faisaient contraste avec le flegme de Theoda et, d'autre part, parce qu'ils constituaient comme un contrepoint au lancinant souvenir de Jennan. Helva ne savait pas, littéralement parlant, ce que sa partenaire ferait à la minute suivante. Cependant, quand le moment fut venu de réceptionner les passagers, la jeune femme travailla avec une habileté professionnelle sans ménager ses efforts. Dubhe, la seconde escale, confirmait que quarante mille ovules fertilisés, la contribution de la planète à l'entreprise, étaient prêts à être embarqués. Kira vérifia : le chiffre était correct et Helva était d'accord. Kira était peut-être juvénile, elle faisait peut-être l'enfant, mais son cerveau fonctionnait avec efficacité et précision.

A Talitha, le transfert eut lieu sans accrocs, le soin que Kira attachait aux détails lui ayant permis de parer au seul accident : un infirmier, trop pressé d'en finir, se prit les pieds dans les tuyaux d'alimentation d'une cuve incubatrice. Kira l'incendia copieusement, procéda à l'inventaire de ses ancêtres, le mit en face de sa présente indignité et de l'imminence d'un renvoi probable si la même maladresse se répétait. En plus du basique, elle l'injuria en trois langues que connaissait Helva ainsi qu'en plusieurs autres qui présentaient l'avantage d'avoir des sonorités plus venimeuses encore. Pourtant, dès qu'elle eut craché sa bile, elle recouvra son sang-froid et présenta ses excuses au chef d'équipe.

Après le décollage, elle ôta les épingles qui retenaient

ses tresses et s'installa dans le fauteuil de pilotage en poussant un soupir de soulagement.

« J'ai compris trois des idiomes dont tu t'es servie pour brosser son portrait, lui dit Helva, mais j'avoue que les autres m'ont échappé.

— Je trouve que le vieux russe terrien, libéralement mêlé de neumagyarosag, offre une gamme de tonalités particulièrement vitriolées, répondit Kira avec un sourire satisfait. En fait, je me suis bornée à réciter la recette d'un plat à base de protéines appelé paprikash. Ça paraît être beaucoup, beaucoup plus méchant, n'est-ce pas ? » Elle adressa un large sourire à Helva.

« En effet. L'autre imbécile en était positivement vert.

— Celui-là, je le... » Kira laissa la phrase en suspens. Ses mâchoires se crispèrent et, pendant un instant fugitif, son visage trahit une douleur secrète. « Je crois que j'ai faim », murmura-t-elle en baissant les paupières. Sa voix avait la douceur d'une voix d'enfant. Elle rouvrit les yeux, à nouveau maîtresse d'elle-même. « J'ai bien envie de faire du paprikash ! Figure-toi que, sur le coup de la colère, la recette m'est revenue mot à mot. » Elle exécuta une cabriole. « C'est une vieille bohémienne qui me l'a apprise. Promets-moi de ne pas regarder, ajouta-t-elle en levant un doigt menaçant. C'est un secret de famille. »

Elle pivota sur ses talons et se précipita vers la cambuse en gambadant et en riant à en perdre le souffle à tel point qu'il lui fallut s'arrêter et s'appuyer contre la cloison.

« Est-ce que ce fumet n'est pas divin ? demanda-t-elle un peu plus tard à Helva en s'arrêtant devant la colonne, le plat à la main. Ce serait meilleur avec des pâtes et des croûtons. Miam, miam ! murmura-t-elle d'un air gourmand quand elle eut avalé la première cuillerée. Oh ! c'est parfait ! Je n'ai pas perdu la main. » Elle porta le bout de ses doigts à ses lèvres et lança dans l'air un baiser ravi. « Quelle merveille ! » Elle replia ses jambes sous elle et vida rapidement son assiette, se léchant les doigts quand la sauce les éclaboussait.

« A te voir, tu me fais regretter d'être nourrie à la burette, laissa tomber Helva. Je n'avais encore jamais vu quelqu'un prendre autant de plaisir à manger. Pourtant, tu n'as pas l'air de souffrir d'un excès de calories. »

Kira haussa négligemment les épaules. « Excellent métabolisme. Absolument inaltérable ! C'est comme ça que je suis. » Un soupçon d'amertume perçait à travers son air enjoué.

Peu à peu, Helva se prit à penser que les brusques sautes d'humeur de Kira n'étaient pas la manifestation d'un caractère naturellement primesautier mais une arme utilisée par une femme blessée qui s'efforçait d'endormir sa peine en faisant mine de la nier.

Helva se rappelait le soin avec lequel sa partenaire avait rangé sa guitare. Kira n'avait encore jamais risqué la moindre allusion à l'instrument qui attendait, silencieux, au fond du placard. Était-ce par respect envers Helva qui était récemment passée par des moments tragiques ? Kira était sûrement au courant de la mort de Jennan et des légendes qui, déjà, étaient nées autour de la 834. A moins que ce ne fût pour des raisons d'ordre strictement personnel que la jeune femme ne touchait pas à sa guitare...

Kira avait fini de manger. L'assiette vide était posée sur ses genoux. Elle avait l'air d'avoir le cafard. Ses yeux verts étaient perdus dans le vague. Elle paraissait apathique.

Il était indispensable de lui changer les idées. La jeune femme avait dû être atteinte en un point vital, trop vital pour qu'elle pût réagir toute seule.

Helva commença à fredonner doucement un air au hasard :

Music for a while
Shall all your cares beguile;
Wond'ring how your pains
were eased.

« Comment soulager ma douleur ? » enchaîna Kira

d'une voix sifflante. Au fond de ses yeux écarquillés brillait une flamme rageuse. Son regard était braqué sur la colonne de titane. « Sais-tu comment soulager ma douleur ? » D'un seul coup, elle fut sur ses pieds. Le changement de position avait été si brusque qu'on eût dit qu'il n'y avait pas eu de mouvement intermédiaire. Une telle force habitait subitement le corps svelte de Kira qu'Helva en fut effrayée. « Par la mort ! Par la MORT ! » — et elle tendit les mains, paumes en l'air, pour montrer à Helva ses poignets couturés de fines cicatrices blanches au niveau de l'artère.

Kira laissa retomber ses bras le long du corps.

« Toi, tu as eu l'occasion de mourir. Personne n'aurait pu t'en empêcher. Pourquoi n'en as-tu pas profité ? Pourquoi es-tu restée en vie après sa mort à lui ? » s'exclama-t-elle sur le ton du plus profond mépris.

Helva retint son souffle, s'efforçant de repousser le souvenir du brûlant désir qu'elle avait eu de plonger au cœur de l'éclatant brasier du soleil de Ravel.

« Mais il n'est pas permis de mourir, même quand on le veut ! » reprit Kira en arpentant la cabine. En dépit de sa fureur, sa démarche gardait toute sa grâce. « Ça n'est pas permis ! Non ! On vous soumet aussi sec à un conditionnement en profondeur qui vous l'interdit. Tout vous est autorisé dans notre admirable société mais on n'a pas le droit d'avoir ce que l'on désire vraiment si c'est la mort que l'on souhaite. Est-ce que tu te rends compte que, depuis trois ans, je ne suis jamais restée seule un instant ? Et maintenant... » La colère et le mépris déformaient hideusement les traits de Kira. « ... Maintenant, te voilà ma nurse ! Et ne te fais pas d'illusions : dès le début, j'ai su que tu avais eu communication d'un rapport confidentiel te mettant en garde contre mon instabilité émotionnelle.

— Assieds-toi », dit sèchement Helva. Et elle enclencha le magnétophone. La dernière partie de la bande enregistrée, faisant état des interdictions d'atterrissage, se déroula. Kira écoutait, prostrée au fond du fauteuil, impassible.

« Je suis désolée, Helva, fit-elle en levant une main qui tremblait dans un geste d'excuse. Je suis vraiment désolée. Mais je ne croyais pas qu'ils m'accorderaient finalement le droit d'être livrée à moi-même.

— Pour ce qui est du conditionnement, ils sont très habiles, murmura Helva. Il faut bien qu'ils le soient et ils le sont. Il est impensable de laisser le chagrin ronger les gens ou les vaisseaux. Mais je pense qu'ils ont renoncé à te faire surveiller par un chaperon. Ils veulent simplement t'empêcher de mettre le pied sur les rares planètes où le suicide rituel est admis, comme Baham, Hodam, Beid et Keid. Ils ne peuvent pas te laisser te suicider parce que l'éthique des Mondes Centraux a pour base le développement et la propagation de la vie partout et chaque fois que c'est possible. Je suis un exemple vivant des solutions extrêmes qu'ils sont prêts à adopter dans leur volonté de sauvegarder la vie humaine. L'A.C.R. est un autre aspect de la même éthique. En ce qui te concerne, le suicide représente une violation de la morale que l'on ne peut autoriser. Les planètes de Pégase et d'Eridan elles-mêmes n'admettent le suicide que dans des conditions très précises et interdisent certaines cérémonies grotesques afin que seuls les êtres vraiment désespérés aient la liberté de se supprimer. Ce qui est invraisemblable, conclut Helva avec un soupir d'exaspération, c'est qu'ils n'aient pas trouvé un moyen de rendre supportable la perte d'un être cher dans la mesure où la Mort est la seule maladie que nos grands et glorieux Mondes Centraux n'ont pas été capables de guérir. »

Les cheveux défaits de Kira lui masquaient le visage. Ses doigts graciles eux-mêmes étaient immobiles. La jeune femme s'abandonnait à son tourment et cet apitoiement sur soi-même, cette auto-immolation, suscita brusquement la colère d'Helva. C'était vrai, elle avait songé au suicide, elle aussi, mais son conditionnement lui avait permis de tenir le coup. Elle avait hurlé sa peine à tous les échos de l'espace noir mais elle était repartie avec Theoda pour Annigoni et avait continué de vivre.

Comme Theoda après sa propre tragédie. Comme tant de gens d'un bout à l'autre de l'univers et à toutes les époques. Lorsque les conseillers médicaux avaient constaté que Kira sombrait dans l'affliction, ils auraient dû lui insérer un bloc. Mais non ! Non ! Helva se rappela que Kira était presque arrivée au terme de la formation qui devait faire d'elle un « muscle ». En conséquence, elle était devenue résistante aux blocs psychologiques de sorte qu'un conditionnement intense demeurait la seule thérapeutique réalisable. Les médecins, à ce stade, ne pouvaient pas effacer. Ils pouvaient seulement inhiber.

Helva considéra impartialement son « muscle ». La situation dans laquelle elle se trouvait la rendait furieuse. Les Mondes Centraux savaient exactement ce qu'ils attendaient d'elle quand ils lui avaient affecté Kira. Cela aussi faisait partie de l'éthique. Utilisez tout ce dont vous disposez pour mener à bien le travail demandé.

« Kira, qu'est-ce que le dylanisme ? »

Kira leva brusquement la tête et le voile de sa chevelure se déchira, révélant son visage. Elle battit des paupières. « Eh bien, c'est vraiment la dernière question à laquelle je m'attendais ! » Sa voix était tranquille. Elle émit un petit rire bref, puis hocha la tête et ses tresses ondoyèrent. Elle contempla Helva d'un air songeur. » Je t'absous du crime de psychothérapie. Pourtant, enchaîna-t-elle en brandissant un doigt accusateur en direction de la colonne, j'ai été contrainte de partir pour cette mission et je trouvais terriblement suspect que ce soit toi qui sois ma nef.

— Cela me paraît logique », répondit calmement Helva.

Kira posa la main sur la plaque rectangulaire qui permettait d'accéder au corps d'Helva enfermé dans son enveloppe de titane. C'était là un geste d'excuse et de prière, simple et rapide. Si Helva n'avait pas été aveugle aux sensations, elle aurait éprouvé le plus léger des attouchements.

« Un dylaniste est un commentateur social, un protestataire. Seulement, il emploie la musique. Un dylaniste qualifié, et moi, je n'en étais pas une... (de la manière dont Kira avait accentué le *moi*, Helva déduisit qu'elle considérait que Thorn, son mari, en avait été un, lui)... est capable de donner une telle force de conviction à une thèse à travers la mélodie et les paroles que ce qu'il veut dire pénètre le subconscient.

— C'est de la chanson subliminale ? »

Kira s'immobilisa devant la porte de sa cabine. « Tu n'as jamais été obsédée par un air ?

— Euh... Si... Cela m'est arrivé », répondit Helva bien qu'elle ne fût pas certaine que la *Seconde Suite Céleste* de Rovolodorus correspondît exactement à ce que Kira avait en tête. Mais l'important était qu'elle avait marqué le point.

Kira émergea bientôt de la cabine, sa guitare à la main.

« Un dylaniste qui a vraiment du talent, reprit-elle, peut créer une mélodie portant un message que chacun chante, fredonne, siffle, crache ou scande malgré lui. Il arrive qu'on se réveille le matin avec une bonne chanson de style Dylan dans la tête. Imagine donc l'efficacité que cela peut avoir quand on milite pour une cause. »

Helva s'esclaffa bruyamment. « Je ne m'étonne pas que les Mondes Centraux aient estimé que ta présence serait embarrassante sur le circuit d'Ophiuchus ! »

Kira fit la grimace quand la guitare, désaccordée par cette longue oisiveté, émit ses premières notes. Elle tourna les clés avec une expression étrangement tendre. A nouveau, elle gratta une corde. Le *mi* n'était pas encore tout à fait au point. Elle tendit imperceptiblement le boyau et hocha la tête avec satisfaction.

Ses doigts voltigèrent, tressant notes et accords, tirant de la guitare des sons dont le volume contrastait avec l'apparente fragilité de l'instrument. Helva, stupéfaite, reconnut une antique fugue de Bach. Au même moment, Kira plaqua un accord rageur et posa sa main sur les cordes pour étouffer leurs vibrations.

« Zut ! s'exclama-t-elle en serrant les poings. Je n'ai pas joué depuis... » Elle frappa un accord en majeur, passa en mineur. « Je me rappelle que nous avons passé une nuit entière — jusqu'au lendemain à midi, en réalité — à essayer d'analyser une vieille chanson de Dylan. L'ennui, c'est que Dylan n'est pas fait pour être analysé. Il faut le sentir et si l'on cherche à disséquer ce qu'il dit pour le traduire en basique ou en termes de psychologie, cela... cela n'a plus aucun sens. Ce sont les images que la musique convoie en bloc qui vous frappent aux tripes. Voilà le style de Dylan. Quand les tripes réagissent, c'est comme un fouet qui vous cingle l'esprit et il y a une entaille de plus dans le bloc massif qui se trouve à l'intérieur.

— Cela peut constituer un bon moyen thérapeutique », laissa sèchement tomber Helva.

Kira lui décocha un regard furieux, puis sourit et la guitare parut rire sous ses doigts. « L'ennui, avec la thérapeutique, c'est que l'on a tendance à trouver des tas de significations différentes derrière les notions et les mots les plus simples. Alors, tout s'embrouille et l'on se met à suspecter tout et tout le monde. » Et la guitare fit moqueusement écho à ses paroles.

Un voyant rouge s'alluma sur le panneau en même temps qu'une impulsion sollicitait les moniteurs internes d'Helva. La guitare était la seule occupante du fauteuil de pilotage : Kira était déjà au milieu de la coursive conduisant à la soute numéro trois quand Helva brancha son contrôle visuel.

La jeune femme s'arrêta devant la porte le temps nécessaire pour évaluer les dégâts. Puis, pivotant sur ses talons, elle se rua vers la cale où étaient emmagasinés les stocks supplémentaires.

La maladresse du technicien avait apparemment été réparée au moment de l'accident : on avait rattaché le tube à la bonbonne de fluide nutritif. Mais personne ne s'était alors aperçu que son autre extrémité s'était desserrée. Le liquide qui avait suinté du joint distendu témoignait avec éloquence de ce qui s'était passé. Helva régla sa vision au grossissement maximum et examina non sans inquiétude le contingent d'embryons desservi par cet alimentateur. Il y avait eu des pertes au niveau du joint mais le reste du chapelet était encore plein.

Kira réapparut avec de nouvelles tubulures et de nouveaux joints. Elle démonta avec dextérité l'accessoire détérioré qu'elle remplaça par un ajustage neuf, prenant soin d'éviter que des bulles d'air ne pénètrent à l'intérieur du chapelet. Cela fait, elle contrôla avec attention le ruban sur toute sa longueur, scrutant au microscope chacune des infimes capsules qu'il contenait pour s'assurer que tous ces petits sacs étaient en contact avec l'embout alimentateur.

Ensuite, elle vérifia les joints des autres chapelets, chaque tube, chaque bonbonne, chaque connexion. C'était une besogne de plusieurs heures mais elle travaillait toujours à la même cadence, sans hâte excessive.

Après un dernier contrôle des moniteurs internes d'Helva, Kira referma la soute.

« J'aurais dû hacher menu ce type-là et le mettre dans le paprikash, murmura-t-elle en s'enfermant dans sa cabine. Il ne l'aurait pas volé ! »

Helva resta l'oreille aux aguets jusqu'à ce qu'elle entendît le souffle lent et régulier de la jeune femme endormie. Pendant tout ce temps, la guitare silencieuse, posée sur le fauteuil de pilotage, la regardait et des fragments de mélodies hantaient la mémoire d'Helva.

A Dubhe, Kira se fit faire un long rapport sur l'état des chapelets endommagés pour être sûre que les milliers de fœtus que ceux-ci abritaient n'avaient pas souffert. Quels que fussent les problèmes sentimentaux qui la tourmentaient, elle les tenait à l'écart de sa vie professionnelle. Helva appréciait d'autant plus cette objectivité qu'elle avait eu un aperçu du chaos qui régnait dans l'âme de sa coéquipière.

La KH-834 quitta Dubhe et fila en direction de Merak où l'attendaient vingt mille autres ovules. Pendant ce court voyage, ni Kira ni Helva ne firent allusion à ce que cette dernière appelait « l'incident paprikash ». Kira ne rangea pas sa guitare ; tous les « soirs », elle consacrait un moment à donner à Helva des exemples supplémentaires de la clairvoyance et de la lucidité spéciale des dylanistes, utilisant d'anciennes chansons remontant à la décennie du « Protest Song », c'est-à-dire au début de l'ère atomique, pour illustrer les protestations contemporaines.

L'appel d'Alioth interrompit la jeune femme au moment où elle interprétait de façon magistrale un des premiers Dylan : *Blowin' in the Wind.*

Kira posa soigneusement sa guitare et prit l'écouteur. Son visage exprima une légère surprise quand son correspondant lui indiqua l'origine de ce message.

« Quinze mille ? » répéta-t-elle pour avoir confirmation du chiffre. Puis elle coupa la communication et Helva s'étonna de l'inutile laconisme de la réponse. Pendant que sa partenaire prenait le message, elle avait activé les cellules mémorielles du vaisseau pour obtenir des informations sur cette planète.

« C'est curieux, laissa-t-elle tomber.

— Qu'est-ce qui est curieux ? lui demanda Kira qui était en train de griffonner des calculs.

— Les archives ne signalent pas qu'Alioth possède une banque d'embryons. C'est une planète sinistre. En pleine période d'activité volcanique hautement instable. Un grand nombre de fonderies. Le taux de mortalité le plus élevé des Mondes Centraux.

— Tu ferais mieux de t'informer de ce que pense le Centralcom concernant un atterrissage là-bas, jeta sèchement Kira.

— Alioth n'est pas sur la liste des planètes interdites, répondit Helva, mais elle se plaça sur la fréquence du Centralcom.

— Alioth ? » s'exclama le représentant du Centralcom. Il était si surpris que son étonnement perçait à travers son ton officiel. « Nous ne leur avons pas transmis le S.O.S. car nous ignorions qu'il y avait une banque là-bas. Sur le plan ethnique, c'est possible. Restez à l'écoute. »

Quelques instants plus tard, le Centralcom reprit :

« KH, Dirigez-vous sur Alioth. Il n'existe pas à notre

connaissance de banque sur cette planète mais des voyageurs ont signalé que les améliorations apportées aux méthodes de prospection minière indiquent un niveau de progrès technologique favorable à la propagation de la race. Il existe sur Alioth une puissante hiérarchie religieuse. Veillez à ne pas vous la mettre à dos. Je répète, veillez à ne pas vous la mettre à dos. Et adressez-nous un compte rendu dans les plus brefs délais.

— Bon, fit Kira. Est-ce qu'il y a des clichés à la photothèque ? »

Les premières vues qui apparurent sur la visionneuse étaient des plans du petit port spatial. La ville était dominée par un temple gigantesque ayant pour toile de fond le flanc d'un volcan éteint ; les larges degrés qui y conduisaient rappelaient à Helva une ziggourat. Elle n'appréciait pas particulièrement les mondes possédant une hiérarchie religieuse mais, pour le moment, elle constatait avec satisfaction que ses préventions étaient fondées. Trop de religions étaient sinistres et maléfiques. Alioth, quatrième planète du système, était bien trop éloignée de son soleil primaire pour bénéficier de sa clarté et son volcanisme la prédisposait aux outrances dantesques.

Le dernier cliché représentait une procession de personnages encapuchonnés qui, torche en main, traversaient l'immense esplanade s'étendant devant le temple.

« Eh bien, c'est joyeux, ici ! laissa tomber Kira avec une grimace. Enfin... il n'y a que quinze mille ovules à embarquer : nous ne resterons pas longtemps. » Elle plaqua sur sa guitare un accord joyeux pour dissiper l'effet morbide produit par les clichés.

« Ils font bien partie du groupe ethnique réclamé par Nekkar, fit observer Helva sur un ton dubitatif.

— Je n'ai rien vu avec leurs capuchons. Tu ne penses quand même pas que les embryons naissent tout encapuchonnés, tout de même ! Ils en feraient une drôle de tête, les Nekkariens ! ajouta-t-elle en pouffant, et un trille de la guitare fit écho à son rire.

— Dis plutôt qu'ils naissent coiffés ! »

Kira menaça Helva de sa guitare, puis elle entreprit d'inspecter les trois soutes.

« Les quinze mille d'Alioth s'ajoutant aux vingt mille de Merak, cela va nous encombrer un peu, fit-elle d'une voix songeuse.

— Alioth est dans l'alignement spatial de Nekkar. Nous avons largement le temps. Et après, suite de l'opération cigogne ! »

Quand elle eut terminé son inspection, Kira alla dans la cuisine et se servit distraitement du café. Lorsqu'elle regagna le poste, elle avait l'air soucieux. C'était la première fois que cela lui arrivait depuis près d'une semaine. Elle s'installa dans le fauteuil et resta immobile, contemplant la fumée qui montait du gobelet.

« Opération cigogne ! Est-ce que tu te rends compte que je suis du même groupe ethnique, moi aussi ? demanda-t-elle enfin à Helva. Ces petits fragments de vie sont des enfants de gens semblables à moi à une différence près : ils ont fait un don de semence et moi pas.

— Ne sois pas ridicule ! s'exclama Helva dans l'espoir de réprimer une nouvelle explosion. Tu as rempli ton devoir envers l'A.C.R. quand tu as eu ta majorité, n'est-ce pas ? »

Kira éclata de rire.

« Non. Non, je n'ai pas rempli mon devoir. J'avais déjà rencontré Thorn et je pensais mettre moi-même mes enfants au monde. Je n'avais besoin des services d'aucune agence pour assurer la perpétuation des chromosomes représentant l'essence de Kira Falernova Mirsky de Canopus. En fait, ajouta-t-elle d'une voix sardonique, j'ai même écrit un dylan sur l'A.C.R., un dylan plein d'esprit et de drôlerie avec des tas d'astuces marrantes à propos des enfants en conserve et des enfants frais. »

Elle fit pivoter son fauteuil et regarda Helva, les yeux plissés. Il y avait du mépris dans son regard — un mépris dirigé contre elle-même. « Parmi les nombreux détails omis dans ma biographie, celui-ci a été censuré : mon seul enfant est né avant terme. Mort-né. Depuis, je suis totalement stérile. »

Kira enserra sa taille minuscule entre ses deux mains fines. « Ce ventre ne sera plus jamais fécondé. Ni par implantation ni par imprégnation. Rien ne survivra de Thorn, rien ne survivra de ce que nous avons eu en commun. »

C'était en prévision d'accidents de ce genre que l'A.C.R. conseillait à tous les jeunes adultes de faire un don de semence mais il était inutile de le rappeler à Kira : celle-ci se rendait manifestement compte de sa propre déraison.

« Voilà pourquoi, après la mort de Thorn, j'ai préféré renoncer au Service et me consacrer à la médecine. Mais toutes mes études ont prouvé que rien ne pouvait plus renaître en moi. La science est capable de réaliser bien des merveilles, d'obtenir bien des guérisons. Mais là, elle est impuissante. »

Kira soupira profondément. Cependant son amertume n'avait pas la véhémence qu'avait revêtue son premier éclat. Helva se demanda si Kira, qui ne s'était apparemment pas résignée à vivre, s'était résignée à la stérilité.

« C'est pour cela, ma chère Helva, que je trouve qu'il y a beaucoup d'ironie dans le fait que ce soit moi qui aie été chargée de convoyer cette cargaison d'un genre bien particulier dans la Grande Roue ! »

Helva s'abstint de tout commentaire. Kira acheva son café et alla se reposer. Dans quelques heures, la KH-834 se poserait sur Merak et, l'embarquement terminé, elle mettrait le cap sur Alioth.

L'astronef quitta Merak en un temps record, les techniciens ayant été rapides et efficaces. Dans quelques jours, il atteindrait Alioth, dernière escale avant Nekkar. L'existence à bord était maintenant une agréable routine. La connaissance approfondie qu'avait Kira du vieux folklore de Terra et des périodes coloniales des mondes ayant à présent accédé à la majorité permettait à Helva de compléter son répertoire de musique classique et ancienne.

Helva réveilla Kira juste avant d'atterrir sur Alioth. L'Antenne enfila vivement une tunique sombre et coiffa ses cheveux en une couronne si serrée qu'Helva se demandait comment elle faisait pour ne pas avoir mal à la tête.

Le contact ne se présenta pas favorablement. Tout d'abord, le port spatial était obscurci par l'ombre des pics déchiquetés et rougeoyants de la chaîne continentale formée de volcans en activité. Ordre fut donné à la nef de se poser à quelque distance de la petite bâtisse rectangulaire où étaient installés les services techniques et administratifs. Kira protesta : c'était trop loin de l'édifice pour que le transfert puisse avoir lieu rapidement. La peu hospitalière planète lui enjoignit alors avec brusquerie d'attendre l'arrivée d'un véhicule. Un bon moment s'écoula avant que n'apparaisse un énorme camion rempli de personnages encapuchonnés qui prirent position autour de la base d'Helva, formant un cordon infranchissable. Leur attitude avait quelque chose de suspect et d'hostile; leur présence était une insulte au bâtiment portant la marque d'Helva.

« Pourquoi monter la garde devant une nef du Service Médical des Mondes Centraux? demanda fermement Kira à la tour de contrôle.

— Pour garantir la protection de votre cargaison », lui fut-il répondu.

Au même instant, l'officier commandant le détachement de gardes sollicita la permission de monter à bord.

« Qu'en penses-tu, Kira? fit Helva à voix basse.

— Je n'ai pas l'impression que nous ayons le choix. Mais je te suggère de faire un enregistrement audiovisuel que tu coderas et enverras à Régulus.

— Je suis du même avis. Et je crois préférable d'être muette.

— Excellente idée », acquiesça Kira en réglant un bouton de contact fixé à sa tenue.

Il existait un grand nombre de planètes rétrogrades où l'on ne comprenait pas l'association de l'Antenne mobile et de la nef, du « muscle » et de son « cerveau ». Dans ces cas-là, il y avait souvent avantage à dissimuler les facultés du « cerveau » tant qu'il n'était pas indispensable de les révéler. Ce bouton permettrait à Helva de rester en contact optique et auditif avec Kira.

L'officier, haute et inquiétante silhouette encapuchonnée de noir, se présenta devant le sas qu'Helva ouvrit. L'homme masqué dominait Kira de toute sa taille. Une main maigre sortit des plis de sa robe. Il se toucha la poitrine et le front. Un geste que l'on pouvait interpréter comme une sorte de salut.

Kira lui rendit son salut à sa manière et attendit qu'il parlât.

« Second officier de garde Noneth, finit-il par proférer.

— Antenne Médicale Kira de Canopus », répondit Kira avec dignité. Helva ne manqua pas de remarquer que sa partenaire se présentait sous son identité planétaire au lieu d'annoncer le matricule mixte KH-834.

« Vous êtes attendue au Grand Temple afin de discuter du problème de notre contribution », dit Noneth. Sa voix était caverneuse et son ton mesuré.

« Le temps a une importance essentielle pour un transfert de cette nature, commença Kira.

— Le temps appartient à Celui qui Ordonne. Il réclame votre présence.

— Les ovules sont-ils prêts à être chargés ? » insista Kira, désireuse d'obtenir quelques renseignements.

Le haussement d'épaules de Noneth agita les plis de son capuchon.

« Ne blasphémez pas !

— Je vous assure que, si j'ai blasphémé, ce n'était pas intentionnel, répliqua calmement Kira, se refusant à présenter d'autres excuses.

— Venez ! » jeta Noneth d'un ton sec et autoritaire.

Une voix sépulcrale et discordante éclata alors, stridente, dans la minuscule cabine :

« Celui qui Ordonne te commande de venir, femme. »

Kira s'attira à nouveau le respect d'Helva car elle ne trahit pas la moindre surprise en entendant cette clameur terrifiante. L'espace d'une seconde, les yeux de l'Antenne se posèrent sur le médaillon ovale et plat qui retenait le capuchon de Noneth. Helva avait également reconnu l'objet : c'était un émetteur-récepteur semblable à celui que portait Kira. Un modèle exclusivement réservé au Service.

Ce serait une véritable nova de scandale quand les Mondes Centraux découvriraient qui distribuait ces appareils à usage sévèrement limité sur des planètes arriérées !

« L'ordre doit être obéi. C'est le Temple lui-même qui a parlé, s'écria Noneth d'une voix que le respect faisait chevroter. Hâtez-vous. »

Kira avait l'oreille sensible et, d'après le timbre de la voix, elle conclut que le Temple était féminin.

« J'ai des instructions, commença-t-elle, évasive.

— C'est la Vérité Éternelle », répliqua Noneth avec un hochement de tête approbateur, la réponse de la jeune femme étant manifestement en accord avec sa religion. Il leva le bras d'un geste spectaculaire et ajouta : « Puisse la Mort venir à vous à l'heure de votre gloire. »

Kira interrompit net la gracieuse révérence qu'elle s'apprêtait à faire et écarquillant les yeux, stupéfaite, elle leva la tête.

« Puisse la Mort venir à vous à l'heure de votre gloire ? répéta-t-elle tandis que le sang se retirait de ses joues.

— La Mort n'est-elle pas la plus haute des bénédictions ? » fit Noneth, quelque peu surpris par l'ignorance de la jeune femme.

Seul son instinct empêcha Helva de laisser échapper un cri de protestation. Il ne fallait guère d'imagination pour avancer que, sur Alioth, la Mort était sans doute la plus grande des bénédictions. Elle libérait les hommes d'une existence harassante et terrible, du paysage sinistre et lugubre de ces immenses montagnes d'où s'échappaient des nuages de fumée. Les périls quotidiens encourus par les mineurs condamnés à extraire le minerai en fusion et l'angoisse permanente, la crainte de voir soudain un volcan entrer en éruption sous vos pieds, donnaient la primauté à la notion de la brièveté de l'existence. Alors, l'accent avait été mis sur la Mort, havre de repos, moyen d'échapper à une tâche épuisante et à des conditions de vie misérables. Centralcom avait-il perdu la raison qu'il était censé avoir lorsque, bien qu'il connût les tendances profondes de Kira, il l'avait autorisée à se poser sur Alioth ? Elle n'aurait même pas à lutter contre son conditionnement.

« Oui, la Mort est la plus haute des grâces, dit Kira en extase. C'est la Vérité Éternelle. »

De sa main gantée, Noneth lui fit signe.

« Venez avec moi, lui enjoignit-il d'une voix douce et persuasive.

— Venez ! » répéta avidement en écho la voix sépulcrale.

A peine le camion se fut-il éloigné que le détachement qui encerclait la KH-834 s'ébranla.

« Elle va voir Celui qui Ordonne, fit l'un des hommes en capuchon avec envie. La catin au visage nu va recevoir injustement la Récompense. Au travail ! Montons et saisissons-nous du chargement. Pensez donc ! Des milliers de nouvelles créatures qui périront pour expier le péché commis contre Celui qui Ordonne ! »

C'était suffisant pour Helva. Elle bloqua le monte-charge et verrouilla le tambour de sas. Imprécations, coups de marteau et coups de poing — elle était invulnérable aux armes dont pouvait la menacer la technologie d'Alioth. Elle entra en liaison avec le Centralcom. Alioth regretterait le jour où sa hiérarchie religieuse avait décidé de s'en prendre à la cargaison d'une nef du Service ! C'était encore plus grave que le kidnapping de l'Antenne.

Helva fit froidement le bilan de l'événement. Au plus profond de sa douleur, Kira avait désiré la mort. Mais il était improbable qu'elle trahisse le Service. D'abord parce qu'elle ne le pouvait pas, bien que les Aliothites ignorassent que la nef était capable de pensée et d'action indépendantes. Ayant enlevé l'Antenne, ils tenaient pour acquis que le navire était cloué au sol, réduit à l'impuissance, qu'ils pouvaient prendre leur temps pour contraindre leur victime à livrer les embryons.

Je pourrais tout simplement partir, songea Helva. Si la Mort est la récompense suprême que ces fanatiques ambitionnent, je n'aurais aucun remords à carboniser ce détachement de gardes comme il le mérite. Mais je ne peux pas abandonner ce « muscle ». Pas encore. Rien ne presse. Qu'est-ce que le Centralcom fabrique ? Impossible de le toucher quand on a besoin de lui ! Et pourquoi, nom d'un chien, ont-ils autorisé Kira à atterrir sur une planète placée sous le signe du culte de la Mort ? Je suis complètement idiote ! C'est tout simplement parce qu'ils ne savent pas comment la religion a évolué.

Helva sentit le sol trembler sous elle. Au nord, une boule de feu jaillit vers le ciel, qui explosa en pluie de débris lumineux. D'autres feux d'artifice éclatèrent et les secousses qui ébranlaient le sol devinrent de plus en plus inquiétantes. Helva se prépara à décoller instantanément si ces stabilisateurs ne parvenaient pas à la maintenir en équilibre. Quelque part vers le nord-est, un nouveau volcan répondit au premier.

Helva vit le véhicule qui emportait Kira arriver à la hauteur du bâtiment central. Mentalement, elle ordonna à Kira de sortir de son état de transe et de mettre son bouton de contact en service.

La garde, aveugle et sourde aux éruptions volcaniques qui se multipliaient, s'acharnait à essayer de forcer le mécanisme du monte-charge. Inlassablement, les Aliothites remettaient en place leurs capuchons qui ne cessaient de glisser comme s'il était indécent de se montrer le visage nu. Les reflets rouges des boules de feu qui continuaient d'illuminer le ciel révélaient des figures émaciées, ascétiques, des joues incrustées de poussière volcanique, des yeux que la sous-alimentation et la fatigue rendaient vitreux.

Kira sauta au bas du camion et, toujours sous bonne escorte, monta dans un véhicule plus petit qui disparut dans le dédale de la cité. Le camion fit demi-tour et regagna l'aire de contact où se dressait la nef.

Un Aliothite plus entreprenant que les autres ordonna à ses compagnons de dresser un chevalet de levage contre le flanc de l'astronef. Helva les observa avec un farouche amusement tandis qu'ils peinaient pour transporter l'encombrant appareil qui se trouvait à l'autre extrémité de l'aire de contact. C'est bien leur faute, se dit-elle. Ils n'avaient qu'à ne pas nous obliger à nous poser si loin des installations techniques du spatioport. Peut-être que les perpétuels crépuscules d'Alioth les empêchaient également de s'apercevoir que le tambour était hermétiquement clos.

Elle essaya à nouveau d'alerter le Centralcom, pestant contre ce retard inopiné, furieuse qu'elle était de ne pouvoir entrer en liaison avec Kira.

« Bouton de contact », murmura-t-elle, se rappelant la boucle insolite ornant le capuchon de Noneth. Même s'il ne s'agissait que d'une copie du matériel du Service, elle devrait pouvoir en tirer parti. En outre, la femme du temple s'était servie d'un instrument semblable pour appuyer les ordres de l'officier.

Sans perdre de temps, Helva ouvrit à fond l'émetteur de la bande de contact. Elle le referma aussi précipitamment, étourdie par le pandémonium visuel et auditif qui l'avait assaillie. Reculant mentalement devant cette attaque, elle se demanda douloureusement comment elle avait fait pour capter simultanément des centaines de milliers de contacts. Elle examina les gardes qui s'acharnaient toujours à faire rouler leur chevalet. Chaque capuchon était retenu par un médaillon fixé sous le menton.

« O Galaxie ! gémit Helva. La femme du temple les tient à la gorge. Pour pouvoir supporter un tel chaos, les fidèles de cette religion doivent être des schizoïdes. »

Se cuirassant pour conserver son équilibre mental, Helva ouvrit une fraction de la bande. La confusion sonore et optique qui s'ensuivit l'ébranla. Elle tenta de focaliser sur un seul contact mais les myriades d'images qu'elle recevait la submergeaient. Allez donc focaliser une pointe d'épingle avec des yeux à facettes !

A contrecœur, elle réduisit encore la bande afin de ne plus avoir qu'une toute petite fraction, luttant pour ne conserver qu'une seule des images qui se heurtaient et se chevauchaient. Elle coupa complètement le son. Par chance, tous ceux qui, dans la zone sélectionnée, étaient porteurs du médaillon se dirigeaient vers le même point. Ils traversaient une gigantesque esplanade où était massée une foule de personnages encapuchonnés qui tournaient sur eux-mêmes et se balançaient dans un grand envol de robes à mesure que la procession s'approchait des larges degrés conduisant au flanc du volcan éteint. C'était la ziggourat qu'Helva avait remarquée sur le cliché.

Soudain, tout, hommes et choses, tout chancela. Il fallut quelques instants à Helva pour se rendre compte que le séisme la secouait, elle aussi : trois nouveaux volcans vomissaient des flammes. Tout son être en alerte, elle attendit. Si l'instabilité du spatioport dépassait un certain seuil critique, il lui faudrait décoller.

Une clameur d'extase aux accents plaintifs arrivait par bouffées, emplissant l'air que les émanations gazeuses jaillissant d'étroites fissures s'ouvrant dans le sol de l'esplanade rendaient fuligineux. Helva, qui était déjà désorientée, ne comprit pas immédiatement la signification de ces émanations, non plus que le fait que la mélopée frappait directement les oreilles de son vaisseau sans passer par les circuits acoustiques qu'elle avait débranchés.

Elle augmenta la puissance de son émission, cherchant désespérément à se faire entendre du Centralcom à travers les interférences produites par les éruptions volcaniques. En même temps, elle se remit en circuit sur la bande de contact car elle ne voulait pas risquer de perdre Kira. Tous ceux qui se pressaient sur la place avaient maintenant les bras levés en l'air ; les capuchons rejetés sur les épaules découvraient des visages extatiques tournés vers les cieux crépitant d'étincelles et obscurcis par les gaz. Puis les Aliothites pivotèrent sur eux-mêmes en baissant la tête pour respirer les vapeurs qui montaient du sol. C'était incroyable. Ils se bousculaient, se massaient en nombre toujours plus grand autour des crevasses, inhalaient profondément et s'éloignaient en chancelant, transportés, les bras en l'air. Leurs gestes étaient hiératiques. Helva, abasourdie, comprit que ces exaltations étaient ou bien hallucinogènes ou bien euphorisantes. Elles constituaient un danger mortel pour les sens. Ceux qui les respiraient étaient trop grisés pour se rendre compte du péril qu'il y avait à déambuler en plein air pendant une éruption volcanique massive. Déjà, l'esplanade se remplissait rapidement de gens ivres ou qui aspiraient frénétiquement à le devenir.

La signification de ces éruptions de vapeur envahissant la place qui s'étendait devant le Temple, centre de cette religion démoniaque, apparut clairement à Helva. Leur effet était connu et calculé par la hiérarchie. Helva était révoltée par une telle dépravation et elle redoubla d'efforts pour tenter de localiser Kira et son escorte, qui seraient obligés de descendre du véhicule pour gagner l'esplanade par son côté sud. Un groupe capta son attention aux aguets. Il ne pouvait pas y avoir deux créatures aussi minces, deux créatures sans capuchon, sur cette planète démente. Kira venait de pénétrer sur l'esplanade et elle s'avançait inexorablement vers les degrés de la ziggourat, ralentie seulement par les monstres ivres qui gesticulaient et sautillaient alentour.

Frénétiquement, Helva élargit la bande de recherche, s'efforçant d'atteindre Kira en sautant de contact en contact. C'était affolant. On aurait dit que des milliers de films imbriqués les uns aux autres étaient projetés sur le même écran. Pour la première fois de son existence, Helva connut le vertige et fut prise d'une sorte de nausée mentale. Elle avait le sentiment de plus en plus net qu'un désastre était imminent tandis qu'elle tentait d'établir la liaison avec Kira avant que celle-ci n'entrât dans le Temple de la Mort. Ce dernier, juché au sommet de cette massive ziggourat, à proximité immédiate de l'ancien volcan, devait être bourré de gaz hallucinogènes. Helva rendit grâce au Service qui avait désensibilisé la jeune femme de sorte que les hallucinogènes étaient sans effet sur elle. Mais Kira était perdue dans sa transe comme si elle eût été vulnérable à leurs émanations.

Son impuissance à entrer spirituellement ou matériellement en liaison avec Kira arracha un gémissement à Helva.

« Ohhh, gémit la multitude en réponse. Le Temple pleure. » Ce cri sortait d'un millier de gorges. Même les gardes qui se battaient toujours avec le portique du vaisseau faisaient écho à cette lamentation.

« Oh ! » s'exclama Helva. Et, quand la multitude répéta son exclamation, elle comprit que les Aliothites captaient ce qu'elle disait. Ils croyaient entendre la femme du Temple.

Oubliant qu'elle était douée de multivision, Helva fixa son regard sur le sommet cylindrique de l'édifice et, cette fois, identifia enfin le Temple : ce cylindre était une nef. C'était, plus exactement, le corps d'une nef dont la tête et la queue étaient prises dans la lave solidifiée d'une ancienne éruption. L'entrée du lieu de culte n'était rien d'autre que le sas au-delà duquel Helva discernait vaguement les aménagements révélateurs d'un vaisseau-cerveau des Mondes Centraux.

Un souvenir lui revint, aussi net que celui du jour où elle avait appris la mort de Jennan. Sylvia, la 422, lui avait parlé d'une autre nef désespérée : la 732 était devenue folle furieuse quand son Antenne était morte sur une planète lourde tournant autour d'une naine blanche. Quelle meilleure cachette pour elle que ce monde de violence, ce monde rouge et noir, si favorable à l'autodestruction ? Peut-être la 732 s'était-elle précipitée dans le volcan bouillonnant et, au dernier moment, sa trajectoire avait-elle été déviée de sorte qu'elle s'était fichée à jamais à la base du cône ruisselant de lave. La 732, hypnotisée par ce monde macabre, s'était-elle alors employée avec toute la force de son esprit torturé à convaincre les hommes de se suicider en masse pour expier la mort de son bien-aimé ?

Le devoir qui lui incombait apparut clairement à Helva en même temps que le plan qui s'imposait. Inconsciemment, avec le génie qui naît du désespoir, elle commença à chanter. Sa voix était douce et profonde, avec des accents nostalgiques à peine discernables, qui étouffaient la raison pour libérer l'instinct dans toute sa pureté.

La mort m'appartient, m'appartient pour toujours.

Elle répéta la phrase trois tons en dessous et les Aliothites la reprirent docilement. C'était comme si elle avait à sa disposition un chœur bien rodé à l'échelle d'un monde. Helva exploita aussitôt implacablement le phénomène.

Le soleil me fuit et le reste m'échappe.

Et, plus bas :

Les rêves m'assaillent et me torturent.

Le chœur reprit la mélopée et Helva enchaîna avec des inflexions calculées pour que leurs dissonances nostalgiques fouaillent les tripes de tous ceux qui les entendraient :

Faites que je dorme, que je repose, que je meure.

Et le chœur s'éleva à nouveau, reprenant la phrase musicale originale qu'il teintait de mépris :

La mort m'appartient, m'appartient pour toujours.

Faites que je dorme, que je repose, que je meure.

Le couplet s'acheva sur un crescendo de dérision qui sombra dans un soupir railleur dont les dernières vibrations résonnèrent longtemps, longtemps.

« Centralcom appelle KH-834. Veuillez accuser réception. KH-834, répondez ! »

La voix sèche et officielle de la base de Régulus interrompit les improvisations musicales fantaisistes d'Helva.

« S.O.S., S.O.S. », fredonna-t-elle de sa voix de soprano, s'adressant à la fois à Centralcom et aux Aliothites. Le chœur répéta avec obéissance l'appel de détresse. Helva retint son souffle en voyant Kira vaciller en réaction instinctive à son cri.

« S.O.S. ? s'exclama Centralcom. Qui diable est en train de dylaniser sur Alioth ? »

Helva se rendit alors compte avec stupéfaction que c'était précisément ce qu'elle était en train de faire. Elle dylanisait. Son appel à Kira, bien qu'elle lui eût donné une forme musicale — la musique étant la seule solution qu'elle avait inconsciemment trouvée pour que le contact se fasse avec l'Antenne en transe —, s'était sublimé en un *protest song* de type dylanique. Et Helva réalisa avec ivresse qu'elle était capable d'utiliser le dylanisme à ses propres fins. Elle répéta la première phrase sur un rythme très légèrement accéléré. Ce n'était plus un coulé nostalgique mais un staccato moqueur. Le chœur le reprit stupidement en se conformant avec une plate fidélité au modèle et Helva s'adressa au Centralcom :

« Le chef religieux d'Alioth est la 732, la nef en rupture de ban. La motivation théologique est la mort !

— L'Antenne... Où est votre Antenne ? demanda son interlocuteur au bord de la panique, pour autant que le Centralcom pouvait paniquer.

— Quel est le mot clé pour désamorcer la 732 ? » s'enquit Helva dans un souffle. Puis elle entonna la seconde phrase de son dylan en en modifiant également le rythme pour dramatiser le texte.

« Au rapport ! rugit le Centralcom, outragé. Pourquoi dylanisez-vous ?

— Arrêtez de m'embêter. Le mot clé ? » Sa voix sauta d'une octave et demie et le chant envahit l'esplanade, chargé d'émotion. La mélodie était comme une flèche destinée à fracasser tous les obstacles qui maintenaient Kira en état de transe.

A présent, les gardes qui escortaient la jeune femme chancelaient, étourdis par les émanations insidieuses. Ils tenaient Kira par les bras et Helva, engluée au milieu du chœur, était incapable de dire s'ils l'empêchaient de se débattre ou s'ils s'appuyaient sur elle pour trouver un soutien.

« Faites que je dorme, que je repose, que je meure ! psalmodia Helva sur un ton d'ironie mordante, cinglant inexorablement le désir d'autodestruction de Kira.

— Imbécile ! ragea Centralcom. Ne dites pas cela ! Elle souhaite mourir !

— DONNEZ-MOI LE MOT CLÉ ! » hurla Helva de sa voix de soprano. Puis le *protest* s'éleva à nouveau, tonitruant, revendicatif et amer :

« Faites que je dorme, que je repose, que je meure ! » Le chant sardonique fouettait l'esplanade. Le chœur, incapable d'imiter la stridence du timbre d'Helva, le reprit sur l'octave inférieure et la protestation se répercuta d'un bout à l'autre de la place, scandée par les volcans en éruption.

Soudain, sans bruit, et ce fut comme un déchirement, le chaos se dissipa et Helva vit distinctement une pièce enveloppée de ténèbres qu'illuminaient vaguement les rouges brasiers. Augmentant sa vision nyctalope, Helva scruta l'obscurité, toute son attention braquée sur l'objet hideux qui dominait la salle.

Les restes décomposés de ce qui avait jadis été un homme reposaient sur une haute plate-forme de basalte noir. Les dents, dont l'éclat blanc luisait au milieu des chairs décomposées, semblaient parodier le sourire. Les tendons du cou formaient des arêtes rigides et le sternum autolysé disparaissait à l'intérieur d'une combinaison d'Antenne dont le tissu était indestructible. Les mains croisées sur la poitrine creuse étaient soudées par les ongles qui continuaient de pousser par-delà la mort. Le cadavre était celui du « muscle » de la 732, Helva en avait la certitude.

Son regard se posa sur le bouton de contact de Kira. Des lamentations s'élevaient dans la salle, une absurde mélopée funèbre qui jaillissait des murs, du plafond, du plancher. Le « cerveau » fou, toujours encapsulé dans sa gangue inexpugnable, émettait sur l'ensemble des fréquences, oublieux de tout le reste.

Aussi silencieusement qu'elle le pouvait, Helva dit dans un murmure : « C'est la 732, Kira. Elle est devenue folle. Il faut la détruire. »

Kira chancela et ne répondit rien.

L'espace d'une demi-seconde, Helva, pétrifiée, se demanda si la jeune femme avait branché le contact sans s'en rendre compte. Et si Kira était encore en proie à son rêve de suicide ? Son *protest* sarcastique avait-il annihilé l'extase macabre de l'Antenne ? Helva avait-elle réussi à faire recouvrer son équilibre mental à son « muscle » ? Le mot clé ne lui servirait à rien si sa partenaire ne coopérait pas avec elle pour neutraliser la nef démente.

Kira s'approcha à pas lents du catafalque et de son effrayant occupant. Le chœur se fit plus intense, plus précis.

« Il a été enlevé, psalmodia la 732 et la foule répéta ces paroles comme elle avait répété celles d'Helva. Celui qui Ordonne a été enlevé. Il est parti. Seber s'en est allé. »

Un autre son, terrifiant, s'éleva en contrepoint des lamentations de la 732. C'était à peine si Helva parvenait à comprendre les mots étouffés :

« Cette étoile naine constitue un problème très particulier, Lia. Je ne serais pas étonné si... »

C'était une voix d'homme. L'enregistrement ne défilait pas à la vitesse requise et les mots étaient déformés de façon grotesque. La nef faisait passer et repasser cette bande depuis si longtemps que la voix de Seber était aussi décomposée que son corps.

Kira continuait d'avancer en se balançant gracieusement.

« Parle, ô Seber, fredonna-t-elle humblement à l'adresse de la colonne au sein de laquelle était sertie la capsule de la 732, la nef en folie. Parle et que ta servante, Kira, puisse entendre la musique de ta voix bien-aimée. »

Au prix d'un effort surhumain, Helva parvint à retenir l'exclamation de soulagement que l'astuce de Kira faisait monter à ses lèvres.

« LE MOT CLÉ, CENTRALCOM ! » répéta-t-elle une fois de plus tandis que la mélopée de la 732 s'interrompait brutalement. Helva eut presque l'impression de l'entendre retenir son souffle.

Bon Dieu de bon Dieu, que pouvait bien fabriquer le Centralcom !

« Lia, j'ai des interférences complètement invraisemblables. Est-ce que tu peux vérifier les relais ? Cette étoile naine fait un de ces boucans... »

Kira elle-même sursauta involontairement quand

Helva, s'efforçant d'employer un ton grave imitant à peu près le baryton de Seber, improvisa fébrilement :

« Je t'entends mal, Lia. Lia ? J'ai l'impression que tu as des circuits qui se mélangent.

— Seber ? » hurla la nef démente d'une voix stridente où vibrait un espoir fou. Seber ? Je suis prise au piège. Au piège. L'explosion du volcan m'a complètement déroutée. J'ai voulu me suicider. »

Kira tirait sur les tapisseries qui dissimulaient les cloisons. Les gardes qui l'escortaient, émergeant de leur euphorie à la vue de ce sacrilège, convergèrent sur elle. Avec dextérité, elle élimina le premier d'un coup du tranchant de la main sur le larynx et esquiva le second d'un mouvement si habile que l'homme heurta de son crâne le sarcophage avec un bruit terrifiant, quand il s'écroula.

« KH, le mot clé est : na-thom-te-ah-ro. Attention à l'inflexion ! »

Et Helva, consciente d'assassiner un être de la même race qu'elle, émit le mot clé à l'intention de la 732. Tandis que les syllabes soigneusement accentuées déverrouillaient la trappe d'accès du panneau de contrôle, Kira plongea et arracha la valve. Un produit anesthésique envahit l'habitacle.

« Je ne te vois pas, Seber. Où es-tu... » La lamentation de la 732 s'interrompit net. La mort si avidement attendue engloutit son cerveau.

Kira pivota sur elle-même et le couvercle se referma avec un bruit métallique derrière les draperies qui la dissimulaient. Des silhouettes encapuchonnées envahirent la cabine.

« Arrêtez ! ordonna Helva en imitant la voix de Lia. Celui qui Ordonne a décidé. Reconduisez la femme au visage nu à son vaisseau. Une semence aussi blasphématoire ne convient pas au peuple élu d'Alioth. »

Kira, qui semblait à nouveau en proie à sa transe, descendit les degrés derrière les hommes encapuchonnés et interdits.

« Mais que se passe-t-il, Helva ? demanda le Centralcom.

— Il a décidé, psalmodia la foule, fanatisée par les hallucinogènes, qui se pressait sur l'esplanade.

— Helva ! répéta le Centralcom d'une voix sèche.

— Que tout le monde se taise ! rétorqua Helva. Il a Ordonné. C'est la Vérité Éternelle. »

Elle attendit le temps qu'il fallait pour être certaine que les Aliothites ivres ne s'opposeraient pas au retour de Kira. D'ailleurs, elle ne voyait pas très bien ce qu'ils auraient pu faire car, épuisés, frénétiques, ils s'écroulaient les uns après les autres.

« J'exige que vous nous disiez pourquoi vous avez volontairement enfreint les interdictions précises concernant le dylanisme qui vous ont été communiquées dans la bande d'ordre...

— La fin justifie les moyens, répondit rageusement Helva. Je pourrais vous rappeler que pour je ne sais quelle raison qu'ignoreront toujours Dieu et les hommes, la liste qui m'a été communiquée ne mentionnait pas la planète Alioth, ce qui est absolument invraisemblable. »

Le Centralcom en bégaya d'indignation.

« Vous feriez mieux de vous contrôler, reprit Helva, acerbe. J'ai découvert la nef démente que vous recherchiez depuis si longtemps et je l'ai tuée. En outre, j'ai guéri votre précieuse Kira de Canopus. Voulez-vous me dire ce que vous attendez de plus d'une capsule-cerveau ? Hein ? Répondez-moi ! »

Le silence ahuri du Centralcom se prolongea une bonne minute.

« Où est Kira ? »

Helva aurait juré que le Centralcom était dans ses petits souliers. « Elle va bien, murmura-t-elle.

— Branchez-la sur nous.

— Je vous répète qu'elle va bien, dit Helva avec lassitude. Elle ressort du temple. »

Au moment même où le véhicule à bord duquel se trouvait Kira s'arrêtait dans un crissement de freins devant l'astronef, des éruptions multiples localisées au nord de la cité ébranlèrent le port spatial. Helva débloqua le mécanisme du monte-charge et Kira sauta à terre avant que son escorte médusée en eût pris conscience. L'astronef oscillait sous l'action de ses stabilisateurs. Kira franchit le sas et s'installa dans le fauteuil de pilotage. Helva referma précipitamment le tambour et la nef décolla aussitôt, fuyant la macabre planète.

Les sondeurs de queue leur transmirent l'image des gardes qui se hâtaient de se mettre à l'abri tandis que l'appareil élévateur dégringolait. De la planète qui s'éloignait comme pour un adieu fusaient d'étincelants diamants.

« Antenne Kira de la KH-834 présente son rapport », annonça la jeune femme d'une voix animée en se débarrassant de sa cape. Helva s'attendait presque que les épingles à cheveux se mettent à pleuvoir dans tous les sens mais Kira restait rigide devant l'émetteur. Son compte rendu fut sec. Elle exigea qu'on lui expliquât comment il se faisait que les observateurs n'aient pas rapporté que tous les Aliothites étaient ostensiblement munis de médaillons de contact du modèle officiel. Et, omission encore plus criminelle, comment il se faisait que ces éruptions de gaz hallucinogènes n'aient pas été davantage signalées.

« Des gaz hallucinogènes ? » répéta le Centralcom sur un ton qui manquait d'assurance.

Les phénomènes de ce genre étaient le cauchemar de la colonisation car de telles émanations pouvaient conduire à l'assujettissement illégal de populations entières — et c'était bien ce qui avait eu lieu sur Alioth.

« Voici ce que je recommande énergiquement : que tous les négociants qui ont eu affaire avec Alioth au cours des cinquante dernières années soient interrogés afin qu'ils avouent les motifs auxquels ils ont obéi en ne transmettant pas cette information aux Mondes Centraux. Il faudrait également identifier le représentant des Mondes Centraux qui a eu l'inintelligence de déclarer que cette planète aberrante pouvait être ouverte à la colonisation. »

Le Centralcom ne put répondre que par d'incohérents bégaiements.

« Arrêtez de bafouiller, reprit Kira d'une voix suave, et expédiez de toute urgence ici une équipe de thérapie planétaire. Vous avez là une société tout entière qu'il importe de réorienter et de réadapter à l'existence. Nous vous transmettrons un rapport exhaustif depuis Nekkar mais, présentement, il faut que je vérifie l'état dans lequel se trouvent nos enfants. Le décollage a été brutal. Terminé. » Et Kira coupa la communication.

D'un pas souple, elle se dirigea vers la cuisine en secouant la tête pour libérer ses tresses et se massa le crâne.

« J'ai une de ces migraines, s'exclama-t-elle en saisissant le récipient de café. Ce gaz puait d'une façon incroyable ! » Elle s'appuya au comptoir et ses épaules s'affaissèrent sous le poids de sa lassitude.

Helva attendit, sachant que sa coéquipière était en train de passer ses idées en revue.

« Plus je m'approchais du temple, plus la souffrance morale que j'éprouvais était insupportable. C'était comme un miasme presque tangible et je me vautrais dans cette fange immonde, ajouta-t-elle sur un ton acerbe. Cela a duré jusqu'au moment où ton dylan m'est parvenu. » Ses yeux s'écarquillèrent et elle contempla la colonne d'Helva avec respect. « Mes cheveux se dressaient tout droit sur ma tête et le dernier accord m'a touché en plein dans les tripes, fit-elle en désignant son abdomen d'un geste imagé. Thorn aurait donné n'importe quoi pour composer un dylan d'une telle puissance. » Une violente convulsion la secoua. « Cet horrible cadavre ! » Elle ferma les yeux et frissonna en secouant brutalement la tête comme pour se libérer de ce souvenir. « Je crois... je crois que j'aurais fait la même chose avec Thorn.

— Je le crois aussi », murmura doucement Helva.

Kira but son café. Ses traits étaient déformés par la fatigue mais son regard était vif et à sa véhémence avait succédé un profond calme intérieur.

« Ce que j'ai pu être bête! cracha-t-elle d'une voix tranchante et lourde de mépris.

— Personne n'est infaillible, même pas le Central-com », répliqua Helva d'une voix traînante.

Kira rejeta la tête en arrière et éclata de rire.

« C'est la Vérité Éternelle ! » pouffa-t-elle, et elle regagna la cabine en faisant des cabrioles.

Helva regardait cette danse de victoire, et le dénouement de cette aventure l'emplissait d'une joie infinie. Elle ne regrettait même pas d'avoir été dans l'obligation de tuer une de ses semblables. Il y avait des années que Lia était morte. Elle était morte en même temps que son Antenne. La malheureuse avait enfin trouvé la paix — et Kira aussi. Son « muscle » et elle allaient maintenant poursuivre l'opération cigogne. Il fallait chercher des embryons sur...

Helva laissa échapper un cri de jubilation. Son subconscient avait accouché d'une solution qui la laissait stupéfaite. Kira la regarda avec étonnement.

« Que t'arrive-t-il ?

— C'est si ridiculement simple que je ne comprends pas comment personne ne te l'a jamais suggéré. A moins que tu n'aies refusé.

— Il serait peut-être préférable que tu me dises de quoi il s'agit, lui fit observer Kira d'une voix railleuse.

— De l'un des aspects de ta psychose... »

Une lueur de colère étincela dans les yeux de Kira, qui interrompit brusquement Helva.

« A présent, je suis guérie.

— L'un des aspects de ta psychose, disais-je, vient de ce que vous n'avez pas eu d'enfants, Thorn et toi. C'est vrai, n'est-ce pas ? »

Kira blêmit mais Helva continua :

« Ni tes parents ni les siens n'ont été assez stupides pour ignorer le devoir qu'ils avaient à accomplir envers l'A.C.R. C'est bien vrai, n'est-ce pas ? Par conséquent, leurs gènes sont entreposés dans les archives de l'Agence. En conjuguant les caractéristiques de ta mère, de son père et... »

Kira ouvrit de grands yeux et en béa de stupéfaction. Une joie indescriptible se peignit sur ses traits. Elle tendit la main et caressa délicatement le panneau d'accès.

Helva était ravie et en même temps ridiculement gênée de voir que Kira acceptait son idée. Mais, soudain, la respiration de l'Antenne s'accéléra et elle prit un air soucieux :

« Mais toi... avec les caractéristiques de ta mère et...

— Non », coupa Helva d'une voix tranchante. Puis elle ajouta plus doucement : « Ce ne sera pas nécessaire. »

Elle savait maintenant au fond de son cœur et au fond de son esprit qu'il n'existait pas de solution universelle pour vaincre le chagrin. C'était une affaire strictement personnelle. Kira et elle étaient arrivées au même résultat en empruntant chacune sa propre voie. Theoda avait fait la même chose.

Kira paraissait plus émue que de raison. Un peu comme si elle ne se sentait pas le droit d'utiliser cette solution.

« Après tout, dit la nef en riant sous cape, il n'y a pas un si grand nombre de femmes — elle prononça le mot avec fierté, sachant qu'elle était passée de l'adolescence à la condition de femme adulte comme n'importe laquelle de ses sœurs douées de mobilité —, il n'y a pas tellement de femmes qui donnent naissance à 110 000 bébés en même temps ! »

Kira, que cette image enchantait, éclata d'un rire inextinguible. Elle saisit vivement sa guitare, sur laquelle elle plaqua un sonore arpège d'introduction. Et toutes les deux, la nef et l'Antenne, surprirent les étoiles en lançant à tous les échos une sérénade de Schubert qui chauffait terrible tandis qu'elles se hâtaient vers Nekkar et la délivrance.

Traduit par Michel Deutsch.
Titre original : The Ship Who Killed.

MISSION THÉÂTRALE

Helva baissa le volume du son, heureuse qu'on retire de ses cales les rangées de tubes d'embryons et les grands bacs de produits nutritifs, mais guère satisfaite des mauvais traitements que lui faisait subir le personnel de l'astroport pendant le déchargement.

Il n'était sûrement pas nécessaire d'ajouter encore aux écorchures déjà laissées sur ses ponts par les cadres métalliques, ni de répandre les divers fluides sur ses cloisons. Mais elle se taisait parce que même le poste de pilotage portait indubitablement les traces d'une longue occupation, et Kira Falernova avait été certainement une personne ordonnée. Toutefois Helva ne souhaitait nullement rejoindre la Base de Régulus pour montrer son intérieur douteux aux « muscles », quels qu'ils fussent, qui espéraient faire équipe avec elle.

Elle le dit à l'autre vaisseau-cerveau posé près d'elle, dans un coin des aires commerciales d'atterrissage du spatioport de Nekkar.

« C'est une dépense idiote de tes crédits, Helva, répondit Amon, le TA-618, d'une voix un peu coléreuse. Qui te dit que ton nouveau "muscle" appréciera *ton* goût particulier ? Laisse-le — ou elle — régler les frais sur son indemnité de logement. Vraiment, Helva, il est temps que tu acquières un peu de bon sens, sinon tu ne rachèteras jamais ta liberté. Et d'ailleurs je ne comprends pas que tu sois si impatiente de te remettre un muscle sur le dos.

— J'aime bien les gens. »

Amon émit un bruit de dérision. Depuis qu'il avait atterri, il n'avait pas cessé de se plaindre des déficiences et des insuffisances de son partenaire mobile. Helva s'était rappelé qu'Amon et Trace étaient ensemble depuis plus de quinze années normales, et l'on disait que c'était le moment critique de toute association de longue durée.

« Quand tu auras eu des muscles par séries aussi longtemps que moi, tu ne montreras plus autant de philanthropie. Et quand tu sauras d'avance ce que ton muscle va te dire, dans toutes les circonstances, *alors* tu commenceras à avoir une idée de ce que *j'endure* à présent.

— Kira Falernova et moi sommes restées trois ans sur cette navette "cigogne"... »

— Cela ne veut rien dire. Tu *savais* que c'était une affectation à court terme. Sur cette prémisse, tu peux supporter n'importe quoi. Mais avoir la certitude irréfutable que tu vas continuer sans cesse pendant vingt-cinq ou trente ans...

— S'il est si terrible, prends une option pour un remplaçant, suggéra Helva.

— Pour ajouter une amende d'annulation à tout ce que je m'efforce déjà de payer?

— Ah oui, j'oubliais. » Dès qu'elle eut lâché ces mots, Helva se rendit compte que ce n'était pas de bonne politique. Parmi les nombreux griefs qu'elle éprouvait envers la galaxie dans son ensemble, les frais de réparation et d'entretien appliqués par les stations hors-monde occupaient une place de choix. Amon s'était trouvé pris dans une tempête de détritus spatiaux et les dommages encourus avaient nécessité le remplacement des plaques de la moitié de son avant. Les Mondes Centraux avaient soutenu que la cause de l'accident était la négligence d'Amon, par conséquent ce n'était pas une avarie encourue dans le service et qui aurait donné droit à compensation.

« En outre, si je prenais une option, poursuivit Amon d'un ton amer, je serais *obligé* d'accepter quiconque vient en tête sur la liste d'affectation, sans aucun droit de refus.

— Ce n'est que trop vrai.

— Je ne me suis guère engraissé avec les primes doubles des Nekkariens reconnaissants. »

Helva ravala une vive réplique à une observation aussi injustifiée et se contenta de déclarer qu'elle espérait bien que les affaires s'amélioreraient bientôt. Amon cherchait une oreille complaisante et non une conseillère.

« Prends l'avis de quelqu'un qui a pas mal roulé sa bosse, Helva, reprit Amon, radouci devant l'air contrit de sa voisine, et accepte toutes les missions en solo qui se présenteront. Ramasse des primes tant que tu pourras. *Alors seulement* tu seras en bonne position pour traiter. C'est ce qui me manque. Oh, le voici qui rapplique !

— Et il paraît plutôt pressé.

— Je me demande bien ce qui a pu lui mettre ainsi le feu aux tuyères-arrière ! » Amon avait pris un ton si déplaisant qu'Helva commença à douter que toutes les fautes incombassent à son muscle. Les vaisseaux-cerveaux étaient également des personnes.

A cet instant Helva perçut la voix excitée du muscle sur la fréquence ouverte de vaisseau à vaisseau.

« Amon, mon vieux, obtiens les autorisations et décollons. Il faut qu'on rentre à la Base de Régulus à toute vitesse. Je viens d'apprendre... »

La fréquence devint silencieuse.

Cela aussi ressemblait tellement à Amon d'être avare de bonnes nouvelles qu'Helva ne s'en offensa pas. Bonne chance pour lui, songea-t-elle en activant les viseurs extérieurs pour assister au décollage. S'il avait une bonne mission et qu'il touche la prime de livraison, il serait en mesure de payer ses dettes. Il parviendrait peut-être même à résoudre les problèmes qui se posaient entre lui et son muscle. Cet homme avait paru plutôt aimable quand il leur avait rendu visite, à elle et à Kira, le jour où elles étaient arrivées à Nekkar. Mais c'était mesquin de la part d'Amon, estimait Helva... et si le « muscle » était informé, c'est que la nouvelle n'était pas venue sur le faisceau concentré.

« XH-834 appelle Contrôle Nekkar.

— Helva ? J'avais justement le doigt sur le bouton pour communiquer avec vous. Est-ce que notre équipe de rampants vous traite convenablement ? Tout ce que vous désirez qu'ils fassent, vous n'avez qu'à le leur demander », répondit l'aimable opérateur des transmissions.

Étant donné le récent désastre de Nekkar, on se serait plutôt attendu à *les* trouver aussi amers qu'Amon.

« Je me demandais si vous seriez autorisé à me dire pourquoi le TA-618 a décollé avec une telle hâte ?

— Oui, au fait, c'est quelque chose, hein ? On ne sait jamais qui peut se trouver dans le système voisin, n'est-ce pas ? Je l'ai toujours dit, il y a place pour toutes les espèces dans une galaxie. Mais qui penserait jamais que des gens... J'imagine qu'on peut les appeler des gens... auraient envie de vieilles pièces de théâtre, de pièces archaïques. Vous vous imaginez ? » et l'opérateur se mit à glousser de façon irritante.

Et Amon avait des problèmes parce qu'il savait d'avance tout ce que son homme allait lui dire ! songeait Helva, attendant avec impatience que cette âme joviale consente à émettre quelque chose qui vaille la peine d'être écouté.

« Eh bien, non, je n'imagine rien, parce que vous ne m'avez toujours pas dit ce que vous avez appris », coupa Helva car l'homme paraissait prêt à épiloguer indéfiniment.

« Oh, pardon ! Je croyais que vous autres les vaisseaux aviez tous les oreilles... oh, pardon encore !... près de la source aux rumeurs. Eh bien, voilà. En général mes sources de renseignements sont très sûres, et ceci m'est venu de deux d'entre elles, comme je l'ai dit au Pilote Trace. Un vaisseau de reconnaissance du côté de Bêta Corvi a enregistré des émissions à énergie contrôlée. Il les a suivies et repérées comme émanant de la sixième planète qui avait... entre toutes choses improbables... une atmosphère méthane-ammoniaque. Jamais entendu parler d'êtres intelligents se développant dans ce genre de milieu auparavant, n'est-ce pas ?

— Non, mais continuez, je vous prie.

— Eh bien, avant que l'équipage ait pu modifier une sonde d'exploration pour qu'elle puisse supporter ce genre d'air... ha-ha-ha, de l'air, elle est bien bonne !

— Réfléchissez que ce que nous respirons pourrait bien être un poison pour eux, suggéra Helva.

— Oh, ce n'est que trop vrai ! Bref, avant que l'équipage ait pu se remuer, c'était Corvi qui l'avait sondé. Qu'est-ce que vous en pensez ?

— Fascinant. Je suis suspendue à vos lèvres.

— Eh bien, ces gars de la Reconnaissance, ils sont au poil, je vous le dis. Ils n'ont pas laissé une pareille chance leur filer entre les doigts. Ils ont offert des échanges d'informations scientifiques aux indigènes de Bêta Corvi et les ont invités à se joindre à la Fédération des Mondes Centraux. Dites... » et il prit le temps de réfléchir, « ... comment les types de la Reconnaissance ont-ils pu savoir que ces gens étaient assez haut placés sur l'échelle des civilisations pour les accepter d'emblée, alors qu'ils n'avaient même pas descendu une sonde à la surface de la planète ?

— Si les Bêta Corviki étaient en mesure de contacter notre vaisseau de reconnaissance et s'ils s'amusaient à procéder à des émissions qu'on pouvait capter hors de leur système solaire, c'est peut-être nous qui n'avons pas les qualifications requises par leur propre échelle de civilisation.

— Oh ! Je n'avais pas envisagé les choses sous cet angle. » L'homme avait une puissance de rattrapage incroyable, car il ne fit qu'une brève pause avant de repartir : « Eh bien, il se trouve que *nous* avons quelque chose dont ils ont un besoin pressant. » Il paraissait aussi heureux que s'il eût été le seul inventeur de cette « marchandise ». « Des pièces !

— Des pièces ?

— Tout juste. Il doit être assez difficile de donner naissance à des formes d'art sur une planète à atmosphère méthane-ammoniaque. De toute façon, on dit qu'ils sont prêts à échanger un procédé de traitement de l'énergie qui leur est propre contre nos anciennes pièces de théâtre.

— De nouvelles lumières contre des vieilles ? murmura Helva.

— Pardon ?

— Cela ne m'explique pas pourquoi le TA a filé si vite d'ici.

— Oh, cela, c'est facile. Il y a des appels dans tout le secteur vous demandant à vous autres vaisseaux de rallier la base. Au fait, puisque c'est vous le vaisseau qui chante et tout et tout, ce devrait être tout à fait dans vos cordes.

— Peut-être, atermoya Helva. Mais on doit m'affecter un nouveau “muscle” et on n'enverrait pas une équipe toute neuve pour une mission de cette importance.

— Vous voulez dire que cela ne vous intéresse pas ? Trace a dit qu'il était prévu une triple prime et que tout vaisseau doué de bon sens devrait tenter de se la faire octroyer.

— J'ai tout mon bon sens, mais il y a quelque chose de plus important pour moi qu'une prime triplée. »

Le silence de l'opérateur fut plus éloquent que n'importe quel cliché qu'il eût débité. Heureusement la voie du faisceau concentré chauffa et Helva s'excusa car elle devait ouvrir le circuit de réception.

La transmission commença par un code de mission, aussi mit-elle en marche le magnétophone pour enregistrer et déchiffrer le message.

Elle avait ordre de se rendre immédiatement à Duhr III sur la route de la Base de Régulus. Elle devait y accueillir quatre passagers officiels au spatioport de l'Université, Berceau n° 24, et se diriger ensuite sans retard sur la Base.

« Si ce sont des ordres, madame », lui dit l'opérateur quand elle se rebrancha sur lui, je peux vous donner immédiatement l'autorisation de décoller.

— Pas encore, l'ami. Je dois accueillir des passagers et je ne veux pas ressembler à un vaisseau vagabond. Vous m'avez bien dit que si je désirais quoi que ce soit...

— Oui, oui, et c'est sincère », lui confirma le Nekkarien.

Ainsi Helva fonça vers Duhr III à des vitesses que n'aurait pu supporter aucun passager humain, ses cales et ses cabines étincelantes de propreté, et munies de couchettes pour des humains adultes là où récemment encore avaient été accrochées les capsules de centaines d'embryons.

Elle avait tenu compte des observations amères d'Amon et avait réussi à persuader l'obligeant contremaître d'ajouter judicieusement certains produits chimiques à la peinture ordinaire. Les verts adoucis de la gaine de pilotage étaient imprégnés de lave de Thuban, si bien qu'en modifiant la nuance des lumières, elle pouvait changer la couleur des parois dans une gamme suffisante pour convenir à toute personnalité. Elle avait fait peindre la cuisine en un bel orange vif, de quoi donner soif, certes, mais aussi de quoi inciter les gens à manger en vitesse et à se tirer. La cabine principale était d'un blanc cassé légèrement bleuté, les autres, bleues et beiges. Ce qui n'allait pas avec Amon, songeait-elle, c'est qu'il ne se servait pas de sa cervelle. Ou peut-être, ajouta-t-elle mentalement avec indulgence, n'avait-il tout simplement pas pensé à appliquer à son « muscle » la psychologie des couleurs. On lui avait assez dit que le travail d'adaptation incombait au partenaire permanent.

Il n'avait pas fallu longtemps pour redécorer son intérieur, une fois les teintes définitives choisies, car le contremaître et son équipe travaillaient efficacement. La propreté et la netteté des aménagements auraient justifié, selon elle, un retard encore plus long, aussi était-elle satisfaite de pouvoir transporter en toute fierté ses passagers jusqu'à Régulus. Et même elle était impatiente d'entreprendre ce voyage. C'était toujours stimulant que de faire la connaissance de gens nouveaux. Et de nouveaux « muscles », songea-t-elle avec fermeté. De toute façon, le prix du transport de ces passagers officiels paierait les frais de remise en état, quels qu'aient pu être les conseils d'Amon.

Et il voulait se libérer, hein ? s'étonnait-elle en se précipitant à travers l'espace vers le lointain scintillement de Duhr. Eh bien, il faut un stimulant même à un vaisseau-cerveau. Elle fit vaguement le compte de ses propres dettes et fut agréablement surprise de constater qu'elles s'étaient rapidement réduites.

Comme c'était extraordinaire ! Si elle était en mesure de continuer à la cadence présente comme vaisseau sans muscle, elle arriverait probablement à se racheter aux Mondes Centraux en moins de trois années normales. Être sa propre maîtresse au bout de dix ans de travail ? Cela semblait impossible. Voyons, il y avait près de cent cinquante ans qu'Amon était en service et il se plaignait amèrement du montant de ses dettes. Bien sûr, il était du type ronchonneur, aussi devait-on considérer comme des exagérations une bonne part de ses dires. D'ailleurs, il existait des vaisseaux « libres ». Le YG-635, dans la classe d'Amon, l'était. Il se livrait à des transports divers pour la Fédération du Scorpion et avait été modifié pour supporter le climat et les conditions de cette zone.

Elle-même avait eu des coups de veine. La prime de cette fatale mission sur Ravel avait été le prix du sang, même si elle s'inscrivait à son crédit. Elle avait touché plein salaire pour sa part lors de la maladie d'Antigone, plus une gratification d'efficacité. Et pendant qu'elle avait Kira pour partenaire, pour la navette « cigogne » de la RCA sur Nekkar, elle avait touché double salaire, puisque Kira avait été embauchée par la RCA. L'incident d'Alioth lui avait apporté un crédit pour la découverte du 732, et maintenant, cette fantastique subvention de Nekkar ! Elle n'avait pas de grosses réparations à prévoir — ce qui était normal, étant donné qu'elle n'était pas en service depuis bien longtemps —, par conséquent sa position financière était favorable, en dépit des frais incroyables qu'elle avait encourus à ses débuts, pour les soins et l'entretien.

Même si Helva parvenait à éponger ses dettes, elle resterait certainement sous contrat avec les services des Mondes Centraux, parce que le travail lui plaisait. Bien sûr, ce serait une satisfaction intime que de pouvoir de temps à autre envoyer se promener les Mondes Centraux en orbite quelque part. Alors, elle aurait le droit d'engager ou de congédier n'importe quel « muscle » à son gré.

Oui, cela vaudrait la peine de s'acquitter de ses dettes pour pouvoir se permettre de telles fantaisies.

Elle ne comprenait toujours pas pourquoi Amon ne se contentait pas de payer le dédit si Trace l'irritait à ce point. Les Mondes Centraux ne laissaient jamais tomber un vaisseau, même criblé de dettes... Bon. Ce n'était pas son affaire. Mais ils feraient bien d'avoir un « muscle » à sa disposition quand elle se poserait sur Régulus avec ses passagers. Elle avait des droits, endettée ou non.

Malgré sa vélocité, comme elle n'avait pas à faire la distinction entre les jours et les nuits, la course lui parut sans fin : elle ne dormait jamais et les chronos ne comptaient que des heures dénuées de signification. Elle était formée à avoir un partenaire, quelqu'un dont elle eût à s'occuper, pour qui elle eût à travailler, avec qui vivre. Les échanges d'idées, et l'irritation qui naît de la familiarité et du mépris, voilà les expériences qu'il lui fallait en prise directe, et sans l'amertume d'un vieux cerveau désenchanté.

Le spatioport de Duhr était en partie dissimulé dans une imposante chaîne montagneuse de l'hémisphère nord-est. De l'autre côté, au sein même de la montagne, se trouvait l'énorme ensemble administratif de la planète universitaire.

Après s'être posée sur le Berceau n° 24, Helva se fit connaître et la chenille extensible d'accès trouva sans tâtonner son sas à passagers. Deux hommes attendaient que la liaison soit établie : l'un s'appuyait au chariot chargé de bagages, l'autre s'occupait uniquement de tripoter diverses parties de son vêtements et de jeter des coups d'œil à son bracelet-indicateur.

« Pas de temps à perdre à présent. Vous connaissez la destination de chacun de ces bagages ? »

Le porteur ne se donna pas la peine de répondre, se contentant de guider habilement le chariot jusque sur le vaisseau, puis à travers la cabine principale et dans la coursive.

« Mais on dirait qu'il vient tout juste d'être mis en service », murmura l'homme à l'allure de fonctionnaire en regardant autour de lui avec une surprise évidente et une approbation accordée à contrecœur. Il s'arrêta au cours de son inspection de la cuisine, où il examina tout, fouillant placards et tiroirs. « Où se trouve la clé des approvisionnements ? » demanda-t-il au porteur, qui rangeait les valises dans la cabine.

« Demandez au vaisseau, répondit le porteur. Ou n'avez-vous pas remarqué que c'est un BB ?

— Oh, ciel ! souffla le fonctionnaire. Je vous demande pardon, monsieur ou madame. »

Helva remarqua avec indulgence qu'il ne savait pas encore où elle était logée, car il exécuta une sorte de courbette circulaire, qui visait à s'adresser à tous les coins de la cabine principale.

« Êtes-vous suffisamment approvisionnée pour accommoder quatre humains jusqu'à la Base de Régulus ?

— Oui.

— Eh bien, c'est bon de le savoir. Nous n'avions aucune idée du genre de transport qui nous serait affecté, tant tout cela s'est passé rapidement. Et un vaisseau BB ! Cela, c'est flatteur. Vous êtes bien en mesure de modifier la gravité intérieure pendant le vol, n'est-ce pas ? demanda-t-il après un regard aux renseignements de son bracelet.

— Oui. Quels sont vos besoins ? Je n'ai pas reçu d'instructions particulières.

— Aucune ? » Il en paraissait profondément affecté. « Oh, mais vous auriez dû être avertie. Vraiment. Non, c'est une erreur. Annulez cela. Bien que le Solaire ait en fait requis... Bon. Puisque vous pouvez procéder à des ajustements, il n'y a plus de problème, n'est-ce pas ? »

Oh non, pas une autre tête de moineau ! songea Helva. « Si vous voulez bien m'indiquer la gravité désirée... »

Il y eut soudain des applaudissements et des ovations en haut du tunnel de sas. Le fonctionnaire jeta de ce côté un regard inquiet. « Les voici qui arrivent. Le Solaire vous le dira, ou bien son assistante médicale, Miss Ster. Vous devez vous tenir prête à décoller immédiatement, vous savez. »

Le porteur retraversa d'un pas alerte le poste principal, adressant à la colonne d'Helva un salut jovial au moment de sortir. « Tout est bien arrimé pour le décollage.

— Parfait », marmonna son supérieur d'un air absent en le suivant jusqu'au sas. Son léger froncement de sourcils fut brusquement remplacé par un sourire figé quand le groupe bruyant s'engagea dans la coursive.

Les quatre personnes du premier rang devaient être les passagers ; ils portaient des combinaisons de bord. Helva agrandit l'image qu'elle en avait et il lui fut aisé de voir que chacun d'eux avait besoin d'une gravité modérée. Demi-gravité au moins, décida-t-elle. L'homme marchait de l'air terriblement épuisé de qui n'est pas habitué à la pleine gravité et s'y sent mal à l'aise, dont les muscles forcent pour lutter contre la pesanteur accrue. Helva constata que même les muscles de son visage étaient étirés ; dommage, car c'était un bel homme. Il gardait cependant les épaules droites ; la tête haute, trop fier pour laisser une faiblesse physique le dépouiller de sa dignité.

Elle s'intéressait tellement à lui qu'elle ne jeta qu'un bref coup d'œil à l'autre homme et aux deux femmes avant que tous fussent arrivés au sas.

Le fonctionnaire s'écarta vivement du passage lorsqu'un homme plus âgé, très distingué, la tunique ornée d'une quantité de décorations, tendit la main à la femme remarquable qui se tenait près de lui.

« Voici votre tapis magique personnel, qui va vous mener à la Base de Régulus. Puis-je vous dire que cela m'a fait le plus grand plaisir de vous rencontrer, Ansra Colmer ? Officiellement, l'Université de Duhr vous est reconnaissante d'avoir bien voulu interrompre votre séjour chez le Solaire Prane pour faire bénéficier nos étudiants de votre art. Votre Antigone était chargée d'inspiration ; votre monologue de Phorus II m'a permis de comprendre pour la première fois l'entrelacement essentiel de la couleur, de l'odeur et du rythme. Vous êtes étonnamment multiple dans votre art, et je suis sûr que vous ne tarderez pas à recevoir l'accolade, Solaire. »

Le sourire soigneusement figé sur le visage calme d'Ansra Colmer parut se durcir un peu et il ne passa pas la moindre lueur d'humour dans ses yeux étincelants.

« Vous êtes trop bon, Directeur, surtout que Duhr a son propre Solaire », et elle se tourna à demi vers l'homme qui souffrait de la gravité. « Comment pouvez-vous supporter de vous séparer de lui ? » Et sans attendre de réponse, elle franchit le sas pour entrer dans le poste principal. Elle tournait maintenant le dos à tous ceux qui formulaient des souhaits bruyants et Helva lisait sur son visage une expression de colère et de haine réprimées.

Le Directeur toussota comme s'il n'eût que trop bien compris l'insinuation. Il s'inclina gravement devant le Solaire.

« Impossible de vous dissuader, Prane ?

— Les Mondes Centraux m'ont trop vivement fait sentir leurs besoins, Directeur. Il est de mon devoir professionnel d'accepter, avec l'espoir que tout l'honneur que je pourrai tirer de l'entreprise rejaillira sur vous pour toutes vos bontés. » La voix de Prane était riche, sonore, c'était la voix de l'acteur professionnel expérimenté. Si Helva remarqua la bizarre tonalité creuse, le chuintement de temps à autre, comme si le ton eût été en partie assumé, c'est que ses organes sensibles étaient plus aigus que les oreilles de la foule de jeunes étudiants en adoration et de fonctionnaires patients.

« Le Solaire Prane fera un retour triomphal avant la

fin du trimestre, déclara l'autre passager masculin, grâce aux bons soins de Miss Ster.

— Bien parlé, Davo Fillanaser », convint chaleureusement le Directeur, se tournant alors pour serrer la main de la jeune femme debout près du Solaire Prane.

Helva était fascinée par tous les courants sous-jacents à cette scène d'adieu. En tout cas, cela promettait un voyage pendant lequel elle ne s'ennuierait pas.

« Nous ne devons pas retenir davantage le pilote », dit le Solaire Prane. Avec un sourire d'excuse plein de charme, il adressa un ample geste à la foule qui exprima en un soupir collectif son chagrin et murmura ses regrets — quelques-uns allèrent jusqu'à verser des larmes — tandis qu'il entrait à reculons dans le sas, le bras passé sous celui de Miss Ster.

L'homme qu'on avait appelé Davo Fillanaser se rangea près d'eux, souriant et agitant la main, lui aussi.

Le Solaire Prane tourna la tête vers la jeune femme et Helva le vit formuler rapidement une phrase.

« Je ne peux plus tenir bien longtemps, Kurla. Dites au pilote de fermer le sas. »

Helva activa immédiatement le panneau de fermeture.

« Aidez-moi, Davo », cria Kurla quand la foule eut disparu à leur vue. Elle passa le bras autour de la taille de l'homme dont le grand corps parut s'écrouler sur elle.

« Fichu imbécile », marmonna Davo, mais il l'aida avec le plus grand soin... comme s'il eût craint de faire du mal à Prane.

« Je vais bien, je vais bien, insistait Prane en un rauque murmure.

— Cette réunion d'adieu, c'était de la folie, dans votre état et sous pleine gravité, dit Kurla.

— Il faut au héros un adieu de héros », fit Ansra Colmer d'une voix traînante. Le sourire qu'elle arborait maintenant en se tournant vers eux était sincère, sincèrement méchant ! Et ses yeux pétillaient d'un plaisir intense devant la faiblesse de Prane.

« Le héros n'est pas encore couché sur son bouclier, Ansra », répliqua le Solaire, comme s'il eût savouré l'idée de la défier. Il repoussa Kurla, toucha la main de Davo tendue pour l'aider, et la fit retomber, puis lentement, à pas comptés, il traversa le poste.

« Long feu, Ansra? demanda Davo en suivant le Solaire à distance respectueuse.

— Les pointes d'Ansra me durcissent l'échine », gloussa le Solaire, et Helva aurait pu jurer, de nouveau, que ces amertumes sous-jacentes avaient des qualités thérapeutiques. L'assistante médicale du Solaire n'était évidemment pas de cet avis.

« Cela suffit amplement », dit-elle d'un ton professionnel, impersonnel, et, sans tenir compte de l'air bravache de Prane, elle le prit de nouveau par la taille et le soutint jusqu'à la couchette. « Ceci doit être un matelas antichocs, dit-elle en rabattant la couverture. Bon. » Elle fit pivoter adroitement le Solaire et le laissa glisser sur le lit. Elle tira alors de son sac un appareil médical assez complexe. Elle avait une expression d'indifférence mais les yeux attentifs, tandis qu'elle lui faisait subir un examen.

Helva regarda curieusement les cadrans et les aiguilles et fut un peu intriguée par certaines de leurs indications. L'effort cardiaque n'avait rien d'excessif, bien que le pouls fût rapide, en raison de l'épuisement du patient. La tension sanguine était trop basse pour quelqu'un en état de crise et trop élevée pour un homme apparemment accoutumé à un climat de faible gravité. Le résultat le plus surprenant était celui de l'électroencéphalogramme. Prane tremblait maintenant sous l'effet de la réaction à une tension musculaire extrême : étendu, il paraissait vieux et fatigué.

« Qu'est-ce que vous allez me coller cette fois, Kurla? » s'enquit-il d'un ton sec, en se redressant pendant qu'elle préparait un pistolet injecteur intraveineux.

« Un décontractant et...

— Pas de sédatifs, pas d'inhibitions. Je vous l'interdis.

— L'assistante médicale, c'est moi, Solaire Prane », dit-elle de sa voix impersonnelle mais ferme.

Il lui saisit le poignet d'une main tremblante, mais Helva vit les doigts s'enfoncer profondément dans la chair. Kurla Ster le regarda droit dans les yeux.

« Vous ne supporterez pas le décollage sans sédatifs, après cette réunion d'adieu épuisante...

— Alors donnez-moi le décontractant, Kurla, mais rien d'autre. Je peux me débrouiller avec l'inconfort... tout seul. Une fois dans l'espace, le pilote pourra régler la gravité. »

C'était un conflit de volontés dont Davo était le spectateur très intéressé. Assez curieux, mais Helva observa que Davo était du côté de Prane, à en juger par le soupir qu'il laissa échapper en voyant la jeune femme remettre dans son sac les autres flacons pour n'injecter qu'un seul produit.

« Où est ce pilote ? » demanda-t-elle à Davo en sortant de la cabine et en refermant avec soin la porte derrière elle.

« Le pilote ? répéta Ansra Colmer, en jouant à faire pivoter le fauteuil sur ses cardans. Vous étiez trop plongée dans votre adoration éperdue du profil classique Solaire pour prêter la moindre attention aux instructions que l'on nous a données pour le voyage.

— Oh, bon sang, Ansra, rentrez vos griffes, cela devient plutôt barbant ! dit Davo en poussant Kurla vers un siège avec un sourire d'avertissement. Nous sommes à bord d'un vaisseau pensant, Kurla. Il n'y a pas besoin d'un pilote supplémentaire. Il nous suffit de nous installer pour la route.

— Miss Colmer, si vous ne...

— Et tenez-vous tranquille », ajouta d'un ton ferme Davo à l'adresse de Kurla, après lui avoir posé la main sur l'avant-bras, pour l'inciter à la soumission. « Plus tôt nous décollerons, mieux cela vaudra pour Prane, n'est-ce pas ? »

Elle s'apaisa, un reste de révolte au cœur. Pour ne pas arranger les choses, Ansra Colmer eut un sourire de triomphe en la voyant capituler ainsi.

« Allons-y, dit Davo en se retournant pour adresser un signe de tête à Helva.

— Je vous remercie, monsieur Fillanaser, et bienvenue à bord du XH-834, répondit Helva d'un ton calme, mais impersonnel, qui lui coûta un certain effort. Bouclez vos harnais pour le décollage. » Ansra Colmer cessa de se balancer le temps voulu pour se préparer. « Miss Ster, puis-je vous demander si l'état du Solaire Prane lui permettra de supporter le décollage ?

— Il ne risque rien si l'accélération est amortie par le matelas antichocs.

— Et par la drogue, ajouta sournoisement Ansra.

— Le Solaire Prane n'est pas sous sédatifs », rétorqua l'assistante médicale en s'efforçant de se lever, quoique retenue par ses courroies.

« Ansra, laissez-la tranquille ! Prane n'est pas un drogué et ne l'a jamais été !

— Je reçois l'autorisation de prendre le vol », dit Helva, mentant pour éviter que la discussion ne reprenne. Elle fit même passer un petit bruit de moteurs dans les haut-parleurs principaux.

Tandis qu'elle amenait le vaisseau en position de départ, avec toutes les précautions requises, Helva gardait l'œil sur Prane. D'accord, il était protégé par le matelas spécial, mais s'il avait tant de peine à tolérer la gravité normale, l'accélération au départ allait le vriller de douleur. Elle décida qu'un décollage rapide lui ferait moins de mal qu'une accélération progressive. Elle donna toute la puissance et l'observa pendant que la douleur lui faisait instantanément perdre connaissance.

Dès qu'elle eut échappé à l'attraction de Duhr et qu'elle fut en route vers Régulus, elle coupa toute poussée, même la légère rotation qu'elle conservait généralement pour le confort de ses passagers. Prane avait bien perdu connaissance, mais son pouls battait avec régularité.

« Il faut que j'aille près de lui », disait Kurla, dans le poste principal.

Quand Helva jeta un coup d'œil de ce côté, l'assistante médicale était ridiculement aplatie contre la cloison du fond de la pièce.

« Dans ce cas, adoptez des mouvements lents, lui conseilla Davo. Vous avez vécu assez longtemps en demi-gravité pour savoir qu'une action violente entraîne une réaction d'égale violence.

— Si seulement vous saviez comme vous aviez l'air bête, observa Ansra.

— Le Solaire Prane a sombré dans l'inconscience avant la poussée maximale, Miss Ster, signala Helva. Mais il ne semble pas souffrir.

— Il faut que je le voie, insista Kurla. Ses os sont si fragiles... »

Problème orthopédique, alors ? Et on l'autorisait à voyager dans l'espace ? Est-ce que tout ce monde avait perdu la tête ? Et pourquoi toute cette agitation ?

« Dois-je rétablir la gravité ? La trame antichocs sera...

— Non, non, protesta Kurla.

— Si vous vous imaginez que je vais parcourir en chute libre toute la route jusqu'à Régulus, vous vous mettez le doigt dans l'œil, dit Ansra, dont l'expression amusée avait disparu.

— Plus longtemps nous lui épargnerons les tensions gravitationnelles...

— Vraiment dommage ! riposta Ansra. Je sais ce qui m'arrive, *à moi*, en chute libre continue et je ne veux pas...

— Les muscles ramollis, très chère ? s'enquit Davo en souriant largement. Vous pouvez toujours vous joindre à nous pour le passionnant calcul des tensions musculaires isométriques. Et vous ferez bien de vous accoutumer à la chute libre. Vous avez certainement entendu mentionner dans nos instructions — puisque vous y êtes si attentive — que la troupe jouera entièrement en chute libre. Prenez-en l'habitude.

— J'ai aussi entendu dire que ce seraient nos esprits que l'on transférerait. Or c'est de mon corps qu'il s'agit pour l'instant.

— Et c'est le corps du Solaire Prane qui doit se reposer pour le moment, lança Kurla qui réussissait à se diriger vers la cabine. Il n'est que le *directeur* de toute la troupe.

— Et si nous adoptions une solution de compromis, mesdames, proposa Davo. Restons en demi-gravité quand nous sommes éveillés, et en chute libre quand nous serons tous bien emmitouflés sur nos matelas protecteurs pendant la nuit, alors que nous ne nous rendrons compte de rien.

— Est-ce un arrangement possible ? » Kurla paraissait reprendre espoir. « Il faudrait maintenir l'unité à demi-gravité sur Duhr en raison de la puissance requise.

— La demi-gravité convient-elle à votre gracieuse suprématie ? demanda Davo à Ansra, avec une révérence moqueuse.

— Il ne tiendra pas le coup, en demi-gravité ou en chute libre », dit-elle en grimaçant.

Elle entendit la porte de la cabine se refermer derrière Kurla. Ansra déboucla son harnais, se tortillant sur le siège à la recherche de la position la plus favorable pour regarder Davo sans difficulté.

« Je ne sais pas pourquoi vous continuez à défendre un mourant, Davo. Ne discutez pas. Il a l'esprit atteint. Je le constate. N'oubliez pas que je le connais plutôt bien. » Son sourire sous-entendait une profonde intimité. « Et c'est son esprit qui doit être transféré. » Elle changea subtilement d'attitude. « Avez-vous jamais envisagé de devenir autre chose qu'un acteur de deuxième plan, Davo ? »

Helva examina plus attentivement l'homme. Elle l'avait pris pour un ami ou un assistant de Prane, et non pour un acteur. Il n'en avait pas l'air comme les deux autres.

« Vous avez à la Guilde une excellente réputation de finesse dans le classique, disait Ansra. Pourquoi continuez-vous à vous laisser dominer, à vous laisser imposer votre mode de vie par Prane ? »

Davo la regarda, imperturbable, durant quelques instants, puis il eut un sourire d'insouciance. « Il se trouve que j'ai du respect pour Prane Liston sur le plan professionnel et que, personnellement... »

Ansra émit un bruit incongru. « Vous l'avez soutenu comme une doublure les jours de matinée. Encaissé ses sermons quand il "faisait des expériences" de mouvement en gravité nulle. Ha, ha! Vous avez couvert ses bévues pour laisser le menu fretin dans l'ignorance des faiblesses de son héros!

— Mes motivations ne sont pas aussi suspectes que les vôtres, vous qui avez entrepris un détour de deux mois après votre dernier engagement pour "rendre visite" à votre vieil ami Prane Liston. Ha, ha! à moi de rire. »

Helva perçut la rougeur de la colère sous la peau maquillée de la femme.

« Ma visite a été des plus opportunes, Davo Fillanaser, répondit-elle avec un sourire éclatant. Et selon nos instructions, une fois qu'il aura été transféré dans la... comment était-ce dit?... dans l'enveloppe vide?... oui, dans l'enveloppe qui attend chacun de nous sur Bêta Corvi, l'apparence extérieure ne comptera plus. Seulement le talent. J'ai toujours pensé que vous aviez fait preuve de peu de jugement en optant pour les classiques, Davo, car vous avez l'air tellement maigre et affamé que vous devez obligatoirement jouer les Iago ou les Cassius. Vous pourriez être... Roméo... sur Bêta Corvi. »

Son sourire était ensorceleur.

« Mais non, bien sûr, tant que Prane Liston reste à la fois le directeur *et* Roméo, hein? » Davo se pencha vers elle, les yeux étincelants, mais son visage maigre et sombre demeura indéchiffrable. « Vous vous refusez à croire la vérité, même quand on vous la dit, n'est-ce pas, Ansra? Et vous ne pouvez tout simplement pas admettre que Prane Liston ne soit plus amoureux fou d'Ansra Colmer.

— Ce n'est pas la question », dit-elle avec une hautaine indifférence.

Davo se contenta de sourire. Il se renversa sur la couche et adopta la même attitude qu'elle. « Vous avez déjà choisi votre propre directeur, pas vrai? Un qui se laissera dominer par Juliette ? Et alors, avec un Roméo comme moi, reconnaissant mais faible, vous paraîtrez deux fois meilleure sans avoir à travailler moitié autant que vous y force Prane. Oh, allons, allons, Ansra, lui conseilla-t-il, excédé par ces intrigues, Prane a toujours tiré le meilleur parti de votre pauvre prestation !

» Mais c'est sans importance, du moins dans le cas présent. Il est des choses plus essentielles que vos considérations personnelles. Ou alors vous n'auriez pas du tout écouté les instructions ? Ces Bêta Corvi sont en mesure de diriger la demi-vie de tout isotope instable qu'ils veulent. Si les Mondes Centraux entrent en possession de cette technique, cela constituera une révolution dans les moyens de propulsion et nous permettra de franchir les océans intergalactiques... » Il s'interrompit, le temps d'un rire moqueur. « Tenez, si nos petites pirouettes leur plaisent, vous jouerez peut-être la saison prochaine dans la Nébuleuse de la Tête de Cheval, Ansra Colmer. Ou plutôt », et ses yeux s'étrécirent pensivement, « devrais-je dire “Solaire Ansra” ?

— Eh bien, réfléchissez avec soin, Davo, lui conseilla-t-elle, prenant une pose tendue, à *tout* ce qui est en jeu. L'altruisme ne m'intéresse pas : il ne signe pas les contrats et ne paie pas les cachets. Je n'aurais pas prêté la moindre attention à cette tournée n'était ce système de transfert des Corviki. »

Davo la regardait à présent avec une attention si intense qu'elle ébaucha un sourire.

« Vraiment, Davo, quel intérêt quelconque pourraient bien trouver ces Corviki à *Roméo et Juliette*, une histoire d'amour démodée dans un contexte social improbable.

— Vous êtes encore plus hypocrite que je ne le pensais.

— Des illusions, voilà ce que nous créons, mais nous n'y croyons pas. Et avec un Roméo au cerveau ramolli, tout cela serait sans valeur s'il n'y avait pas ce truc du transfert. Voyons, si cette combine peut marcher dans une atmosphère méthane-ammoniaque, elle peut marcher n'importe où. Cela pourrait nous ouvrir des auditoires dans une nouvelle dimension...

— Avec la Solaire Ansra comme étoile de tout premier plan dans ce nouveau mode d'expression ? » demanda Davo, ses yeux sombres fixés sur ceux de la femme.

Helva se demandait s'il avait saisi ce qu'il y avait de fallacieux dans l'argumentation d'Ansra.

« Pourquoi pas ? Pas besoin d'être assistante médicale pour m'apercevoir que Prane est en train de mourir. Il est si faible qu'il fondrait sous la pression. Et, de plus, il a les os du crâne si ramollis par le captesprit...

— Les os, oui, mais pas le cerveau... lança Davo. Et le mien non plus. *Je* me rappelle tout ce que je dois à cet homme, mort ou mourant, et je suis de son bord jusqu'au bout. Souvenez-vous-en, Ansra Colmer. Et si vous ne cessez pas de tourmenter cette gentille enfant, si vous ne me prouvez pas que vous êtes prête à vous intégrer à la troupe, je ferai jouer contre vous la clause de la perturbation. Cette mission dramatique lointaine est trop importante pour courir le risque de compter parmi nous une dissidente. Rappelez-vous encore que ce sont les ordinateurs qui ont choisi Prane en se fondant sur son art et son habileté. Malgré son lourd handicap de santé, il est quand même sorti premier sur la liste des probabilités. Mettez-vous au pas, Ansra, sinon je me verrai dans l'obligation de communiquer aux ordinateurs quelques données psychologiques à votre sujet pour qu'ils remettent à jour votre image professionnelle. »

Il jaillit de son siège avec beaucoup trop d'énergie dans la demi-gravité et bondit vers le plafond. Il rectifia sa position et partit à pas lents vers la cuisine.

« Autopilote, effacez cette conversation entre moi-même et Davo Fillanaser, ordonna Ansra d'une voix dure, coléreuse. Mon ordre est-il clair ?

— Oui, répondit Helva en prenant un ton sec et métallique.

— Obéissez. Quelle est la cabine qui m'est affectée ?

— Numéro Deux ! »

En regardant la haute silhouette de l'actrice qui ondulait dans la coursive, Helva éprouvait une satisfaction insolite, atavique, de s'être attardée sur Nekkar pour un bon astiquage et de savoir son intérieur, comme toujours, en parfait état.

Ce n'était pas une soirée agréable, sûrement pas ce qu'en avait espéré Helva quand elle avait reçu ses instructions sur bande. Davo restait silencieux, mais toujours en alerte, observant Kurla et Ansra, passant fréquemment et sans bruit devant la cabine ouverte de Prane. Kurla était bouleversée bien qu'elle tentât de le dissimuler. Cependant Helva avait entendu Prane refuser toute aide médicale et, par ses sondes sensorielles, elle savait qu'il feignait de dormir pour éviter une discussion. Les regards sombres et froids d'Ansra suivaient partout la jeune assistante médicale. Helva ne parlait que si on lui adressait la parole, acceptant de jouer le rôle d'un vaisseau automatisé, bien que Davo sût probablement ce qu'elle était en réalité.

Sa discussion avec Ansra n'avait été d'aucun secours pour venir en aide à Prane, au contraire, elle l'avait irritée et avait ajouté à la tension qui régnait à bord. Helva se demandait s'il n'avait pas délibérément amené la femme à révéler ses intentions, devant Helva elle-même comme témoin secret des paroles de l'actrice. Pourtant, s'il voulait vraiment qu'Ansra se compromette devant témoins, pourquoi lui accorder une seconde chance ? Davo avait-il vraiment assez confiance en elle pour croire qu'elle changerait ?

Bref, le problème ne concernait nullement Helva, bien qu'elle fût prête à reproduire sur ruban cet interlude s'il le fallait. Qu'un autre vaisseau se tourmente au sujet de l'actrice intrigante, de l'assistante médicale avec son amour sans espoir, et de l'acteur mourant. Amon pouvait bien prendre tout le lot ! Roméo et Juliette en chute libre dans une atmosphère gazeuse ! Shakespeare en guise de stabilisateurs ? Helva était de l'avis d'Ansra : l'idée était parfaitement ridicule !

Un long soupir frémissant vint couper le fil de ses

pensées. Un dormeur qui s'agitait ? Non, Prane ne dormait pas, bien que tous les autres fussent en sûreté sous les couvertures antichocs. Et c'était Prane qui avait le plus besoin de repos.

« Amen, amen ! Mais vienne quelque peine
Elle ne saurait prévaloir sur l'échange des joies
Que m'apporte une courte minute quand je la vois.
Ferme donc nos mains sur des paroles saintes,
Alors que la mort dévoratrice des amours joue son [rôle,
Il me suffit de pouvoir dire qu'elle est mienne ! »

Sa voix montait au rythme des vers, riches, tendre, inchangée malgré ce qui affaiblissait son physique. Toutefois, le rire qui suivait fut creux et amer.

« Pilote ne suis et pourtant fusses-tu si lointaine
Que cette côte au loin bordant la mer la plus reculée
Je m'y aventurerais pour telle récompense. »

Encore un long silence, puis :

« Toi, pilote au désespoir, jette tout droit
Sur les rocs hérissés ta barque lassée de la mer !
Je bois à mon amour ! »

Puis un silence, si prolongé qu'Helva se demandait s'il ne s'était pas rendormi.

« Ah mort, où est ton aiguillon ?
O Tombe où est ta victoire ? »

Helva se sentait touchée par les regrets brûlants, les nostalgies qu'évoquait cette voix lourde d'émotion. Il voudrait mourir ! Il pense que la présente aventure le tuera, il souhaite la mort !

Helva reprit courage en se murmurant un chapelet des jurons les plus expressifs de Kira ; elle eût aimé en savoir davantage sur le processus de ce transfert des âmes par les Bêta Corvi. En tout cas, si, comme on le prétendait, ils étaient capables de stabiliser les isotopes, il ne faisait aucun doute qu'ils fussent d'étonnants génies dans la manipulation de l'énergie. Voyons... compte tenu du fait que le cerveau dégage de l'électricité, une forme très primitive d'énergie, il était probable que cette tension électrique pût passer d'un réceptacle à un autre. Facile en théorie ; mais dans la pratique ? Il pourrait y avoir une déperdition de puissance, une matrice erronée dans le réceptacle. Une personne risquait-elle d'en revenir à demi idiote ? Helva chassa cette pensée qui n'était pas étayée par des données suffisantes. De plus, la question ne la concernait pas.

Et elle doutait que Prane pût mettre fin à ses jours : pas avec une Kurla Ster bien décidée à maintenir l'étincelle de la vie dans son enveloppe charnelle. Elle ne savait rien de ces Bêta Corviki, mais c'était un axiome de toutes les civilisations évoluées qu'elle avait connues que l'être intelligent n'y était pas autorisé à se supprimer. Kira Falernova elle-même s'était aperçue qu'il lui était excessivement difficile de se suicider.

Et si Kurla n'était pas stupide — elle ne le semblait pas malgré son fol amour pour Prane — elle devait avoir la même connaissance de son désir de mort que de ses douleurs physiques.

Helva songeait, des pensées qui tourbillonnaient, sans fil conducteur. Elle disposait de si peu de faits... elle ignorait même comment Prane Liston avait pu en arriver à un tel état de détérioration en ces jours de diagnostics préventifs et de médecine corrective. Il en était visiblement à sa deuxième période de cinquante ans... mais des os tendres ? On peut renforcer de calcium la moelle des os, on peut ajouter du phosphore au régime. Cependant Ansra avait fait des allusions sournoises à une intoxication de drogué. Elle avait dit qu'il se ramollissait du cerveau... non, des os du crâne, rectifia Helva... « Il a les os du crâne si ramollis par le captesprit. » Pourtant le captesprit était un produit sans danger, qui élargissait l'esprit, oui, mais largement utilisé depuis longtemps par quiconque désirait conserver dans sa mémoire des renseignements sans rien en perdre. L'esprit adulte perd cent mille neurones par jour. Aucun acteur ne pouvait se permettre de perdre la mémoire. Était-il possible que le captesprit, après qu'on en eut abusé pendant une longue période, dépose un résidu nocif qui s'attaquait aux os?

Helva fouilla dans les archives-mémoires du vaisseau, mais elle n'y trouva aucun cas répertorié d'effets secondaires du captesprit. Cependant un acteur qui jouait sur des centaines de planètes, constamment soumis à des radiations cosmiques, ne souffrait-il pas d'une petite désagrégation des cellules? Un blocage des protéines? Sûrement l'un ou l'autre des spécialistes de la médecine l'aurait remarqué, aurait isolé l'enzyme fautif et y auait remédié.

Helva observa l'homme qui ne dormait pas. Il murmurait à présent des monologues, changeant de voix quand les répliques passaient d'un personnage à un autre. Fascinée, Helva écoutait, dans la nuit du vaisseau, le Solaire qui déclamait scène après scène, en une parfaite diction et sans fautes. Peu avant l'aube, la litanie prit fin quand le sommeil consentit à donner à l'acteur l'accolade de la paix.

L'aube vint et passa. Helva procéda à la vérification normale de tout l'appareillage, étudia les détecteurs et constata qu'il n'y avait pas d'autre vaisseau à portée d'appel. Elle en fut irritée... et soulagée.

Ce fut Kurla qui bougea la première. Elle se rendit immédiatement au chevet de Prane. Son inquiétude se dissipa quand elle le vit endormi et calme, les rides de la fatigue effacées de son visage. Les traits empreints d'une expression de tendresse et d'amour infinis, la fille se retira, rabattant la porte, et flotta jusqu'à la cuisine.

Davo la rejoignit bientôt. « Comment va-t-il ce matin? »

Kurla, sur la défensive, commença à débiter des détails d'ordre clinique.

« Je ne m'intéresse pas le moins du monde aux manifestations biologiques de votre amant...

— Prane Liston n'est pas mon amant.

— Oh ! Le désir aurait-il donc transcendé sa consommation ?

— Davo, je vous en prie !

— Ne rougissez pas, ma chère. C'est seulement pour vous taquiner. En tout cas, un simple oui ou non me suffira. Prane sera-t-il en mesure de répéter aujourd'hui ? La mise en scène en chute libre ne va pas être facile et il m'a dit qu'il aimerait revoir plusieurs scènes maintenant qu'il en a le temps. Helva peut nous mettre en chute libre quand nous le désirons. N'est-ce pas, Helva ?

— Oui.

— Cela paraît tellement humain, dit Kurla en réprimant un petit frisson.

— *Elle*, s'il vous plaît, Kurla. Helva est une humaine ; n'est-ce pas, Helva ?

— Oh ! vous l'aviez donc remarqué ? »

Davo éclata de rire devant la consternation qui se lisait sur le visage de Kurla.

« Bien chère Miss Ster, une assistante médicale telle que vous aurait dû deviner l'identité du capitaine de notre nef, non ?

— J'avais tant de soucis en tête, dit-elle en relevant le menton d'un air de protestation. Mais je vous prie d'accepter mes excuses, ajouta-t-elle en pivotant, si je vous ai offensée, Helva... » Puis ses yeux se fixèrent sur la porte fermée de la cabine de Prane et ses joues s'empourprèrent.

« *Vous* avez été la discrétion même, répondit Helva, consciente de la confusion soudaine de la jeune femme. Tout comme j'essaie de l'être *moi-même* », poursuivit-elle de façon si nette que Davo comprit pourquoi Kurla avait rougi.

« L'honneur chez les "cyborgs", hein ? » fit-il, une lueur dansant dans ses yeux tandis qu'il lançait subtilement sa pointe, par sa seule intonation.

« Oui, et il existe nombre de preuves que nous sommes au plus haut point dignes de confiance, loyaux, courtois, sincères, attentionnés, et inhumainement incorruptibles. »

Le rire de Davo grandit en un rugissement qui cessa quand Kurla lui désigna du doigt la cabine de Prane.

« Pourquoi ? Je veux qu'il soit debout et qu'il se remue. Cela devrait lui faire du bien que de s'éveiller au bruit joyeux de mon rire.

— Cela me paraît du moins excellent pour annoncer mon entrée en scène ! » observa Prane, en écartant la porte. Il avait une ombre de sourire aux lèvres, les épaules droites, mais à l'aise, la tête haute, toute trace de fatigue et de faiblesse effacée. Il n'avait pourtant pas pris tellement de repos, Helva le savait, pour l'avoir entendu réciter ses pièces durant la moitié de la nuit. Cependant il paraissait même plus jeune. « Alors, on y va, Davo ? demanda-t-il.

— Vous *n'irez* nulle part, Solaire, déclara Kurla d'un ton emphatique, tant que vous n'aurez pas mangé. »

Il acquiesça docilement.

En dépit de son intention de rester à l'écart des conflits de personnalité entre ces quatre personnages, Helva suivit avec un intérêt très vif la répétition. On avait collé un manuscrit entre les mains de Kurla, qui ferait office de souffleur.

« Voyons, commença Prane d'une voix claire, on ne nous a donné aucune idée de l'opinion des Corviki à l'égard du combat singulier. Nous ne savons pas s'ils sont capables de comprendre le code archaïque de l'honneur qui rendait inévitable ce duel. Toutefois, ni l'interprétation de nos structures sociales ni l'appréciation des morales anciennes ne sont du ressort de notre troupe. Selon le Capitaine de la Reconnaissance, les Corviki étaient fascinés par notre concept de "formules" spéciales (l'équipage était en train de suivre *Othello*) visant purement et simplement à *gaspiller* de l'énergie en cherchant l'excitation mentale et un rajustement de l'esprit, sans aucun objectif de masse. » Il émit un rire embarrassé. « Il y a toujours eu une partie de l'humanité pour considérer le théâtre comme un gaspillage d'énergie. Il ne servirait cependant à rien de nous efforcer de jouer Shakespeare sous l'aspect d'une dissertation d'ordre social. Nous serons des classiques... nous jouerons du pur Shakespeare tout comme l'aurait fait la troupe du Globe.

— Dans ce cas, d'un point de vue puriste, Juliette devrait être un jeune garçon prépubère, lui rappela Davo avec une certaine malice.

— Nous ne pousserons pas la pureté à ce point, Davo, fit Prane en riant. Je laisserai les attributions de rôles telles qu'elles sont, je crois. Nous aurons déjà bien assez de mal à jouer en chute libre et à nous habituer aux enveloppes que nous fourniront les Corviki. Donc, si nous pouvons dès à présent nous mettre bien dans la tête les mouvements de scène, nous n'aurons plus d'autre difficulté que de nous accoutumer à cette nouvelle forme quand nous atteindrons Bêta Corvi. Je vois ce transfert sous l'aspect d'un simple changement de costume.

» Et maintenant, Davo, en tant que Tybald, vous entrez par le fond, Benvolio et Mercutio seront à l'avant et moi, en tant que Roméo, j'entrerai par la droite, en ellipse. »

Les deux hommes avaient déjà travaillé en chute libre, observa Helva, car ils modifiaient habilement tous les gestes en parvenant néanmoins à simuler la puissance d'une pointe, la grâce d'un repli dansant. Mais ces mouvements exigeaient un effort physique considérable et tous les deux ne tardèrent pas à transpirer tandis qu'ils flottaient, se livrant de nombreuses fois à leur duel plein de mesure, pour bien s'en mettre le déroulement dans la tête.

Ils travaillaient ferme, s'exerçant, apportant des changements et des améliorations, jusqu'à ce que par deux fois ils eussent répété la scène sans la moindre faute. Même compte tenu de son handicap, Prane impressionnait Helva.

Ansra entra d'un air languide dans le poste principal et l'atmosphère se transforma si brusquement qu'Helva vérifia involontairement ses instruments d'observation.

« Bonjour, bonne dame, dit Prane d'un air dégagé. Allons-nous revoir la scène du balcon, belle Juliette ?

— Mon cher Solaire, il est évident que vous venez de vous donner beaucoup de mal avec Davo. Vous sentez-vous en état de continuer ? »

Prane hésita une fraction de seconde avant de s'incliner et de répondre avec un sourire très naturel : « Vous, en tant que Juliette, vous trouvez là-haut », et il désigna d'un ample geste l'endroit d'où elle devait jouer la scène, au-dessus de lui.

Il se tourna alors pour aller flotter jusqu'au bord du poste, et Ansra, sa moquerie n'ayant pas été relevée, haussa les épaules et se projeta vers le haut.

« Donnez-moi la réplique de Benvolio, s'il vous plaît », demanda Prane à Kurla.

L'entrée d'Ansra avait troublé la fille, qui feuilletait nerveusement le manuscrit.

« Acte II, scène 1, Kurla », murmura Davo d'un ton encourageant.

Helva laissa tomber sa voix au registre d'un ténor.

« *Va-t'en donc ; car il est vain*

De chercher ici qui ne veut pas qu'on le trouve. »

« Par les chiens du ciel, qui parle ? » s'écria Prane, pivotant sous l'effet d'une telle réaction de surprise qu'il dériva vers le mur et se retint, l'air distrait, d'une seule main.

« Moi, dit doucement Helva, de son ton normal.

— Êtes-vous donc capable de changer de voix à volonté, femme ?

— Après tout, ce n'est qu'une question de projection, vous le savez. Et comme ma voix est reproduite par l'intermédiaire d'appareils sonores, je suis en mesure de choisir celui qui convient pour le registre vocal souhaité. »

Les effets de cette capacité sur Prane, constata Helva, n'étaient rien en comparaison de ce qu'éprouvait Ansra.

« Comment avez-vous pu lire le texte ? demanda Prane en montrant les feuillets que tenait Kurla.

— J'ai parcouru le texte dans les mémoires de la bibliothèque. » Helva préférait ne pas parler des longues années d'enfance pendant lesquelles elle s'était passionnée pour d'anciens films, qui l'avaient en quelque sorte conduite naturellement à Shakespeare et à l'opéra, aussi bien opéra-comique que grand opéra. C'était son seul dada... et c'était dans sa propre mémoire qu'elle puisait.

Prane étendit imprudemment les deux bras et dut rétablir sa position contre le plafond.

« Une chance incroyable ! Pouvez-vous... consentiriez-vous à lire autre chose ?

— Quoi ? Auditionner un vaisseau, Prane ? » demanda Ansra, sa riche voix insinuant qu'il devenait dément.

« Si je ne me trompe, intervint Davo avec un éclair sardonique dans les yeux, Helva que voici est également connue comme le vaisseau qui chante. Vous avez sûrement vu l'émission tridimensionnelle à son sujet, il y a quelques années, Ansra ? D'ailleurs, je sais que vous l'avez vue. Nous jouions les tragiques grecs sur Draconis à l'époque.

— S'il vous plaît, Davo, coupa le directeur Prane en glissant jusqu'à la colonne centrale d'Helva. Vous êtes le vaisseau qui chante ?

— Oui.

— Auriez-vous la bonté de me faire la joie de lire le texte de la Nourrice, Acte I, scène 3, lorsque Dame Capulet et la Nourrice discutent du mariage de Juliette ? Commencez à "Tous les jours pairs ou impairs de l'année..."

— La nourrice doit être jouée plutôt terre à terre ?

— Oui, certes, joyeusement incorrigible. Ses répliques sont un triomphe de création de personnage, vous savez : elle est seule à pouvoir prononcer les paroles que lui a attribuées l'auteur. Ce qui est naturellement la pierre angulaire de la vraie création.

— Je croyais que nous devions répéter ma scène et non pas suivre un cours », observa Ansra d'un ton acide.

Prane la fit taire d'un geste péremptoire. « L'ouverture », dit-il, et il posa sa voix en un contralto rauque et vieillissant, « "Il y a une quinzaine et quelques jours"... »

Helva se résigna à prendre une part active à cette étrange répétition et donna la réplique en tant que Nourrice Angelica.

Ce fut Helva qui mit fin à ce qui promettait de durer tout un tour de chrono, en avançant l'excuse fallacieuse qu'elle devait procéder à quelques calculs d'importance capitale. Ce qui était devenu capital, c'était l'humeur d'Ansra.

Davo et Kurla avaient volontiers lu des rôles supplémentaires, et Davo s'en était acquitté avec une pénétration des personnages secondaires qui lui avait attiré le respect muet d'Helva et les remerciements abondants de Prane. La Juliette campée par Ansra devenait de moins en moins convaincante. Elle « lisait », elle ne jouait pas, et ne réagissait certes en aucune façon au jeune enthousiasme et à la tendre passion du Roméo qu'était Prane. Elle était figée. La voix était jeune, les gestes d'une jeune fille, mais elle résistait à tous les efforts de Prane pour tirer d'elle la qualité qu'il voulait que communique Juliette.

Rien de tout cela n'était évident à en juger par le ton posé et la courtoisie de ses suggestions, mais les autres ne s'en apercevaient pas moins. Et pour Helva, la conduite d'Ansra était doublement inexcusable.

Une fois qu'Helva se fut retirée du jeu, Kurla annonça qu'il était l'heure de manger un bon repas chaud. Elle insista ensuite pour qu'ils aillent tous dormir un peu. Helva observa subrepticement le rapide examen médical auquel se livra Kurla sur la personne de Prane. Elle aussi était stupéfaite de voir le Solaire encore si plein de vigueur après une répétition longue et approfondie.

« Il faut vous reposer, Solaire Prane. Peu m'importe ce que dit le détecteur. On ne peut pas dépenser autant d'énergie que vous l'avez fait aujourd'hui sans devoir la récupérer dans le sommeil, déclara Kurla d'un ton ferme. *Moi*, je suis fatiguée, et *vous* avez encore à vous poser sur une autre planète ! »

Il fit la grimace comme un gamin, mais il s'allongea sur le matelas antichocs, les yeux clos, une main sur la poitrine.

D'un geste tendre, Kurla recouvrit son long corps décontracté. Elle pivota brusquement et laissa le mouvement la porter rapidement hors de la cabine. Les yeux de Prane s'ouvrirent et l'expression de son regard dépassait presque ce que Helva pouvait moralement supporter d'observer. Ainsi Kurla était en vérité l'étoile des pensées de Prane alors qu'Ansra n'en était plus que la lune envieuse, déjà malade et pâlie de chagrin...

Helva se sentait terriblement soulagée à l'idée qu'elle serait dégagée de cette intrigue dans un jour à peine. Et pourtant Ansra avait eu l'indiscrétion de faire allusion à des actes qui relevaient plus de la vengeance que de l'envie. Est-ce que le fait de savoir à présent que Helva n'était pas un automate l'empêcherait de mettre ses plans à exécution ?

Les passagers s'endormaient. Tous, sauf Prane. Il commença *Richard III*, par la réponse de Gloucester : « Maintenant voici l'hiver de notre mécontentement » à la phrase de Richmond : « La paix vit de nouveau. Qu'elle vive longtemps parmi nous, Dieu le veuille ! » Après ce qui s'était passé dans la journée, Helva jugea que ce choix d'un texte pour trouver le sommeil n'était que trop adéquat. Si le captesprit conférait une mémoire aussi parfaite...

L'aube approchait quand Helva se souvint d'un détail et, tout en se morigénant pour son incroyable bêtise, elle entra en liaison avec Régulus par le faisceau concentré.

« Bien agréable d'entendre votre voix, Helva, répondit le Centre de Communication d'un ton nettement affable.

— Autant de gentillesse de votre part m'inquiète. Qu'est-ce qu'on manigance ? Pas une autre mission sans "muscle"... parce que je la refuserais. J'ai des droits et je m'en réclamerai.

— Dieu que vous êtes susceptible ! Et comment peut-on être aussi soupçonneux ? Et aussi grossier ?

— Pour que vous sachiez exactement ce que je pense. Maintenant, écoutez-moi. Y a-t-il une chambre libre...

non, plutôt un appartement... à la Station Orbitale dans le secteur de chute libre?

— Je vais m'en assurer. Mais pourquoi?

— Vérifiez et répondez.

— Oui. Affirmatif.

— Parfait. Je demande qu'il soit réservé au Solaire Prane et à ceux de sa troupe qui accepteront. Nous avons fait route en chute libre pour les préparer à leur mission et il ne faudrait pas qu'ils aient à se réadapter à la pleine gravité.

— Bonne idée. Mais cette mission ne vous tente donc pas, Helva?

— Ne prenez pas ce ton geignard avec moi, Centre.

— Alors que vous avez visiblement pris leurs intérêts suffisamment à cœur pour réclamer un logement en orbite pour le Solaire Prane? »

Helva se contint. Il ne fallait pas qu'elle parût tellement inquiète.

« On m'a enseigné à être prévenante. Cela me semblerait regrettable de voir réduits à néant les progrès qu'ils ont accomplis en s'adaptant à l'apesanteur. »

— Pas de problème, Helva. Cette mission sur Bêta Corvi a la plus haute priorité.

— Dites, je suis curieuse de cette histoire de transfert du psychisme...

— Doucement, ma fille! Ne me posez pas de questions, maintenant que vous m'avez si clairement exposé votre position.

— Bon. Je me tais. Mais c'est bien mesquin de votre part, à mon avis. » Elle coupa le faisceau concentré.

Jusqu'au réveil de ses passagers, Helva réfléchit aux observations du Centre. Ils voulaient la mettre dans le coup. Bon. Ils pourraient toujours la supplier, la flatter, chercher à l'acheter, elle n'en était pas moins résolue à résister à toutes les tentations tant qu'elle n'aurait pas de partenaire.

Elle ne se donna pas la peine d'informer ses passagers des arrangements qu'elle avait pris sous le manteau avec le Centre, mais elle accosta à la baie appropriée de la

Station Orbitale comme si telle était la destination prévue pour elle. Régulus IV flottait sous eux, éclatant du reflet de son étoile.

« On nous avait dit que nous nous poserions sur la Base de Régulus », protesta Ansra en regardant vers le sas de la Station. Elle lança un coup d'œil furibond à l'opérateur du sas qui en fut stupéfait, et qui dériva du coup.

« Chute libre ? s'écria Davo. Je préférerais rester ici.

— C'est ridicule, reprit Ansra, s'adressant à l'employé qui ne comprenait plus. J'exige qu'on me conduise à la Base. J'exige de voir le fonctionnaire chargé de cette mission.

— Le XH-834 doit atterrir sur la Base dès qu'il aura débarqué ses passagers ici, Miss Colmer, dit l'homme d'un ton conciliant.

— Si vous voulez bien passer dans le poste principal, Miss Colmer, je pourrai fermer les sas ? » dit Helva, car Prane et Kurla étaient entrés dans le sas de la Station.

Après avoir contourné Ansra, l'employé poussa les bagages empilés dans le sas vers la Station, en un tourbillon. Dès qu'il se fut lui-même dégagé, Helva referma son panneau extérieur. Ansra fut dans l'obligation de reculer à l'intérieur.

« Attendez seulement que je porte plainte contre vous, vous... vous...

— Espèce de chose ? De moucharde ? D'abomination ? De malhonnête ? lui suggéra aimablement Helva.

— Je vous ferai mettre hors service, espèce de garce en fer-blanc ! »

A cet instant précis, Helva appliqua une poussée suffisante pour envoyer Ansra, accoutumée à la chute libre, s'affaler en arrière contre la couchette voisine. Et elle l'y maintint, lâchant une kyrielle de méchants jurons, pendant tout le processus de rentrée dans l'atmosphère et d'atterrissage.

« Et vous regretterez aussi cette insolence, espèce de Sarah Bernhardt sans corps, fut la dernière flèche que décocha Ansra en titubant jusqu'à l'ascenseur des passagers.

— Désolée que vous ayez eu du mal à supporter les manœuvres courantes de rentrée, Miss Colmer. On vous avait pourtant conseillé de rester sur la Station », tonna Helva dans son haut-parleur extérieur au bénéfice du véhicule qui attendait pour conduire la femme à l'Ensemble Principal de l'Administration, près duquel Helva s'était posée.

« Hé, Helva, qu'avez-vous fait à cette femme Colmer ? » lui demanda le Centre de Communication sur son faisceau privé, quelques instants plus tard. « Si vous n'étiez pas en faveur près des pouvoirs, vous seriez bonne pour un blâme officiel et une amende. Elle a des amis haut placés, vous savez.

— Voilà donc comment elle a obtenu cette mission.

— Hé, ma fille, je suis de votre côté, mais avec ce genre d'observations...

— Si je voulais me montrer méchante, je vous ferais écouter l'enregistrement de certains moments inoubliables, sincères, non expurgés, non censurés, de mon récent voyage à travers le vide de l'espace extérieur.

— Quoi, par exemple ?

— J'ai dit si je *voulais* me montrer méchante. »

Elle coupa le contact et chercha autour d'elle une compagnie plus agréable.

Il n'y avait pas moins de vingt vaisseaux-cerveaux qui encombraient les aires d'atterrissage de l'Administration. Une assemblée générale ? La semaine des copains ? Elle repéra Amon, dans la première rangée, avec cinq nefs de sa propre classe. Elle tenta d'entrer en liaison avec le VL-830, mais ne put y parvenir. En fait, il lui fut impossible d'obtenir la liaison avec l'un de ses semblables : les fréquences vaisseau à vaisseau étaient plus que saturées.

Tout le monde aspirait donc à participer à cette mission sur Bêta Corvi ? Il aurait fallu qu'elle les avertisse. Elle appela la tour de contrôle pour demander un autre berceau au sol, de préférence à proximité de la caserne des « muscles ». Il devait bien y avoir, sur cette Base de vingt kilomètres carrés, d'autres vaisseaux qui aimeraient bavarder avec elle.

« C'est si bon d'avoir de vos nouvelles, dit le Centre en coupant le faisceau de la tour de contrôle. Vous avez ordre de rester où vous êtes, grande gueule !

— Ne puis-je au moins avoir un peu de compagnie ? De la caserne des muscles ? Vous vous rappelez ? On m'a promis un muscle, *cette fois*. Et cette fois, faites en sorte que j'en aie un. Si vous saviez ce qu'une pauvre fille solitaire, entièrement sans protection de...

— Je *peux* vous promettre de la compagnie », reconnut le Centre à regret, avant de couper.

Helva attendait, circuits ouverts, ascenseur posé au sol en aimable invite. Et elle attendait. Elle commençait à éprouver une irritation justifiée quand elle reçut une demande d'autorisation de monter à bord. Après avoir mis vivement en mouvement l'ascenseur, elle fut déçue en voyant une silhouette unique glisser jusqu'au sas.

« Vous n'êtes pas un muscle !

— Merci, camarade, dit le petit homme mince d'une voix qui ne lui était que trop connue.

— Vous êtes...

— Niall Parollan, de Régulus, votre officier coordonnateur des transmissions, Grade Planétaire, Chef de Secteur, Division des Vaisseaux BB des Mondes Centraux.

— Vous avez du culot. »

Il lui adressa un sourire aimable, nullement intimidé par la voix tonnante qu'elle avait prise.

« Vous en avez vous-même assez pour quatre personnes comme moi, ma chère. »

Il utilisa le bouton manuel pour refermer le sas et sautilla jusqu'au divan qui faisait face à la colonne d'Helva. Il portait l'uniforme réglementaire, mais bien coupé et adapté à sa taille plutôt moyenne, mais bien proportionnée. Ses bottes étaient en lézard gris de Mizar et lui moulaient les mollets.

« Faites comme chez vous.

— C'est bien mon intention. Je me suis dit qu'il me fallait nouer plus ample connaissance avec vous, maintenant que je suis devenu votre chef.

— Pourquoi ? »

Il lui adressa un regard rusé et sourit, découvrant des dents très blanches et bien rangées.

« Je désirais seulement savoir pourquoi le désir de posséder une certaine Helva, XH-834, déchaînait une telle tempête.

— Parmi les muscles ? » Elle était flattée.

« Vous me semblez affamée. Faudrait-il vérifier vos solutions nutritives ?

— Je ne vous fais pas confiance, Parollan, déclara Helva après un silence. Il n'y a rien à voir... d'Helva.

— Eh bien, ma fille, c'est là où vous êtes dans l'erreur », et il passa sa main à la large paume et aux doigts courts sur sa bouche et son menton. « Oui, il y a en vous quelque chose...

— Je me suis fait repeindre à Nekkar.

— Je sais. J'ai inspecté les factures.

— Les ingrats ! Je pensais que c'était gratuit. » Puis, comme il riait de sa surprise, elle ajouta : « Si vous avez vérifié ma position financière, vous savez que je suis parfaitement en mesure de régler toutes amendes pour refus de mission.

— Oh, oh ! et vous mordez, en plus », émit Niall en un rire, se balançant d'avant en arrière dans sa joie excessive. « Je ne peux pas vous faire marcher, hein ?

— Pas une microseconde. C'est un muscle qu'il me faut, Parollan, et non un petit pète-sec de bavard comme vous. »

Cette fois, il rugit d'allégresse.

« Maintenant, je comprends pourquoi... » Et soudain il avait repris tout son sérieux. Il se pencha en avant, les yeux sur le panneau d'Helva, dans une attitude si familière qu'elle en éprouva une terrible angoisse. Puis il se remit à parler et elle l'écouta.

« Tout d'abord : la mission sur Bêta Corvi exigera une diplomatie inaccoutumée de la part des deux partenaires, puisque le cerveau et le muscle seront en relation directe avec les Corviki pendant toute la durée de la mission. La personnalité encapsulée a en outre la responsabilité supplémentaire de surveiller directement et à discrétion les mécanismes de transfert psychique des Corviki... une surveillance qui nécessitera le recours à une connexion de synapse supplémentaire. »

Helva émit un sifflement. Pour le moins, cela signifiait qu'il faudrait ouvrir la colonne de titane, expérience pénible pour toute personne en coquille : au pis, une pénétration réelle de la coquille qui risquait de laisser un traumatisme dans la majeure partie des cas.

« Les vaisseaux des deux classes les plus récentes ne nécessiteraient pas de pénétration de la capsule. Ils sont déjà munis de prises supplémentaires placées dans les zones cérébrales qu'intéresse cette connexion, au cas où des modifications s'imposeraient dans l'avenir.

— Ce qui laisserait Amon hors du coup, dit Helva.

— Il y est déjà, de toute façon, affirma Niall. Il n'a jamais entendu parler de Shakespeare et son muscle serait incapable de jouer proprement son rôle même dans une bagarre de saloon.

— Parce qu'il faut aussi que le muscle soit un acteur ? Eh bien, il est clair que cela me laisse en dehors de l'affaire, puisque je n'ai pas de muscle pour le moment, pas vrai ? »

— Que Dieu m'épargne vos répliques quand vous êtes vraiment furieuse ! En fait, Chadress Turo a été rappelé au service actif...

— Encore un provisoire ? Non, absolument pas.

— Pour cette mission, il y a des vaisseaux qui changeraient de muscle en un clin d'œil. Bon sang, Helva ! se mit à crier Parollan. Ne faites pas la bête à ce point. Écoutez-moi. Jusqu'à présent, vous n'aviez jamais manifesté d'entêtement pour des raisons non valables. »

Helva digéra en silence cette curieuse accusation.

« J'écoute.

— Cela ressemble davantage à mon Helva.

— Je ne suis pas *votre* Helva.

— Maintenant, on dirait Ansra Colmer. »

Helva crachota d'indignation.

« Mais c'est vrai, vous jouez de votre influence tous azimuts... insista Niall.

— Elle ne s'est pas efforcée de faire éliminer le Solaire Prane de la mission, non ? Parce que si elle a fait cela...

— Elle a de très gros appuis », reprit Niall, mais son attitude, une certaine tension de son être, un éclat rusé dans ses yeux avertirent Helva.

Elle gloussa doucement, observant les effets de son rire sur lui. Il réagit.

« C'est bien ce que je pensais ! » Et elle éclata de rire franchement. « Ses appuis ne lui seront d'aucun secours si la courbe de probabilités est toujours en faveur de Prane. Et il ne s'est rien passé qui ait pu la modifier, n'est-ce pas ?

— Comptez sur les acteurs pour tout raconter n'importe où ! grommela Niall, les traits contractés en une expression aigrie. Vous avez dû passer toutes les nuits à écouter leurs cauchemars.

— Je vous ai déjà dit qu'il y avait eu des interludes dramatiques vraiment très intéressants, comme la vie réelle. Prévenez-moi si elle fait trop de tort à Prane. »

Niall releva la tête. Son visage ne manifestait plus sa déception.

« Écoutez, Helva, ne comprenez-vous pas de quelle valeur vous seriez ? Vous avez deviné Ansra. Vous rendez-vous compte qu'elle est allée de vaisseau en vaisseau, pour sonder les muscles et les cerveaux ? Que c'est *elle* qui recommandera les partenaires qui lui seront le plus sympathiques au Commandant Railly et qui naturellement contribueront le plus — selon elle — au succès de la mission ?

— Je l'en crois très capable. A votre place, j'agirais sur Davo Fillanaser pour qu'il fasse intervenir contre elle la clause de perturbation. Elle a l'intention de supplanter Roméo.

— Moi, je le sais ! explosa Niall, qui quitta le divan pour arpenter le poste. Et vous le savez aussi. Mais elle est vraiment pistonnée et la courbe de probabilités est toujours en sa faveur dans le rôle de Juliette. C'est une position inébranlable. Nous avons *besoin* de vous ! »

Helva ne dit rien.

« Prane a demandé si vous étiez disponible.

— Est-ce un ordre de mission officiel, chef?

— Elle comporte une triple prime, Helva. » Il se refusait à s'avouer vaincu.

« Je m'en ficherais même si cela comportait un bon d'entretien gratuit pour tout mon temps de vie opérationnelle, Parollan. Je connais mes droits. Est-ce un ordre de mission officiel?

— Sacrée têtue d'ânesse de pucelle au titane! » hurla Parollan. Il pivota sur les talons et sortit avec fracas du poste, pressa le bouton d'ouverture du sas, plaqua le contact de l'ascenseur et descendit sans plus lui lancer un regard.

Helva le suivait en vision, profondément furieuse de la combinaison d'insultes, d'arrogance, d'arguments fallacieux, de chantage déguisé et de tentative ouverte de corruption dont il avait fait preuve. Comment il avait bien pu parvenir à son rang de chef, elle l'ignorait, mais elle avait des droits et l'un d'entre eux était de choisir son personnel directeur et...

Quelqu'un demandait l'autorisation de monter à bord.

« Si vous venez pour vous excuser, Parollan...

— Nous excuser? Sommes-nous en retard, ou quoi? Ils viennent seulement de nous donner campo », cria une voix de baryton dans ses voies acoustiques.

Elle prit le temps d'écouter et distingua une demi-douzaine de voix qui bavardaient.

« Qui demande accès? s'enquit-elle.

— Elle paraît furieuse, fit un murmure rauque.

— Nous venons de la caserne des muscles et nous aimerions bien... euh... euh...

— Lui faire la cour, voilà ce que tu veux dire, tête de bois, souffla le gars au murmure rauque.

— Autorisation accordée », dit Helva, en s'efforçant de ne pas laisser paraître sa rancœur.

Sept personnes, cinq hommes et deux femmes, s'entassèrent sur la plate-forme de l'ascenseur, en discutaillant et en se plaignant d'avoir les orteils écrasés et les côtes meurtries pendant toute la durée de la montée. Helva sentait peiner le mécanisme de l'ascenseur. Puis des corps jaillirent en explosion dans le sas, comme en chute libre, bataillant entre eux à qui serait le premier à la saluer. Helva regardait d'en haut les beaux visages souriants ; des gens de haute taille, vigoureux, qui ne demandaient qu'à lui plaire, à lui faire la cour, à devenir son muscle.

D'autres arrivèrent tandis que la nouvelle se répandait qu'on faisait la cour à XH-834. D'ailleurs, Helva renvoyait l'ascenseur en bas dès qu'un nouvel arrivant entrait dans le sas. Il n'était donc pas surprenant que Kurla Ster ait pu s'introduire dans le compartiment sans prévenir.

« Hé, ne restez pas là la bouche ouverte, ma fille. Venez et courez vos chances avec nous tous, l'encouragea une voix.

— Elle n'est pas dans la course, muscles ! chantonna Helva. Laissez-la passer dans le poste de pilotage. »

Kurla leva la main comme pour protester, son visage trahissant son embarras. Avant qu'elle ait pu prononcer un mot, elle se trouva poussée à travers la foule et dans le poste.

« Il n'est rien arrivé au Solaire, Kurla ? » demanda Helva, dès que la porte se fut refermée sur le vacarme des autres.

Le soulagement balaya toute incertitude quand Kurla s'écria : « Vous vous intéressez vraiment à lui !

— Je respecte en le Solaire Prane l'artiste et aussi l'être humain », répondit Helva, choisissant ses mots avec soin, et se demandant si Parollan n'était pas l'instigateur de cette visite.

« Alors pourquoi refuser la mission alors qu'il vous avait spécialement demandée ? » Il y avait une note d'hystérie dans la voix de la fille, bien qu'elle fît tout son possible pour parler d'un ton calme.

« Je n'ai pas refusé la mission. »

Les lèvres de Kurla se pincèrent de colère. « Cela

signifie qu'Ansra Colmer a réussi à tenir votre nom à l'écart.

— Je ne sais rien de tout cela, Kurla. On m'a fait des propositions... non officielles... et je suis très flattée d'apprendre que le Solaire Prane m'avait choisie. Mais j'ai aussi fait clairement entendre... non officiellement... que je ne veux plus de missions avec un "muscle" provisoire.

— Je ne comprends pas. Je croyais que c'était une ingérence de Colmer. Que vous n'aviez pas compris que c'était lui qui vous voulait. Vous rendez-vous compte qu'il n'existe pas un seul autre vaisseau qui sache qui était Shakespeare, à plus forte raison qui puisse le citer au premier appel ? Et il pensait que vous pourriez même prendre plaisir à jouer la Nourrice. Il a été sincèrement impressionné par vos qualités vocales pendant le voyage. Tenez, vous avez été si parfaite que c'est comme la réponse à une impossibilité. Et il lui faut ce qu'il existe de meilleur. Il faut la perfection... » Elle luttait pour maîtriser sa voix. « Il faut que ce soit absolument parfait.

— Parce que pour lui c'est la fin ? »

Kurla parut se ratatiner sur elle-même et s'affaissa contre la cloison, les larmes lui jaillissant des yeux.

« Dieu m'épargne les femmes qui pleurent », dit Helva en colère et contrariée. « Donc, c'est son chant du cygne et vous avez décidé que je suis le vaisseau qui doit le chanter ?

— Je vous en prie... si vous avez un seul gramme d'humanité en vous... ! » Kurla se couvrit la bouche des deux mains, après cette faute de tact, les yeux écarquillés.

« En réalité, environ vingt-deux kilos de ma personne sont très humains, Kurla...

— Oh, Helva, je suis si désolée, balbutia-t-elle. Si navrée. Je n'avais pas le droit de venir ici. Je vous demande pardon. Mais je croyais que si je pouvais tout simplement vous expliquer... »

Elle se mit debout maladroitement, ses muscles travaillant péniblement.

« Je vous serais reconnaissante d'oublier que je suis venue », poursuivit Kurla d'une voix raide, avec une politesse forcée, en tâtonnant pour trouver le système d'ouverture de la porte. « C'est toujours une erreur que d'agir selon ses impulsions.

— Est-il exact qu'aucun des autres vaisseaux ne connaisse Shakespeare ?

— Pourquoi m'embarrasserais-je de mensonges ?

— Ainsi Ansra soulève de grosses difficultés ? »

Kurla parut se vider de toute fierté et elle s'appuya d'un air las contre la porte durant un moment. Chacune des courbes de son corps mince trahissait la défaite.

« Elle insinue les choses les plus méprisables à son sujet. Elle a dit... peu importe. Mais elle le sape par en dessous ainsi que le reste de la troupe. Et... Helva ! Je n'ai aucune confiance en elle.

— Alors, faites-la remplacer, petite idiote.

— *Moi ?* Qu'y puis-je ? Je ne suis qu'une assistante médicale.

— Kurla, cet homme se meurt. Vous ne pouvez plus avoir d'illusions sur ce point...

— Non. Voilà au moins une illusion que je n'entretiens pas. » Quelque chose parut alors pousser la fille à se redresser. « Tout simplement, je ne veux pas qu'on le prive d'une dernière et parfaite performance. Son jeu d'acteur, c'est tout ce qui lui reste, et il y est si remarquable...

— Mais vous avez de l'influence sur lui. Obtenez de lui qu'il prenne une autre actrice qu'Ansra. »

Kurla secoua tristement la tête. « Il ne le voudra pas parce qu'il la juge la meilleure des Juliette disponibles, aussi est-il prêt à supporter... son tempérament. Et... » Kurla hésitait et son visage trahissait qu'elle luttait pour avouer la vérité. « ... elle l'était en effet, lors des répétitions sur Duhr. Et puis... elle a changé. En une nuit. Prane ne veut rien faire. Et elle va le détruire, Helva, je le sais. D'une façon ou d'une autre, elle l'anéantira.

— Pas tant que je garderai l'œil sur elle, soyez-en certaine », répondit Helva avec assurance.

La promptitude avec laquelle Chadress Turo arriva ensuite parut suspecte à Helva, mais elle savait que la visite de Kurla n'avait pas été organisée par Parollan. Et Chadress lui plaisait. Il ne devait pas y avoir longtemps qu'il était à la retraite, car il avait le pas alerte, et son vieux costume spatial sans retouches laissait deviner un corps musclé et vigoureux. Il arborait une constellation d'étoiles de service, mais pas de décorations, ce qui signifiait qu'il en avait des tas, mais qu'il restait modeste.

« Soyez le bienvenu à bord, Chadress Turo de Marak. C'est agréable d'avoir un partenaire, pour si peu de temps que ce soit. »

Chadress saisit l'intonation caustique. « J'espère n'être pas la cause de vos regrets ?

— Non. Vous me présentez le premier visage heureux que j'aie vu depuis deux heures. »

Ses yeux pétillèrent.

« Vous avez été mise en quarantaine par les cerveaux et on a dû m'amener à bord en cachette pour éviter les muscles indignés. Oh, ils oublieront tous leur colère. C'est toujours pareil. De toute façon, officiellement, vous êtes très en faveur. Le chef Parollan s'attribue personnellement le crédit de vous avoir convaincue d'accepter...

— Le culot de ce moineau...

— C'est bien ce que je pensais, dit Chadress avec un rire. Bon, peu importe. Je ne suis pas le seul à estimer que vous êtes l'unique vaisseau qui puisse faire le boulot comme il faut, or je n'ai que des rumeurs... et des légendes... sur quoi m'appuyer. Mais ce sera une mission délicate, avec un enjeu si important... et tant de...

— Personnalités explosives ? »

Chadress rit.

« J'ai connu pas mal d'acteurs... je suis moi-même un fana des classiques, c'est pourquoi on m'a rappelé... » Il s'interrompit, les yeux fixés à mi-distance, le visage légèrement contracté. « D'ailleurs, j'ai sauté sur l'occasion. On devrait laisser certains d'entre nous mourir à la tâche. Peu importe. Voici la bobine de la mission. » Il la glissa dans la fente. Avant de pousser le bouton de lecture, il referma le sas et débrancha tout le système d'audition, à part le pupitre de commande. Il s'installa avec grâce dans le siège du pilote et se prépara à l'écoute.

Helva fut sidérée de la quantité de renseignements inscrits sur le ruban qu'elle connaissait déjà. L'homme des transmissions de Nekkar avait possédé presque toutes les données.

Un vaisseau de reconnaissance en mission normale avait intercepté des émissions d'ondes dirigées d'une formidable puissance à proximité de Bêta Corvi. Il avait remonté à la source des émissions, la sixième planète, une géante à atmosphère méthane-ammoniaque et s'était placé en orbite. Avant même d'avoir pu préparer des sondes spéciales pour une atmosphère aussi corrosive, il avait été contacté par les Corviki.

« On aurait dit une pression, comme si une main gigantesque m'avait recouvert la tête pour m'enfoncer des notions dans le crâne », disait le commentaire dicté par le capitaine du vaisseau de reconnaissance.

Cette façon insolite de communiquer n'en était pas moins assez précise pour que les Corviki aient compris la nature de leurs visiteurs inattendus et découvert une « marchandise » dont ils avaient besoin, eux-mêmes, malgré leurs connaissances scientifiques poussées à un degré inimaginable.

« Je pense que la comparaison la meilleure, poursuivait le capitaine du vaisseau, est celle du chercheur qui a consacré un demi-siècle d'études intensives à quelque sujet ésotérique. Il le possède alors à fond et trouve enfin le temps de regarder autour de lui pour découvrir qu'il existe d'autres objets d'intérêt... tels que les filles », le capitaine avait ri, « et la sexualité. Il en comprend bien la théorie, mais en ignore l'application pratique, et bien sûr il désire l'apprendre. »

Roméo et Juliette était un exemple de ces marchandises qui avaient éveillé la curiosité des Corviki. Si la proposition était acceptable, la troupe humaine enseignerait toute la pièce à des « doublures », avec des mouvements adaptés aux conditions de chute libre qui régnaient sur Bêta Corvi. Le paiement de ces services serait le procédé de stabilisation de certains isotopes du groupe transuranien dont le potentiel énorme était inexploitable étant donné l'extrême brièveté de leur demi-vie. Les Mondes Centraux avaient un grand besoin de ce procédé et le XH-834 devait assurer le succès de cette mission « dramatique ».

« Eh bien, on peut toujours essayer, dit Helva.

— Vous n'avez pas l'air tellement convaincu.

— Cela me paraît beaucoup trop simple. Par exemple, ce transfert psychique : comment pourrions-nous savoir qu'il ne va pas entraîner quelque modification qui laisserait nos gens pris au piège là-bas dans les "enveloppes" des Corviki ?

— C'est une des raisons pour lesquelles on vous munit d'un système d'annulation et d'une commande temporelle.

— Et supposons que ce soient les Corviki qui m'annulent parce qu'ils adorent la Juliette jouée par Colmer ? »

A cette idée, Chadress ébaucha un sourire, mais il posa le schéma du circuit de transception sur le pupitre du pilote et déclara :

« Tous les spécialistes du cerveau de la galaxie ont eu ceci entre les mains. Il n'y a pas de circuits supplémentaires, rien dont il ne soit déjà tenu compte dans ces plans. De plus, c'est *nous* qui les avons fabriqués et non les Corviki. Cependant, ils précisent bien que la limite d'endurance pour notre forme de vie est de sept heures.

— Ah, ah !

— Doucement ! Le transcepteur est muni d'un chronographe réglé pour un maximum de sept heures, comme nous les mesurons, aussi ne peut-il rien se passer d'extraordinaire.

— Une fois dépassée la période maximale, qu'arrive-t-il à la personnalité si...

— Ne soulevez pas de problèmes. Nous en avons

déjà suffisamment. Cependant, j'ai eu un entretien avec le capitaine du vaisseau de reconnaissance et il a été des plus encourageants au sujet du transfert. En fait, il a même affirmé que c'est parfait pour une bande d'acteurs. Il vous suffit de *penser* que vous désirez vous trouver sur la surface de la planète, et vous y êtes ! Pas de douleur, pas de tension. La simplicité même.

— La simplicité a une fâcheuse tendance à se transformer en catastrophe ! »

Chadress la qualifia de pessimiste et reprit le cours de l'exposé. Mais elle songeait à une demi-douzaine de facteurs qui pouvaient se modifier de façon désastreuse pendant le voyage jusqu'à Bêta Corvi, et dont le moindre avait trait à un système inconnu.

La partie qu'on devait fixer directement sur elle était encore plus simple. Ingénieuse même, reconnut-elle en examinant l'appareil compact sous ses lentilles de microscope. Il relierait entre eux plusieurs filets infinitésimaux déjà enrobés dans son cerveau : l'un s'étirait en profondeur dans la zone qui commandait les nerfs optiques, car c'était cette part du cerveau humain qui déclenchait le transfert psychique. Les deux autres devaient unir des réflexes croisés qui lui permettraient de régler les temps et de débrancher les relais psychiques pour les autres êtres, mobiles. Les trois connexions de synapses se mettaient d'elles-mêmes sous tension et ne figuraient pas sur le pupitre du pilote.

L'insertion devait se faire pendant qu'Helva serait sous anesthésie, et cette nécessité lui déplaisait infiniment. Ce fut une dure épreuve pour ses nerfs d'entendre le commandant de la Base de Régulus (pas moins !) prononcer de sa propre bouche les syllabes détachées qui ouvraient le panneau, seul accès à sa coquille derrière la colonne de titane. Il lui sembla planer dans une éternité de vulnérabilité avant qu'il eût touché le déclencheur d'anesthésie. Elle se débattait d'instinct contre la perte de connaissance. Était-ce là ce qu'avait éprouvé le malheureux 732 ? Ou sa démence avait-elle banni la peur ?

La pensée d'Helva était à peine formulée qu'elle se retrouva consciente. Surprise, elle examina la cabine déserte, irritée que le Commandant Railly ait eu l'impudence de la laisser sans protection. Puis elle se rendit compte qu'il s'était écoulé un temps considérable depuis que le commandant avait parlé... dix-huit heures, vingt minutes et trente-deux secondes pour être précise.

« Réveillée, Helva ? » Chadress s'avança dans le sas. « Dites, ils ont vraiment calculé l'opération à la seconde près. Je suis chargé de vous demander si vous avez mal à la tête ?

— Mal à la tête ? Comment serait-ce possible ? Je n'ai pas de réflexes de douleur. »

Elle examina alors son poste principal où des transcepteurs avaient été rangés près des couchettes, et où on avait ajouté divers accessoires sur les cloisons pour le confort du personnel supplémentaire. Il y avait des lits de camp dans toutes les cabines et une seconde table installée dans le poste de pilotage.

« Je ressemble à un vieux transport de troupes !

— C'est précisément ce que vous êtes devenue, acquiesça Chadress, et la "troupe" est en train de se rassembler. »

Cinq hommes montèrent par l'ascenseur et Chadress les lui présenta, mais elle trouva plus facile de les imaginer dans les rôles qu'ils allaient jouer. Les présentations furent brusquement interrompues par des hurlements de sirènes et l'arrivée d'une quantité de véhicules au sol.

« Ansra occupe la scène », dit l'homme qui jouait le rôle du Prince Escalus, d'une voix sèche.

Personne ne parut contrarié quand Chadress refusa l'entrée à tout visiteur, y compris le commandant Railly. Comme celui-ci prenait le refus avec bonne humeur, les autres durent faire de même et Ansra en fut réduite à agiter la main et à sourire à ses admirateurs tandis que l'ascenseur l'enlevait en souplesse.

« Me voici de nouveau, dit-elle, d'un air animé et joyeux qui ne trompa cependant pas Helva.

— Soyez la bienvenue à bord, Miss Colmer. » Donne-moi le mot, songea Helva, et moi je te débiterai la réplique appropriée.

Le Centre de Communication — et ce n'était pas la voix de Niall Parollan — lui donna immédiatement l'autorisation de se rendre à la Station Orbitale. Le parcours bien connu fut rapide et en un rien de temps Helva était devant le sas de chute libre.

La scène lui rappela l'atterrissage sur Duhr : Davo, le Solaire Prane et Kurla étaient les silhouettes centrales d'un groupe souriant. Mais ici, tout le groupe entra à bord, tous flottant avec une maîtrise parfaite jusque dans la cabine. Ils se posèrent sur les couchettes et attachèrent leurs courroies pour la manœuvre de décollage et l'accélération. Il n'y eut pas un mouvement, pas une seconde de perdue.

Prane semblait si gai et si alerte qu'Helva lança un coup d'œil à Kurla, dont l'attitude refléterait plus sincèrement l'état de santé de son malade. La jeune personne était radieuse, les yeux aussi brillants que ceux de Prane, l'attitude fière et assurée. Elle réussit à adresser un salut poli de la tête à Ansra, qui dédiait le même sourire figé à tout le monde.

Par contraste, Davo paraissait fatigué et pensif. Il se poussa immédiatement vers les lits préparés et s'enveloppa dans une couverture antichocs.

Prane planait devant Helva. « Je tiens à vous exprimer mes remerciements les plus sincères pour avoir mis de côté vos propres préventions devant cette aventure. Le commandant Railly m'a affirmé que vous aurez priorité absolue à votre retour. »

Helva n'eut pas le temps d'analyser pourquoi ces paroles la troublaient car la Station Orbitale lui donnait l'autorisation de décoller et lui souhaitait bonne chance. Chadress s'occupait du pilotage manuel comme c'était la coutume, mais Helva avait tellement pris l'habitude de tout faire elle-même qu'il lui était pénible de l'observer. Non qu'il fût maladroit. Diable, diable, diable, songeait-elle en promenant un regard circulaire sur la cabine encombrée, et en souhaitant avoir l'esprit accaparé par quelque routine bien établie, comment s'était-elle laissé entraîner dans cette affaire ?

Dès l'instant où Chadress eut annoncé le retournement et la chute libre, Prane organisa une répétition. Il commença par mettre au courant de la mise en scène les cinq hommes qui avaient rallié le bord sur la planète. Ils avaient tous précédemment travaillé en chute libre et ils savaient parfaitement leurs rôles. Tout ce qu'il leur fallait, c'était le temps de se familiariser avec les mouvements scéniques et avec la voix de la Nourrice, issue des cloisons. Cependant Ansra décida de soulever des difficultés à ce sujet. Elle partit en ondulant de la croupe vers le metteur en scène... pour le séduire ou pour l'intimider ? La question se posait.

« Vraiment, Prane, je suis en mesure de projeter toute l'émotion requise d'une actrice confirmée, mais admettre qu'une... qu'une voix abstraite soit la Nourrice de Juliette, c'est au-dessus de mes forces. Comment puis-je jouer avec un mur ? Et, si je suis autorisée à poser la question, comment peut... (il semblait que l'actrice eût du mal à prononcer ce nom), comment Helva peut-elle acquérir de l'aisance en chute libre alors que, si je comprends bien, elle n'a jamais eu de corps à déplacer ?

— Mes instructions scéniques sont parfaitement claires et imprimées dans mes circuits. Par conséquent, je ne puis commettre d'erreur. Du moins tant que vous serez ce que Juliette est censée être », répondit Helva.

Personne ne se permit de rire bruyamment devant cette remise en place. Ansra reprit la pose qui lui était indiquée, les sourcils froncés, se mordillant la lèvre.

Toutefois, son affirmation qu'elle pouvait projeter toute l'émotion souhaitée de la part d'une actrice expérimentée parut peu fondée dans les scènes qui se déroulaient avec le nombre d'acteurs voulus. Sa Juliette restait de bois, insuffisante. Elle ne s'enflammait pas aux discours de Roméo, bien qu'Helva ne comprît absolument pas pourquoi. L'homme était pourtant inspiré... et devait donner l'inspiration aux autres.

Soulagé désormais, et pour de nombreux jours, de la pression de la gravité sur ses os spongieux, constamment soutenu par le succès de cette représentation singulière sous tous les autres angles, Prane dégageait une vitalité et un enthousiasme contagieux. Il paraissait infatigable.

Alors qu'il réglait la scène 4 de l'acte I lui-même, Mercutio, Benvolio et d'autres tenant la place de figurants masqués et de porteurs de torches, Mercutio acheva sa tirade :

« ... Venez, que nous brûlions le jour, holà! »

La scène avait été rapide, avec des échanges brillants, des folies débitées d'un cœur léger par des amis réunis pour une joyeuse soirée.

Mercutio répéta sa phrase. Tout à coup, Helva se rappela qu'elle faisait office de souffleur et trouva l'endroit voulu.

« Que non, il n'en sera pas ainsi », lut-elle.

Comme le silence accueillait la phrase, elle la répéta, elle aussi.

« Nous connaissons la phrase, dit Prane quand ce nouveau silence se mit à durer. Qui doit la prononcer ? »

Helva en eut le souffle coupé. « Mais c'est vous. »

Pendant un instant, une expression atroce lui passa dans les yeux. Puis il éclata de rire et sa terreur se dissipa. « C'est toujours la réplique la plus courte qui vous échappe », dit-il, puis il prit avec entrain la suite de Mercutio.

Cette nuit-là, alors que tous dormaient, Prane fut agité. Sans honte, Helva augmenta le volume du son en provenance de la cabine qu'il occupait avec cinq autres hommes. Il répétait inlassablement la scène 4. Puis il resta immobile et silencieux sur son lit. Helva crut d'abord qu'il s'était endormi, puis elle vit sa main droite qui se glissait subrepticement jusqu'à sa ceinture et qui tirait avec précaution une petite pilule de la pochette de son costume de bord. En un geste qui feignait à merveille le mouvement inconscient d'un dormeur, la pilule parvint à sa bouche.

Le secret de ses agissements, ajouté à l'intensité apportée à la répétition de la scène, donnait à Helva une compréhension tragique du comportement du Solaire. C'était bien un habitué de la drogue, au degré le plus horrifiant : le captesprit, pourtant noté dans la pharmacopée galactique comme inoffensif, lui était devenu un poison, fatal pour l'esprit comme pour le corps. Et il le savait. Mais plus dévastatrice encore était pour le Solaire Prane la perte de sa mémoire, et pour l'empêcher, il cherchait à se détruire lui-même.

A l'exception d'Ansra, les répétitions se déroulaient de façon satisfaisante. Comment Prane s'y prenait pour garder son calme devant l'obstruction visiblement volontaire et systématique de l'actrice, Helva ne le comprenait pas. Toute scène où apparaissait le Solaire commençait à fléchir, à perdre de sa flamme, à se ralentir. Mais Prane ne réagissait pas. Et il semblait qu'Ansra eût renoncé à l'aiguillonner par des agissements que personne n'aurait pu admettre. Elle se mit à harceler Kurla dont la personnalité était beaucoup plus vulnérable.

Heureusement Nia Tubb, la Dame Capulet, logeait dans la cabine du pilote qui avait été attribuée aux femmes. Elle était très versée dans l'art des rapports entre humains et si elle ne disait rien de précis, du moins protégeait-elle Kurla de l'hostilité d'Ansra. Elle aidait également Kurla dans son rôle, poursuivant un monologue jovial quand les femmes étaient seules. Mais elle-même constatait que la tactique d'Ansra faisait subir une pression croissante à l'assistante médicale, sensible et inquiète.

« Ma chérie, si vous avez jamais de *vraies* difficultés avec Ansra, vous me permettrez de vous aider, n'est-ce pas ? demanda Nia Tubb à Kurla un matin.

— Je vous remercie, répondit Kurla avec un sourire incertain.

— Dites, entre nous deux seulement, Prane n'est pas un drogué, n'est-ce pas ? Il en a bien l'air et j'en ai rencontré assez pour savoir, et pourtant...

— Un long usage du captesprit a fait naître chez le Solaire Prane une réaction chimique défavorable.

— J'avais toujours cru que le captesprit était la chose la plus inoffensive au monde. J'en ai pris moi-même à plusieurs reprises sans inconvénient.

— Oui, dans la plupart des cas. Mais le Solaire en use depuis plus de soixante-dix ans. Un résidu de silicone qui aurait dû être évacué de son système s'est accumulé dans les tissus. Il a également un problème de rétention des liquides et le diurétique qui lui avait été prescrit à l'origine constitue avec le résidu du captesprit une combinaison défavorable, extrayant le potassium de son corps selon un processus irréversible.

— Qu'est-ce que cela signifie ? Il me paraît physiquement en parfait état. »

La voix de Kurla, professionnelle et neutre, était plus tragique que les larmes.

« Dans les conditions de faible gravité, et notamment en chute libre, le squelette ne subit pas de tensions et il va bien. Mais il a les os mous : une chute, un coup, toute longue période de gros effort physique et il se... c'est le terme... il se briserait. Et la silicone étouffe progressivement ses organes essentiels, jusqu'à la mort.

— Remplacez-les ! »

Kurla secoua la tête. Nia lui tapota la main en un geste de sympathie. Helva les interrompit en les appelant pour une répétition. Et ce fut la pire de toutes jusqu'alors. L'attitude d'Ansra avait insidieusement sapé la bonne entente de la troupe. Tout le monde était distrait ; ils oubliaient leurs textes, ils oubliaient les jeux de scène. Quand Mercutio et Paris engagèrent un combat qui ne figurait pas dans la pièce, Prane ordonna une pause.

« Nous sommes fatigués. Nous nous reposerons aujourd'hui et demain. Helva, ouvrez le placard aux alcools. Nia et Kurla, auriez-vous la gentillesse de voir quelles surprises la cuisine pourrait bien nous réserver ? Helva, avez-vous des films tridimensionnels intéressants ? Il faut que nous reprenions contact avec les mondes de tous les jours que nous avons oubliés, plongés que nous étions dans l'ancienne Angleterre. »

Ansra sortit avec hauteur de la cabine principale et claqua la porte du logement des femmes. Helva y jeta un coup d'œil et constata qu'elle se regardait dans un miroir, l'air furieux. C'était déconcertant pour Helva d'assister à cet examen de soi, où perçaient la déception et la tristesse, tandis que Nia et Kurla papotaient dans la cuisine.

Helva s'efforçait d'être partout, aux écoutes de la moindre difficulté... difficulté nouvelle, bien sûr. Davo flottait d'un air décidé dans la direction de Prane. Comme Helva avait commencé à parler uniquement de la cabine principale, elle entretenait chez ses passagers la tendance à oublier qu'elle avait des yeux et des oreilles dans toutes les parties du vaisseau.

« Prane, déclara Davo, vous devez à présent vous rendre compte qu'Ansra est bien décidée à bousiller notre représentation. Et elle y réussit admirablement. »

Prane considéra son ami durant un long moment, puis il amorça un sourire. « Vous avez trouvé une solution ?

— Il faut la déstabiliser. Vous rappelez-vous ce que nous faisions autrefois pendant les longs déplacements en tournée ?

— Redistribuer tous les rôles ?

— Tout juste. Bon sang, nous connaissons tous les textes et les mouvements de chacun. »

Le sourire de Prane devint malicieux. « Et... donner le rôle de Juliette à Helva ?

— Non, c'est Kurla qui est Juliette ! » Davo lançait un défi très sérieux au visage étonné de Prane.

— Et Roméo ?

— Pas besoin de changement pour ce rôle », dit Davo d'un ton tranquille, puis il ajouta avec plus de légèreté : « Mais je serai le frère Lawrence et c'est moi qui vous marierai tous les deux. »

Prane attendit que tout le monde eût mangé et se fût décontracté avec de la bière de Thrace. La nouvelle fut accueillie avec une approbation rauque et tumultueuse.

« Je ferai Dame Capulet, annonça Escalus d'une voix grinçante de fausset.

— Et moi Dame Montaigu », dit Frère Lawrence d'une voix tremblante de contralto, puis il reprit sa basse normale pour ajouter : « J'ai toujours pensé qu'elle se saoulait au vin.

— Alors je serai Escalus, avança Helva d'une voix si semblable à celle du véritable acteur que celui-ci en laissa choir sa chope.

— Vous pourriez jouer toute la pièce à vous toute seule », fit Davo, et sa voix était plus embrouillée que ne le motivait la bière de Thrace. « Il n'y a pas un seul rôle que *vous* ne pourriez jouer.

— Vraiment ? Dans ce cas, je ferai la Nourrice, annonça Ansra Colmer. Cela permettra enfin à Helva de voir comment ce rôle devrait être *joué*.

— Et Kurla sera Juliette ! s'écria Davo, sans quitter Ansra des yeux. Préparez la scène, vous le chœur ! A vos places, tous. A vos places.

— Deux Maisons de noblesse pareille... » commença vivement Helva d'une voix de basse, entraînant tout son monde dans le jeu avant qu'ils aient eu le temps de réfléchir.

Davo se révéla être Sampson et Chadress — normalement le Seigneur Capulet — fut Gregory, débitant leurs répliques en vrais cabotins et se permettant des plaisanteries loufoques. Baltazar déclamait, comme s'il eût été ivre, d'une voix pâteuse, pendant que naissait le conflit entre les deux Maisons. Les paroles coulaient de source et les acteurs exécutaient les mouvements de scène avec aisance, prenant parfois volontairement le pas sur celui qui parlait à ce moment.

Quand Escalus-Dame Capulet entra d'un pas souple en compagnie de la Nourrice Angelica, Ansra, animée d'une méchanceté voulue, se refusa à prendre part à la gaieté, et *joua* son rôle comme elle n'avait jamais joué celui de Juliette. Et réussit en quelque sorte à modifier le texte de la Nourrice de façon à lui donner une signification différente. Sa dernière réplique en sortant : « Va, ma fille, cueille d'heureuses nuits pour couronner des jours heureux », était assez hérissée de piquants pour faire bégayer Escalus.

Mais alors Juliette rencontra Roméo à la fête et le dépit d'Ansra fit long feu. Car Prane était un Roméo différent, tout de tendresse, et sa voix tremblait non plus de fatigue, mais d'un amour tout neuf, doux, protecteur, sincère. Et Kurla, dont les yeux découvraient en même temps son amoureux, fut une Juliette haletante, timide, hardie et précieuse. Elle rougit avec modestie en disant :

« Car les saints ont des mains que touchent celles des pèlerins,

Et paume contre paume est le baiser sacré. »

Elle retourna ses mains, paumes en dessous, sur celles de Roméo, comme il avait si souvent demandé à Ansra de le faire, seulement elle exécutait le geste et disait ces mots tellement à contretemps que cela n'avait plus aucun sens.

Roméo souleva les mains de Juliette sur les siennes, et l'ardeur de ses yeux, la joie qui brillait dans ceux de la fille conféraient à la scène une telle tendresse que tous étaient sous le charme.

« Ainsi de mes lèvres, par les tiennes, la faute est effacée », dit Roméo d'une voix si faible qu'elle parut un écho lointain, mais néanmoins claire, jusqu'à ce que ses lèvres rencontrent celles de Juliette en un baiser qui fut un aveu aussi fervent qu'un cri.

Oubliant complètement son rôle, Ansra se précipita vers le couple encore enlacé et oublieux de l'entourage. Et les alarmes de proximité retentirent. Ils étaient arrivés à destination.

« Voyons, dit Chadress aux acteurs, tous assis dans la cabine principale nettoyée en hâte après le repas, les transcepteurs ont été ajustés en fonction de votre tour de tête et par conséquent ne vous causeront aucun inconfort. Vous connaissez tous les comptes rendus des membres de l'équipage du vaisseau de reconnaissance qui ont utilisé le premier de ces appareils. Vous savez que le processus de transfert est facile et indolore. Vous imaginez que vous vous trouvez sur la surface et vous y êtes.

— Comment peut-on s'imaginer être sur une surface

qu'on n'a jamais vue? demanda Nia en adressant une grimace au transcepteur qu'elle tenait entre ses mains.

— Le plus approchant serait les paysages sous-marins de la région des Caraïbes, sur la Terre, ou encore le monde aquatique d'Aldebaran. Ou Vega IV. Imaginez que vous êtes entourés d'algues de toutes les formes et de toutes les couleurs. Oui, les gens de la reconnaissance ont souligné à plusieurs reprises l'importance énorme de la couleur. Les Corviki ressemblent à des animaux marins de la classe des hydrozoaires, une sorte de corps en forme de grand sac d'où partent des quantités de petits tentacules complexes qui pourraient bien être des terminaisons nerveuses.

— Bon Dieu, quel costume! murmura Nia Tubb avec un frisson.

— Il sera à vos mesures, m'a-t-on affirmé. » Chadress sourit à la femme. « Bon. De plus Helva constitue notre système de sécurité. Elle est munie d'un relais de rappel automatique. On nous a avertis de ne pas rester trop longtemps dans le milieu des Corviki.

— Pourquoi? demanda Ansra d'une voix lasse.

— Les Corviki ont sans doute d'excellentes raisons, mais ils ne nous les ont pas données. Alors, Prane? »

Le Solaire se leva, puis examina tour à tour les membres de la troupe. « Nous sommes tous informés de l'importance de cet invraisemblable échange de Shakespeare contre de nouvelles formes d'énergie. Le Barde a été traduit dans toutes les langues possibles, humanoïdes et autres, et il semble bien que l'essence de ses pièces ait été saisie par les êtres les plus exotiques, les plus barbares et les plus civilisés. Il n'y a pas de raisons de penser que William Shakespeare n'ait pas quelque chose à dire aux Corviki... si nous mettons tout notre cœur dans notre travail... ou plutôt si nous y mettons l'organe quelconque qui sert de cœur dans les enveloppes de Corviki.

» Mesdames, Messieurs, rideau! » Il s'assit et assujettit son transcepteur, s'étendant sur la couchette pour se décontracter totalement. Au bout de quelques secondes, une lueur apparut à la lisière de l'appareil.

« Si ce n'est pas plus compliqué... » dit Nia Tubb, et elle posa l'engin sur sa tête.

Les autres l'imitèrent plus ou moins vite, si bien qu'il ne resta plus à bord que Chadress et Helva.

« Observez Prane, lui dit Helva.

— Tout va bien pour lui autant que je peux voir. Alors, Helva, on se retrouvera en bas. »

Et il disparut. Helva eut l'étrange sentiment que ses nouveaux relais synaptiques étaient incandescents. Mais c'était impossible. Elle fit un effort de volonté pour monter. Dès que la pensée lui vint que c'était la première fois qu'*elle* sortait de sa coquille dans toute sa vie, elle fut envahie d'une vague de terreur primitive et alors...

Le transfert... !

Comme premier indice du changement, elle eut la sensation d'une pression... d'une pression enveloppante. Mais les Corviki avaient bien dit qu'ils fourniraient les enveloppes qu'occuperait la troupe. Elle était enveloppée et l'enveloppe était également enveloppée. Elle pouvait la « sentir » tout autour d'elle. Elle ondula à titre d'expérience, espérant se débarrasser ainsi de cette impression d'être recouverte. C'était en quelque sorte malpropre d'avoir ainsi des sensations dans toutes les parties de son être. Et pourtant, même quand elle se sentit libérée, elle fut en même temps comprimée. Non pas la pression de la gravité, mais d'une chose *dans* laquelle elle se trouvait, dans laquelle elle bougeait. Eh bien, le mouvement n'était pas un art nouveau pour elle : ceci n'était qu'une autre façon de se déplacer. Elle se tortilla de nouveau et des choses qui étaient maintenant une partie d'*elle-même* remontèrent en flottant au-dessous d'elle. Elle ne pouvait pas les regarder, parce qu'elles se rétractaient dès qu'elle l'essayait. Hum, hum. Elle avait la faculté de distinguer toutes les parties de son être-vaisseau par un viseur ou un autre. Comme la mobilité imposait des limites ! En tout cas, elle inspecterait tout, autour d'elle, dans la mesure du possible. Et elle regarda vers le bas, vers le bas, dans une perspective sans bornes jusqu'à ce que finalement ses organes visuels aient distingué une masse bouillonnante et ébulliente d'éruptions ocrées qu'elle reconnut comme « le sol ». Au-dessus et autour d'elle ses tentacules ondulaient, exhalant et inhalant tout un spectre de couleurs incroyablement variées et changeantes : des couleurs qui dans certains cas avaient en outre une valeur « son » et « odeur ». La seule « odeur » était également une nouveauté pour Helva qui, toute sa vie durant, avait utilisé des appareils de mesure en guise de sens olfactif.

« Vous vous adaptez, Helva ? » Une présence familière dominait dans son esprit. Elle se tourna d'instinct vers le « son » qui n'en était pas un au sens du terme qu'elle connaissait précédemment, mais plutôt une suspension générale des pressions qui l'entouraient.

« C'est bizarre d'éprouver des sensations physiques, répondit-elle.

— C'était à prévoir, en ce qui vous concerne.

— Et vous, que ressentez-vous, Chadress ? » Car cette présence était sans nul doute son muscle.

« Un velours doux et profond, une sensation tactile des plus agréables, je peux vous l'affirmer. Et un sentiment de puissance illimitée. » Chadress était évidemment impressionné. « Le sentiment de me retrouver de nouveau jeune et neuf. » Cette fois, la qualité dominante de sa pensée était l'incrédulité et une faible dose d'amusement. « Il est clair qu'ils nous ont prêté des coquilles toutes neuves et garanties exemptes de pollution.

— Je me demande où ils se les procurent. »

Une dominante différente s'approcha d'eux et ils reconnurent tous les deux cette entité comme un Corviki authentique. La présence avait beaucoup de densité ; Chadress et Helva éprouvèrent l'impression indéniable du grand âge et de la sagesse, d'une rare concentration d'énergie fondamentale.

« Je suis votre Directeur, se présenta l'entité. Tous les autres sont enveloppés. Nous pouvons maintenant procéder à cette expression d'énergie. »

Ce que nous nommons rose sentirait tout aussi bon

sous n'importe quel autre nom, songea Helva tandis qu'ils se propulsaient vers une zone en forme de sphère, entourée de blocs non fixés d'une substance d'un noir éteint, encadrés d'énormes prolongements respiratoires. Et soudain, elle fut capable de reconnaître chacun d'eux, en dépit de leur forme identique en apparence, à de légères variations de teinte et de force de pression.

Prane lui apparut aussi dense que le Directeur. Elle commença à établir un rapport entre la densité d'une part, l'âge ou la sagesse d'autre part. Subjectivement, elle se demandait comment les autres la « sentaient ». Puis Prane l'appela pour qu'elle tienne lieu de chœur pour le début de la répétition.

Durant un instant d'affolement, elle se demanda comment diable elle arriverait à projeter l'idée d'un « chœur », privée qu'elle était de tout l'équipement sonore dont elle disposait à bord du vaisseau. Elle eut une terrible envie de rentrer de nouveau dans sa propre coquille. Mais Prane était le chef, et on devait obéissance au chef.

« Deux Maisons de noblesse pareille », et en quelque sorte sa domination s'agrandit, s'assombrit, et elle devint plus qu'elle-même.

Puis Sampson et Gregory surgirent de derrière leurs prolongements, et leur présence était faible, légère, ténue, réduite au minimum. D'une façon ou d'une autre, la troupe parvint à se condenser ou à se dissiper durant les diverses scènes, et à l'Acte IV, ce Médium nouveau, ce milieu différent ne leur paraissait plus insolite.

Ce fut presque une douleur physique que d'être arraché par le relais temporel pour être ramené sur le vaisseau, et découvrir qu'on n'était plus, hélas, que chair et sang. Personne ne parla beaucoup. Ils mangèrent abondamment et vite, puis ils allèrent se coucher.

Malheureusement, Helva était très éveillée et pour la première fois de sa vie consciente elle enviait aux autres le doux oubli apporté par le sommeil. Elle s'efforçait de ne pas réfléchir aux effets de cette expérience de la mobilité sur son conditionnement. Elle s'imposa la discipline d'un balayage visuel de tout l'extérieur. Non que quelque chose eût pu changer, mais simplement que tout restait dans le même état qu'auparavant. Ils étaient en orbite, avec le noir de l'espace au-dessus d'eux, mais au-dessous, menaçant, régnait le nuage, bouillonnant et amorphe à la fois, de couleurs diffuses percées d'éclairs brillants. Elle procéda à la vérification de ses divers systèmes et découvrit quelque chose d'assez inquiétant dans sa salle des machines.

Il y avait un obstacle à ses lectures de cadrans dans cette partie du vaisseau, et pourtant tous les voyants verts étaient éclairés au tableau. Elle ne pouvait pas « sentir » la puissance du vaisseau, bien qu'il n'y eût aucune preuve qu'elle fît défaut : elle n'était tout simplement plus à sa disposition. Tandis qu'elle réfléchissait aux incidences de cet état de choses, elle entendit un faible susurrement. Elle s'accrocha à cet élément de distraction et remonta à la source : c'était Prane et ses litanies.

« Si par votre talent, mon très cher père, vous avez
Poussé les folles eaux à ce rugissement,
[apaisez-les... »

Elle écouta avec avidité jusqu'à ce que la voix ensommeillée se fût tue après :

« De même que vous voudriez être absous de vos
[crimes,
Que votre indulgence m'accorde la liberté. »

Ils reprirent la répétition le « lendemain » à l'endroit où ils s'étaient arrêtés. Helva avait l'impression qu'aucun des Corviki n'avait quitté la « scène », ne s'était même rendu compte que la troupe s'était retirée. Avaient-ils donc le pouvoir de commander au temps comme aux forces ? Est-ce que le temps n'était, comme le soutenait un théoricien d'Alphecca, qu'une simple mais différente émission d'énergie ?

Ses perceptions étaient plus précises, cette fois. Elle commandait à son enveloppe et filtrait les données sensorielles qu'elle en recevait. Et pendant que les autres commençaient à jouer, Ansra s'éteignait sciemment.

Le Directeur approcha d'Ansra, devant tous, juste avant la fin de la période autorisée.

« Il n'y a pas de raison logique de retenir votre énergie. Cette expérience ne vise pas à la conservation. Nous procédons à une évaluation des effets de cette forme d'expression de l'énergie sur les sens de pression et les facteurs de domination. Vous entravez l'expérience. En conséquence, déchargez de l'énergie comme l'exigent les facteurs d'équivalence.

— Sinon ? »

Une vaguelette de pression et de couleur répondit à la provocation d'Ansra.

« Votre enveloppe serait à jamais vidée... »

« Je ne retournerai pas dans ce paysage marin malsain pour me faire insulter et avilir en public », déclara Ansra.

Elle était plutôt magnifique, songea Helva, même si ses auditeurs n'en étaient pas émus.

« Cela suffit, Ansra Colmer », dit Prane avec calme, en se levant de sa couchette, le ton glacial, les yeux fixes, l'attitude inflexible. « Vous avez déjà fait connaître à tous les membres de la troupe vos préférences personnelles et vos opinions privées. Cette fois, il y a en jeu beaucoup plus que des différends individuels et chacun ici s'est montré d'une patience angélique devant vos caprices et vos petites intrigues. Vous retournerez donc là-bas demain et, comme vous l'a conseillé le Directeur, vous dépenserez ce qu'il faudra d'énergie pour satisfaire aux facteurs d'équivalence.

— Et qui m'y forcera ? » Ansra prit une pose de défi en lançant cette question.

« N'importe lequel d'entre nous, ma douce, répondit Nia Tubb, devançant Chadress et Davo qui se levaient déjà de leurs sièges. N'importe lequel d'entre nous se ferait une joie de vous y obliger. Et vous pourriez même estimer, quand nous en aurions fini avec vous, que c'est un soulagement de vous réfugier dans cette enveloppe de Corviki.

— Vous n'oseriez jamais ! »

Helva se demandait si Ansra, maintenant qu'elle avait pris position, serait trop obstinée pour reculer, ou était dans l'incapacité de croire que l'on pût porter la main sur une personne de son importance. Heureusement, c'était aussi une femme qui ne pouvait supporter la douleur physique, comme en firent la preuve la demi-douzaine de gifles que lui colla Nia.

« Oh non, pas de ça, ma jolie ! » s'écria Nia en empoignant Ansra par le bras alors qu'elle se dirigeait vers la cabine, secouée de sanglots. « Vous n'allez plus me quitter... parce que je ne vous fais pas confiance quand je ne vous ai pas sous les yeux. Maintenant, asseyez-vous, mangez, et tenez-vous bien. Comme cela, demain, nous aurons la meilleure des Juliette qui aient jamais paru sur la scène. »

Cette algarade, venant s'ajouter à l'épuisement psychologique de la répétition sur Bêta Corvi, avait vidé les réserves de chacun. Chadress et Kurla distribuèrent à la ronde des ampoules d'alcool et des bols de soupe à haute teneur en protéines. Dès qu'ils eurent mangé, les acteurs se laissèrent dériver jusqu'à leurs lits et s'entortillèrent dans leurs couvertures de protection.

« Gardez Nia et Ansra sous surveillance, voulez-vous, Helva ? » suggéra Chadress.

Il y a en lui quelque chose de différent, réfléchissait Helva, une profondeur accrue, bizarrement corvikienne.

« Pensez-vous qu'elle jouera, maintenant ? » entendit-elle Kurla demander à Prane. Ils étaient les seuls à ne pas encore dormir et paraissaient incapables de se séparer.

« Sa couleur était celle d'une combinaison colère-peur... » Prane se tut brusquement, fixant des yeux Kurla.

« Voilà que vous pensez en corvikien, fit-elle en riant, avec des lueurs dansantes dans les yeux. C'est contagieux, n'est-ce pas? Comme d'assumer les traits caractéristiques du personnage qu'on joue. Tenez, même un simple amateur comme moi acquiert les trucs du métier.

— Vous vous transférez sur Corvi avec une présence très ferme et chaleureuse, ma chère. »

Le rire s'étouffa dans la gorge de la jeune femme et une expression de hantise et de désir passa dans ses yeux. Ils semblaient être sur le point de s'embrasser quand Prane, émettant du fond de la gorge des sons incohérents, partit comme un fou dans la coursive.

A la répétition suivante, Ansra dépensa de l'énergie avec tant de bonne volonté qu'ils purent revoir la pièce d'un bout à l'autre. Prane fut si satisfait du résultat qu'il fit savoir au Directeur qu'ils étaient prêts pour la première.

« Mon groupe d'énergie est impatient de connaître la pression dominante totale de ces enveloppes », répondit le Directeur, de qui émanaient les violet-lavande qu'Helva faisait correspondre au plaisir chez les Corviki. « Serait-il possible d'expérimenter lors de votre prochaine venue ici ? »

Prane accepta avec empressement.

« Si cette émission vous satisfait, demanda Chadress, estompant son pouvoir de domination sous une déférence de commande envers une force supérieure, est-ce que les entités Corviki entreprendront alors le transfert de nos personnalités de façon que nous puissions remplir notre part du contrat?

— Affirmatif. Car il est évident qu'il y a une perte d'entité-moi supérieure au minimum requis par le programme. L'entropie pourrait dépasser les besoins essentiels d'énergie. »

Helva eut l'impression qu'il lui faudrait analyser cette déclaration dès qu'elle redeviendrait elle-même. A elle cela paraissait... menaçant... pas à son moi enfermé dans l'enveloppe corviki. Une telle fission de la personnalité pourrait être vraiment dangereuse.

Une fois de retour sur le vaisseau, il était plus facile de détecter ceux dont l'orientation psychologique était en déviation. Ils avaient tendance à s'exprimer en termes corviki, comme Prane et Chadress le soir précédent. La seule qui parût immunisée était Ansra, mais il est vrai qu'elle était tellement emberlificotée dans ses griefs personnels qu'elle n'avait pas d'énergie — tiens, je m'y surprends moi-même! gémit Helva — pour des expériences objectives.

Le soir de la première sur Bêta Corvi fut un triomphe fantastique, frénétique, du moins en ce qui concernait l'acceptation de cette perte d'énergie par les Corviki. Derrière le mur de tentacules se dressaient les masses de Corviki, animés de pulsations et de battements, tandis qu'ils absorbaient l'émission de la troupe, apparemment affamés qu'ils étaient de cette forme d'énergie.

Helva sentait son enveloppe corviki s'enfler à des dimensions incroyables, le choc en retour créant chez elle une réaction thermique qui lui apportait une masse sans limites pour qu'elle la charge d'énergie à un niveau élevé d'excitation. Pourtant elle avait également conscience que l'auditoire corviki comprenait le conflit entre les deux groupes énergétiques qui se livraient bataille, le désir des deux nouvelles entités, nouvelles mais non pas vides, de s'unir en un troisième groupe de force, le stockage d'énergie, chez elle-même en tant que la Nourrice, la lumière éclatante des particules bêta qui s'échangeaient entre les deux nouvelles entités qui se prêtaient serment en une coalition de neurones et étaient finalement dans l'obligation de dépenser l'énergie vitale de leurs centres essentiels à amener les groupes en guerre à comprendre que la coexistence était possible à leur niveau d'énergie.

Quand le Prince se mit à résumer la mort, au prix d'une considérable déperdition de force du couple, des novas d'approbation éclatèrent en avant du barrage de tentacules. Et Helva, lourde de réactions électriques, se surprit à foncer pour émettre au sein de l'entité vidée la plus proche quelques ergs de la pression qu'elle subissait, en un sacrifice de soi où se mêlait de l'extase. Tout autour d'elle l'atmosphère crépitait, éclatait, tonnait des explosions produites par la combinaison en un nouvel ordre de forces positives incommensurables et par la réabsorption de l'énergie antérieurement dépensée.

Alors, sincèrement, Helva bénit les chirurgiens. Les bénit et les maudit de l'arracher inexorablement à une fusion si merveilleuse. Ahurie, elle rassembla ses esprits tandis que des voyants et des signaux d'avertissement pénétraient à travers ses impressions aux vives couleurs pour la forcer à prendre conscience d'un danger imminent.

Des silhouettes inertes gisaient, marionnettes sans vie, n'était le mouvement réduit de leurs poitrines.

Helva, effrayée, coupa les transcepteurs. Comme à regret les cercles lumineux des transcepteurs faiblirent et disparurent, et pourtant nul ne bougeait encore. Pour Helva, une éternité sembla passer avant qu'Ansra se mette à gémir.

« Ansra, Ansra », appela Helva d'un ton insistant et dur, dans l'espoir de se faire entendre à travers l'état de transe où se trouvait la femme. « Ansra, Ansra.

— Que... quoi ?

— Allez dans la cuisine. Remplissez de stimulant K le pistolet à injections intraveineuses. »

L'impression de faire mouvoir un robot. Helva continuait à donner des ordres, forçant sans pitié Ansra à lui obéir. Les yeux de la femme cillaient, son corps se mouvait par secousses sous les encouragements et les commandements d'Helva qui exigeait l'accomplissement des actes nécessaires. Elle réussit enfin à amener les mains d'Ansra sur le pistolet approprié et obtint du corps privé de coordination qu'il s'applique sur le bras le gicleur hypodermique et en presse la détente. Le stimulant commença à agir immédiatement.

« Oh mon Dieu, oh mon Dieu, murmurait Ansra d'une voix rauque. Oh mon Dieu.

— Ansra, faites-leur à tous des injections. Remuez-vous, madame, remuez-vous ! »

L'actrice n'était guère plus qu'un automate, aussi Helva profita-t-elle de cet affaiblissement de la volonté pour l'inciter à soigner d'abord Kurla et Prane. Puis Chadress. Ce fut un groupe de personnes effarées qui réintégrèrent leurs corps habituels.

« Je ne pense pas être capable d'y retourner », dit Escalus à Prane en un trémolo mal venu. Il porta les deux mains à ses tempes où le transcepteur avait laissé une marque rouge. « Jamais encore connu ça. Ne pouvoir tenir tête à l'auditoire parce qu'il m'*apprécie* trop ! Mais mon vieux, cet endroit est... est... » Ses yeux s'écarquillèrent sous l'effet d'une terreur qu'il parvint cependant à dominer. « J'ai failli dire n'est que pure entropie. » Et il se mit à rire. « Mais *voilà bien* ce qui ne colle pas dans tout cela. »

Prane, l'air aussi épuisé et hanté que les autres, réussit cependant à ébaucher un sourire.

« Il ne fait aucun doute que nous avons été submergés par une réaction imprévue. Pour le moment, et il s'interrompit pour donner du poids à ses paroles, je jugerais inconcevable une nouvelle reprise. Non, non, pas de discussions immédiates. Nous avons besoin de convertir la masse — dans le jargon de nos hôtes — en une énergie indispensable et de conserver nos possibilités d'émission. Mais je tiens à vous dire combien je suis fier, très fier de vous tous. »

Helva savait qu'il valait mieux que les gens de la troupe n'aient pu comprendre, dans leur présent état de nerfs, la vérité dévastatrice : le fait qu'ils étaient en captivité.

Le silence du vaisseau ne fut en rien troublé, pas même par les litanies nocturnes de Prane. Helva elle-même se sentait au bord de la perte de connaissance, trop fatiguée pour se préoccuper des problèmes du lendemain.

Et le lendemain n'apporta pas de changements visibles. Tous étaient encore à bout de nerfs. Kurla retrouva sa conscience professionnelle et se mit à secouer ceux qui cherchaient l'oubli dans un profond sommeil pour leur faire prendre des repas riches en protéines et leur administrer de copieuses injections thérapeutiques.

Vers le soir, Helva s'arrangea pour que Chadress se trouvât seul dans la cuisine et conféra avec lui.

« Nous sommes obligés de repousser cela aussi longtemps que possible, Helva. Ces gens sont vidés, desséchés. Et je le sais. » Il hochait lentement la tête. « Comment vous sentez-vous ? »

Helva atermoya. « J'ai toujours soutenu que les personnes encapsulées étaient tout aussi humaines que celles qui ont toute leur mobilité. Maintenant, j'en ai la preuve. Il me sera à moi-même extrêmement difficile de retourner sur Bêta Corvi. Seulement je *sais*, moi, que nous n'avons pas le choix.

— Qu'entendez-vous par là, Helva ? » Il ne restait pas à Chadress assez de vigueur pour être plus que vaguement curieux.

« Ils se demandent où nous sommes en ce moment. Ils ont les doublures — les aspirants acteurs — tout prêts et piaffant dans leur impatience d'apprendre. »

Chadress émit un grognement de lassitude.

« Helva, comment diable oserions-nous demander à quiconque de s'en charger en ce moment ?

— Comme je le disais, Chadress, nous n'avons pas le choix.

— Je ne vous suis pas.

— Il y a un petit blocage sur chacun des conducteurs qui aboutissent à mes sources de courant. Je ne serais même pas en état d'éviter un météore s'il le fallait. »

Chadress se prit la tête à deux mains, tout le corps agité de frémissements. « Helva, *je ne peux pas* y retourner. Je ne peux pas. Je serais...

— Vous n'avez pas à y retourner. Pas pour l'instant. Seigneur ! Vous n'auriez même pas la force de vous coiffer de votre transcepteur ! dit-elle, feignant de l'avoir mal compris. Cela dépend de moi.

— Qu'est-ce donc qui dépend de vous ? demanda Prane qui entrait en flottant dans la cuisine.

— Je vais descendre pour expliquer notre absence.

— Au contraire », objecta Prane en tentant de redresser les épaules, ce qui n'eut d'autre résultat que de le faire dériver d'un coup vers les unités chauffantes. « Je suis le chef de la troupe. C'est donc à moi qu'incombe le soin d'expliquer pourquoi nous ne sommes pas en mesure de nous acquitter de notre part du contrat. »

Chadress gémit de détresse.

« Vous êtes K.-O. debout, Prane. Chadress également. J'y vais. Et pas de discussions. Chadress, nous reparlerons de tout cela à mon retour, dit-elle d'un ton péremptoire. Chadress ! » insista-t-elle jusqu'à ce qu'il eût acquiescé d'un geste.

La douleur attaqua l'esprit d'Helva en un bref éclair de pensée quand elle rentra dans l'enveloppe corviki. La myriade de sensations tactiles de ses tentacules pendants lui indiquait la présence de plusieurs dominantes de pression. Comment allait-elle s'y prendre pour expliquer la fragilité humaine à ces maîtres de l'énergie à l'état pur ?

Cependant l'atmosphère était curieusement dénuée d'émissions d'énergie. Le Directeur, sombre, massif, riche de couleurs, contenait avec discrétion sa masse de pressions dominatrices. Les autres, rangés derrière lui à distance courtoise, devaient être les « doublures » des acteurs, songea-t-elle. Si les Corviki avaient des idées de compassion dans la conscience, le Directeur les appliquait certainement, car il faisait preuve de patience pendant qu'Helva peinait à présenter une équation explicative, en signalant les fractions irréductibles. Il répondit par une démonstration d'aplatissement qui ne pouvait être qu'une offre d'excuses devant le fait qu'une rétroaction sans précédent et la production d'une réaction massive instable aient causé un tel degré d'entropie chez les visiteurs. Toutefois ils en étaient eux-mêmes la cause.

Cependant, déclara sévèrement le Directeur à Helva, il s'était établi un état nouveau d'une immense importance. Chacun des groupes d'énergie entourant ce noyau thermique insistait pour obtenir les formules qui permettraient de reproduire ces émissions incomparables. Les bienfaits d'une telle expulsion rajeuniraient les groupes d'énergie devenus statiques que l'on jugeait jusqu'alors perdus faute de pouvoir les réactiver. Les formules devaient être fournies. Rien ne serait considéré comme trop précieux pour effectuer cet échange.

Helva, tout en sentant qu'elle émettait des énergies de désespoir, répéta que c'était impossible.

Il faudrait procéder à quelque arrangement, insista le Directeur. Il y avait une des unités — il traça l'équation sonore qui signifiait Juliette — qui avait manifesté une maîtrise admirable dans le maniement de l'énergie intrinsèque. Qu'elle revienne et qu'elle livre les formules. Sinon... Le Directeur fit onduler ses tentacules en une imitation déconcertante d'un haussement d'épaules.

Pendant un long moment, Helva ne trouva pas le courage moral de signaler son retour. Elle cherchait à comprendre comment une mission aussi simple avait pu se transformer en une catastrophe de cette envergure. Elle examinait impitoyablement tous les éléments de cette impasse en s'efforçant d'aboutir à une solution. Il *fallait* qu'il y en eût une.

Quelle ironie à l'échelle cosmique que ce fût Ansra Colmer, si décidée à causer leur échec, qui eût en même temps la seule personnalité suffisamment égocentrique pour survivre à cette expérience ! Mais les sauverait-elle tous ?

« Si vous êtes tous devenus fous, moi, je n'ai pas encore perdu la tête, répondit instantanément Ansra. Rien... pas même si vous me battiez à mort... ne pourra me forcer à retourner dans ce... dans cette... usine à gaz ! J'ai fait tout ce que mon contrat exigeait de moi.

— En réalité, ce n'est pas exact, Ansra, répliqua Davo d'une voix lasse. Non que nous ayons l'intention, les uns ou les autres, de vous traduire devant la Guilde. Mais nos contrats prévoient que si les Corviki acceptent notre performance dramatique en paiement de leurs méthodes scientifiques, nous devons en outre former des acteurs Corviki.

— Redescendre ? Rien que pour enseigner à un Corviki le rôle de Juliette ? » Ansra partit d'un rire aigu où perçait une note d'hystérie. Elle pivota vers Prane. « Je leur avais bien dit que vous échoueriez, aux gens de Régulus ! Et c'est un échec ! Et j'en suis heureuse, *heureuse*, HEUREUSE ! »

Sa haine noyait comme une marée visible des sensibilités déjà à vif, douloureuses. Toujours en riant, elle rebondissait contre les cloisons en regagnant sa cabine, où elle s'écroula comme une poupée de chiffon devant le miroir, riant encore en regardant fixement son reflet.

« La voilà folle à lier, déclara Nia d'une voix sans timbre.

— Je ne le crois pas, à moins qu'en ce moment nous ne soyons tous déments, observa Davo d'un ton judicieux.

— En tout cas, nous n'allons pas rester inertes et la laisser nous abandonner, s'écria Nia en colère. Il faut qu'elle joue son rôle, tout simplement.

— Le spectacle continue ? fit Escalus d'un ton sarcastique. Pas celui-ci !

— Je vous présente à tous mes excuses, intervint Prane en se levant. Les griefs d'Ansra ne sont dirigés que contre moi. Je ne permettrai pas que vous en soyez victimes.

— Bon Dieu, Prane, épargnez-nous cette comédie, explosa Davo.

— Ce n'est pas de la comédie. Le remède est élémentaire », poursuivit le Solaire d'une voix et d'une manière si terre à terre que toute accusation de cabotinage tombait. « En tant que votre chef de troupe, je connais cette pièce mot par mot, d'un bout à l'autre. D'ailleurs j'ai dans ma mémoire la totalité de deux cent douze drames antiques, médiévaux, classiques, atomiques et modernes.

— Vous mourrez sous l'effort ! » s'emporta Kurla, tout en l'enlaçant.

Il se dégagea tout en lui adressant un sourire plein de tendresse.

« Je suis de toute façon en train de mourir, ma très chère. Je préférerais exécuter une bonne "sortie". »

— Et la semaine prochaine, *East Lynne*! » rugit Helva, réussissant à les faire tous sursauter avec son rire moqueur. Prane en fut profondément blessé, ce qui, dans l'esprit d'Helva, était un peu plus sain comme réaction que son héroïque sacrifice. « Et maintenant, j'espère que vous voudrez bien tous vous *calmer*. Tout n'est pas perdu du seul fait qu'Ansra Colmer soit une garce méchante et vindicative. Tout d'abord, Solaire Prane, nous ne tenons pas à ce que les Corviki s'emparent de toute notre fortune en une seule et massive purge. Une seule pièce, *Roméo et Juliette*, qui les a déjà emballés jusqu'au bout de leurs tentacules, voilà tout ce que prévoit le contrat. Alors nous allons la leur donner, puis nous quitterons leur sphère d'influence à haute accélération, de toute la force de mes tuyères. Je recommande instamment que nous n'assombrissions pas de nouveau leurs dominantes avant que nos brillants cerveaux de la Base aient trouvé le moyen de protéger nos fragiles âmes contre la réaction des Corviki.

» Et vous, Solaire Prane, vous n'êtes pas seul à bord à jouir d'une parfaite mémoire. Je sais que cela risque de ressembler à de la vantardise, mais moi aussi — et sans doute Davo et peut-être Escalus — je connais *Roméo et Juliette* sur le bout des doigts. Et nous sommes tous les trois en meilleur état physique et émotif que vous pour redescendre sur Bêta Corvi...

» *Écoutez-moi!* » clama-t-elle quand tous se mirent à protester. Elle reprit la voix qui exprimait un large sourire et cabotina un rien : « C'est *votre capitaine* qui vous parle ! » Et quand ils furent pris d'un fou rire, elle adopta son ton le plus sérieux : « C'est moi, Helva, à qui incombe en définitive la responsabilité de cette mission ainsi que de votre sauvegarde à tous à mon bord.

— Je connais entièrement *Roméo et Juliette*, moi aussi. Je jouais les Juliette, vous savez, quand je n'en étais encore qu'à mon premier centenaire, déclara tranquillement Nia avant qu'Helva pût continuer. Et vous oubliez un détail, Helva. Un détail des plus importants. Ce sont les *performances* sur Bêta Corvi, et non les répétitions, qui nous désarçonnent. Je suis certaine de pouvoir me débrouiller dans le cas d'une répétition, avec les interruptions et les pauses indispensables pour donner l'enseignement voulu aux futurs acteurs. Nous n'aurons même pas à répéter durant sept heures consécutives. Pas si ces Corviki ont vraiment envie de pièces de théâtre ! C'est nous qui sommes en mesure d'imposer notre rythme ! » Puis elle changea d'expression en se tournant vers la cabine des femmes où Ansra continuait à rire doucement. « Et je veux bien être pendue si je laisse cette garce mettre fin au spectacle le plus réussi auquel j'aie jamais pris part ! »

Escalus émit un rire tonnant et serra Nia dans ses bras puissants.

« Par les orteils des sept saints du Scorpion ! Moi non plus !

— Et comptez-moi dans le coup, acquiesça Benvolio. Qu'elle aille se faire foutre ! ajouta-t-il avec un geste grossier dans la direction d'Ansra.

— Écoutez, Helva, obtenez des Corviki qu'ils nous accordent encore une journée de repos, dit Chadress. Ensuite, nous redescendrons tous pour terminer le boulot. Le spectacle continue !

— Qui fera Juliette ? demanda Davo, et aussitôt il répondit lui-même à la question en désignant Kurla. Vous serez Juliette !

— Oh, non, pas moi !

— Pourquoi pas, mon jeune et doux amour ? » fit Prane, en lui abaissant les mains qu'elle avait portées à ses joues, pour l'embrasser tendrement devant tous. « Vous êtes plus Juliette qu'elle ne l'a jamais été dans ses meilleurs jours.

— Je ne m'inquiète que d'une chose, intervint alors Escalus. Je n'aime pas qu'elle — ici — vienne avec nous — en bas », et il ponctuait son discours en pointant l'index dans les directions qu'il indiquait.

« Excellente remarque, convint Davo.

— Pas de problème, les rassura Helva. Miss Colmer se... repose, je crois que c'est le terme professionnel ? Et je vais l'y encourager. » Sur quoi elle entreprit d'inonder de gaz somnifère la cabine du pilote.

Le Directeur Corviki transmit son accord, émettant une impression de soulagement à la nouvelle que le problème était résolu. Helva envoya tout son monde au lit après un repas riche en protéines. Kurla et Nia préférèrent dormir sur les couchettes bien qu'Helva eût évacué le gaz de la cabine. Kurla accepta d'administrer un sédatif à durée calculée pour garder Ansra endormie pendant qu'il n'y aurait personne d'autre à bord.

La troupe vota et il fut convenu de limiter la première répétition à quatre heures. Cependant toutes les appréhensions se dissipèrent quand il devint évident pour les acteurs que leurs « élèves » restreignaient avec discrétion leurs émissions d'énergie. En fait, de retour sur le vaisseau, leur humeur était assez voisine d'un soulagement teinté d'enthousiasme.

« Ces Corviki sont les élèves les plus vifs que j'aie jamais connus. On leur dit une chose une fois et ils ne l'oublient plus, s'écria Escalus.

— Oui, ils se retiennent vraiment, n'est-ce pas? convint Davo. Mais sauront-ils à quel degré de puissance ils devront émettre pour donner toute la vie voulue à la pièce? J'entends par là, n'y aura-t-il pas toujours cette vieille différence entre l'amateur et le professionnel?

— Bien observé, Davo, dit Prane, et j'en ai discuté avec le Directeur. Je lui ai parlé des niveaux d'énergie à maintenir, et il m'a assuré qu'il avait procédé à des relevés de mesures pendant que nous jouions afin de savoir quand au juste il fallait émettre de l'énergie pour produire les réactions appropriées. Il est doué d'une grande domination, cet homme, d'une domination impressionnante.

— Et d'un sens très critique de l'intégrité des niveaux également, ajouta Chadress en hochant pensivement la tête.

— A vous entendre, on croirait plutôt avoir affaire à

des Corviki qu'à des humains », fit Nia avec son humour habituel.

Prane et Chadress la regardèrent, l'air intrigué.

« Eh bien, c'est vrai, surenchérit Kurla.

— L'imitation est la forme la plus sincère de la flatterie, vous savez », déclara Prane dans le silence qui suivit, mais pour Helva sa jovialité avait quelque chose de forcé.

La seconde répétition se déroula si bien que Prane en conclut qu'une dernière session, un peu plus longue, suffirait à s'acquitter du contrat.

« Alors finissons-en, dit Escalus. Il y a en ce lieu phénoménal quelque chose d'assez séduisant qui vous pénètre. J'ai du mal à penser en humain, depuis quelque temps. »

Escalus a raison, se dit Helva. Elle découvrait qu'il lui venait à elle aussi une grande facilité à penser en termes corvikiens. Quant à Prane et Chadress, ils semblaient avoir transposé toute la sémantique théâtrale sur un plan totalement différent. Elle les avait entendus discuter de mise en scène en parlant de phases d'excitation, de mouvements d'enveloppes, d'émissions de particules, de directives sub-coquille, au point qu'elle en était venue à se demander s'ils parlaient théâtre ou physique nucléaire !

Néanmoins elle surveillait Prane. Kurla également, mais jouer le rôle de Juliette devant le Roméo de Prane lui surchargeait suffisamment les circuits pour obnubiler son pouvoir de restriction... Helva coupa brusquement le fil de ses pensées. Plus vite ils s'en iraient tous, mieux cela vaudrait.

Elle regarda Kurla qui administrait une nouvelle dose de sédatif à Ansra. Celle-ci était inconsciente depuis quarante heures. Cinq de plus ne lui feraient guère de mal. En tout cas, cela avait considérablement allégé l'atmosphère à bord du vaisseau.

Elle avertit Kurla qu'elle allait descendre incessamment, puis elle entreprit de vérifier tous les circuits de la nef. Une fois que les Corviki auraient levé leur blocage de puissance, ils pourraient partir, mais elle ne voulait à aucun prix de retard de dernière minute.

Quand elle arriva, Prane était « en coulisses », en train de régler sa dominance avec sa doublure. Elle trouva la sienne et s'embarqua dans la scène 2 de l'acte IV.

Durant cette nouvelle session, les Corviki avaient davantage de mal à restreindre leur énergie rentrée. Il vint à l'esprit d'Helva que Davo n'avait nullement à craindre un manque d'intensité dramatique. Une fois partis tous les instructeurs avec leurs esprits fragiles, les Corviki dégageraient tout ce que les formules pouvaient bien exiger d'excitation.

Maintenant, Helva devait faire effort pour maîtriser la sienne propre. Prane également, car tandis qu'en compagnie de son élève, avec les deux Balthazar à côté d'eux, il attendait de pénétrer dans le cimetière pour la scène de la mort de Roméo, l'énergie semblait couler de tout son être.

« Les contrôleurs temporels sont bien réglés ? demanda-t-il d'un ton inquiet. On ne peut pas les modifier ? »

Il dut commencer à jouer avant qu'Helva lui ait répondu.

La répétition fut bientôt terminée. Le Directeur avait dû exercer une énorme contrainte sur ses émissions spontanées tandis qu'il complimentait les acteurs. Il annonça que les renseignements relatifs à la stabilisation des isotopes avaient été envoyés à bord du vaisseau dans un réceptacle spécial, et que le blocage de la puissance des moteurs était levé. Il continuait d'émettre sur une gamme de fréquences si étendue qu'Helva subissait la traction insidieuse de l'entropie. Elle fit donc ses adieux avec la plus grande résolution.

En se transférant, il lui fallut un moment — un moment teinté de regrets qui lui parut une éternité — pour reprendre ses esprits. Elle détecta la présence du réceptacle bien arrimé dans la chambre des machines, et encore violemment radioactif, si bien qu'il valait mieux le laisser là où il était.

Quelqu'un gémit dans la cabine faiblement éclairée. Faiblement éclairée ? Mais elle n'avait pas du tout baissé l'éclairage !

Elle fit donner toutes les lumières du bord, balayant d'un sondage la cabine du pilote, à la recherche d'Ansra. Le lit était vide. Comment avait-elle été arrachée aux effets de la drogue ? Helva procéda à des recherches et découvrit Ansra, agenouillée près du corps de Prane. Elle tenait dans ses mains les fils conducteurs des transcepteurs que portaient Prane et Kurla.

« Ansra, c'est la même chose qu'un meurtre ! » rugit Helva, en s'efforçant d'effrayer la femme rien que par le volume de sa voix. Mais avec toute la résolution de la vengeance, Ansra arracha les casques des deux victimes et tenta de démolir les appareils. Tandis qu'Ansra agissait ainsi, Helva déclencha le mécanisme de désactivation des transcepteurs avec l'espoir bien faible de prévenir les intentions de l'actrice. Cela lui parut prendre très longtemps, alors que les halètements violents de la femme comptaient les secondes comme un métronome, avant que les lumières des transcepteurs s'éteignent au bord des casques. La lumière persista sur l'un d'eux, celui de Chadress.

« Davo ! Davo ! » appela Helva.

L'acteur, secouant la tête sous la véhémence de cette voix qui l'éveillait, réagit comme dans un brouillard. Puis il aperçut Ansra, comprit ce qu'elle faisait et se précipita sur elle. La poussée de Davo la plaqua contre la cloison du fond tandis que les autres membres de la troupe commençaient à revenir à eux.

« Escalus, aidez donc Davo à maîtriser cette folle », commanda Helva car Ansra se débattait en hurlant et frappait Davo de ses forces décuplées par la démence. « Benvolio, allons, mon garçon ! Réveillez-vous. Occupez-vous de Chadress. Comment est son pouls ? »

Benvolio se pencha sur le corps inerte.

« Trop lent, à mon avis. Il est si... si faible.

— Il faut que je retourne sur Corvi. Quelqu'un... Nia, vous êtes éveillée. Trouvez deux transcepteurs utilisables dans les débris qu'a laissés Ansra et coiffez-en Prane et Kurla. Il faut que je les ramène ici.

— Helva ! Attendez ! » Elle entendit l'appel de Davo alors qu'elle était en cours de transfert.

Le Directeur était près d'elle. Ainsi que les enveloppes qui étaient sans aucun doute possible Prane, Kurla et Chadress. Leurs dominantes de pression étaient écrasantes.

« Restez avec nous, Helva. Restez. C'est une nouvelle vie, toute neuve, avec toute la puissance de l'univers à votre disposition. Pourquoi retourner à une existence stérile dans une coquille immobile ? Restez avec nous. »

Trop tentée, trop terrifiée pour en écouter davantage, Helva battit en retraite vers la sécurité du vaisseau, le seul sanctuaire où elle se sentît en sûreté.

« *Helva !* » La voix de Davo retentit dans tous les systèmes auditifs.

« Je suis rentrée, murmura-t-elle.

— Dieu merci ! Je craignais que vous ne restiez parmi eux.

— Vous saviez qu'ils resteraient ?

— Oui, même sans l'assistance d'Ansra », avoua Davo. Derrière lui, Nia fit un signe affirmatif.

« C'est la solution pour Kurla et Prane, vous comprenez, expliqua Nia. Après tout, les voilà maintenant en mesure de combiner leurs énergies, ajouta-t-elle avec un rire sans joie.

— Mais Chadress ?

— C'est un choc pour vous, hein, qu'un muscle puisse déserter ? s'enquit Davo d'un ton plein de sympathie. Mais son existence de muscle arrivait à son terme, n'est-ce pas, Helva ?

— Et si j'étais restée ?

— Eh bien, reconnut Davo, Chadress ne vous en croyait pas capable, mais il estimait que vous auriez dû.

— Il fallait que je me trouve là où on avait besoin de moi, Davo. Et parfois, c'est en ne faisant *rien* qu'on vient en aide aux gens, je pense », poursuivit-elle pour elle-même. Elle regarda ensuite les quatre corps qui respiraient, mais n'avaient pourtant plus de vie. « *Quatre ?* s'écria-t-elle, effarée de reconnaître Ansra allongée près des autres. Qu'avez-vous fait ? Comment avez-vous fait ?

— Facile, répondit Nia avec un haussement d'épaules détaché. Il fallait que le châtiment soit à la hauteur du crime. De plus, les Corviki sont beaucoup plus qualifiés que nous pour mater les énergies instables, Helva. Pouvons-nous partir à présent ?

— Le Directeur Corviki a affirmé que l'échange était conclu, dit Escalus. Ont-ils débloqué votre puissance ?

— Oui, soupira Helva, qui n'avait pas envie d'agir immédiatement.

— Helva, murmura doucement Davo, posant la paume sur la colonne de titane, Helva, cette pièce nous a vraiment donné l'occasion d'une prise de conscience. »

Pendant qu'elle glissait avec lassitude la bande du voyage de retour dans l'ordinateur, les paroles de Davo résonnaient dans son esprit comme une indulgente absolution.

Avec l'impression délicieuse d'une délivrance, Helva observait les spécialistes de l'interprétation des faits se disperser vers leurs véhicules rassemblés à la base du XH-834 sous la clarté des projecteurs, comme autant de particules d'énergie... Helva censura cette comparaison. Des lumières jaillirent, qui percèrent la nuit alentour, s'entremêlant en une trame irrégulière quand les voitures virèrent et évoluèrent. Un bref instant, les faisceaux se trouvèrent parallèles, révélant les étages inférieurs non éclairés de la tour de la Base de Régulus. Tous les véhicules ne prirent cependant pas cette direction, observa Helva. Quelques-uns foncèrent plus loin, hors de l'ensemble de la Base, vers la lointaine métropole.

Les personnes encapsulées étaient en principe infatigables, mais Helva se sentait vidée et déprimée. Elle ne savait pas trop ce qui avait été le plus pénible : les événements de Bêta Corvi ou les interrogatoires sans fin et répétitifs auxquels l'avaient soumise des spécialistes affublés d'œillères. Elle comprenait pourquoi Prane avait recouru au captesprit pour ralentir sa perte de neurones. Si elle n'avait pas eu des mémoires à fouiller, elle aurait volontiers oublié une grande partie de ce qui s'était passé. Dommage qu'elle en fût incapable.

Helva soupira. Non pas Helva, le XH-834, l'élégant vaisseau de classe BB des Services Médicaux des Mondes Centraux, mais Helva, la femme.

Ils nous enferment dans des coquilles de titane, ils placent les coquilles derrière des cloisons de titane, et ils nous croient invulnérables. Les blessures physiques sont les moindres parmi les accidents nocifs que cet univers inflige à ses habitants ; ce sont celles qui guérissent le plus vite.

Des lumières commençaient à apparaître dans la Tour de Base et Helva y prenait un plaisir pervers. Ainsi d'autres aussi passeraient cette nuit sans sommeil. Ils le méritaient pour avoir démantibulé sa propre solution de l'affaire de Bêta Corvi avec leur barrage de questions. Quelle était la puissance réelle de la communauté de Corvi ? Quelles dimensions avaient les diverses entités ? Combien de temps pensait-elle que les enveloppes humano/Corviki qui contenaient Prane, Kurla, Chadress et Ansra conserveraient leurs souvenirs et leurs loyautés antérieurs ? Dans combien de temps une deuxième expédition pourrait-elle tenter de pénétrer dans cette atmosphère ? Quels autres articles d'échange Helva recommanderait-elle, en admettant que les Corviki eussent extrait de Prane l'encyclopédie de l'art dramatique que constituait son cerveau ? Et pourquoi avait-elle l'impression que le milieu corviki était si dangereux pour l'esprit humain ? Pouvait-elle en expliquer les dangers ? Était-elle en mesure de recommander des mesures à prendre préalablement pour le conditionnement des humains ?

Ce n'était nullement une consolation de savoir que tous les autres membres de la mission étaient aussi étroitement interrogés, poussés et sondés, physiquement aussi bien que mentalement. Du moins cette partie lui était-elle épargnée quoique les médecins des encapsulés lui aient fait subir une épreuve d'acidité et aient vérifié son taux d'absorption des substances nutritives. Il y avait eu une augmentation de l'écoulement des protéines, que l'on jugeait correspondre à l'activité inaccoutumée qui avait été exigée d'elle.

Les ordinateurs de la Base auraient du boulot, ce soir, mais, pour sa part, elle ne souhaitait nullement avoir à réfléchir. Du moins pas aux Corviki, ni aux quatre humains qui avaient choisi de demeurer dans les enveloppes corviki, pour se consacrer à l'échange et à la décharge d'énergie dans le nouveau...

« Je ne veux même pas penser du tout », dit Helva à haute voix.

En proie à une profonde agitation, elle examinait le dehors et son regard se posait brièvement sur les fenêtres éclairées de la caserne des « muscles ». Elle n'éprouvait pas le désir d'y appeler quelqu'un. Elle n'avait pas la souplesse voulue pour prendre plaisir à faire la connaissance de nouvelles personnalités, ce qui pourtant était habituellement pour elle une expérience réconfortante et stimulante. Et elle ne voulait pas non plus rester seule cette nuit.

« Cette fois, j'aurai un muscle avant de bouger d'un centimètre sur cette Base », se promit-elle.

Le cimetière du Service où était enterré Jennan se trouvait, Dieu merci, perdu dans le noir à des kilomètres de l'autre côté de l'immense terrain, mais elle commençait à sentir cette distance se réduire sur le plan psychologique.

Plutôt que de s'attarder sur ce chapitre de sa vie, elle passa en revue les quelques dernières heures avec un sentiment masochiste. Leur avait-elle sincèrement fourni tous les renseignements dont elle disposait ? Ne gardait-elle pas subconsciemment pour elle un fait important ou quelque observation d'ordre secondaire ? Avait-elle vraiment procédé à l'analyse du traumatisme schizophrénique que subissait l'esprit humain enfermé dans l'enveloppe corviki ? Avait-elle...

Une voiture freina brusquement au pied du vaisseau et l'ascenseur des passagers fut mis en marche... elle ne l'avait pas fait remonter après le départ du dernier groupe d'interrogateurs.

« Qui diable...

— Parollan ! » fit une voix sèche pour la rassurer. Le chef s'exprimait toujours de façon aussi laconique.

En sa qualité de chef du service, Niall Parollan avait naturellement assisté à toutes les phases du rapport de mission. Il s'en était tenu au rôle d'arbitre, ne prenant la parole que si les experts s'énervaient ou insistaient trop sur des points auxquels Helva était dans l'incapacité de répondre. Elle avait été impressionnée — et en même temps reconnaissante — de cette adroite manière qu'il avait d'aplanir les difficultés. Il était évident que Parollan jouissait d'un grand prestige en dépit de sa brusquerie. Revenait-il pour une séance privée ?

Il entra dans le sas, les pieds écartés, les bras ballants. Il regardait la colonne d'Helva d'un air agressif tout à fait inattendu.

« Qu'ai-je encore fait ? » demanda Helva, en s'efforçant de dissimuler son appréhension.

Il quitta sa pose et s'avança d'un air si audacieux, qu'Helva se demanda s'il n'avait pas trop bu.

« Je viens vous demander asile, madame, répondit-il, s'inclinant en une révérence exagérée.

— Et une tasse de café ?

— Vous n'en avez plus. Ces farfelus de spécialistes l'ont bu jusqu'à la dernière goutte. Mais vous êtes interdite à l'accès, et au secret en ce qui concerne le Centre de Communication — sur mes ordres, mon amour —, par conséquent vous êtes aussi l'endroit où *je* suis le plus en sûreté.

— Vous n'avez pas d'ennuis au sujet de Bêta Corvi... ?

— Des ennuis ? » Il s'assit sur la couchette face à la colonne, se laissant soudain aller mollement contre les coussins. « Fichtre non ! Non pas, mon Helva. Pas Niall Parollan, chef extraordinaire. Mais *nous*, oui. » D'un ample geste du bras, il suggéra des dimensions galactiques plutôt que locales. « En tout cas, on ne vous embêtera pas, et moi non plus, et peut-être que demain matin ces vieilles cervelles seront prêtes à reprendre leurs assèchements et leur dragages et... » Sa voix faiblit jusqu'à n'être plus qu'un murmure.

Helva crut qu'il s'était endormi, puis elle constata qu'il la regardait entre ses paupières mi-closes.

« Est-ce que *quiconque* a pensé à vous dire à quel point vous avez dépassé nos prévisions les plus optimistes ? Le chef a-t-il eu l'idée de vous annoncer que votre dossier déjà distingué s'est accru de deux citations de plus ? Et d'une prime fantastique ! » Il frappait du poing sur un coussin pour donner de l'emphase à son discours. « Vous n'allez pas tarder à vous libérer, à ce train. » Puis sa voix se radoucit. « Ai-je pensé, moi, à vous remercier, Helva, d'avoir mené à bien un boulot lamentable, puant, éreintant, auquel on vous avait contrainte par un abus de confiance...

— Ce n'était pas par vous, Parollan...

— Ha ! » Niall Parollan arqua tout le corps pour laisser fuser un éclat de rire avant de s'affaler de nouveau sur les coussins. « Eh bien, vous avez accompli un boulot du tonnerre, ma fille. Je ne crois pas qu'un autre vaisseau aurait pu s'en acquitter.

— Peut-être qu'un autre vaisseau aurait ramené tous ses passagers. »

— Assez de bêtises nauséabondes, Helva. » Il se redressa. « Je ne veux pas de ces réflexions irrationnelles de *votre* part ! Prane et Kurla avaient leurs raisons personnelles de franchir le pas ; Chadress également. Tous les trois en ont profité. Quant à Ansra Colmer, c'est l'endroit qui convient le mieux à une garce pareille. Elle a voulu être trop maligne pour une fois. Il existe une véritable justice dans l'univers et les Corviki n'ont jamais entendu parler d'Hammourabi ! »

Il s'adossa, les doigts noués derrière la nuque.

« Cela me plaît de les voir suer sang et eau, ces minables salopards des Formalités, glousssa-t-il.

— Et pour les corps ? Ne serait-il pas temps de leur donner une sépulture convenable ?

— Pourquoi ? Ces corps sont toujours vivants, du point de vue clinique. *Votre* corps est cliniquement mort, ajouta-t-il au mépris total des interdictions tacites d'aborder ce sujet devant une personne encapsulée. Et ni vous, ni moi, ni personne d'autre sur cette Base ne pense ce soir que *vous* soyez un zombi. Qu'est-ce qui constitue la mort, Helva ? L'absence d'esprit, d'âme, appelez cela comme vous voudrez. Ou le manque de mouvement indépendant ? Vous êtes plutôt mobile, ma douce, bien que vous n'ayez pas un seul muscle à remuer.

— Vous êtes ivre, Niall Parollan.

— Oh non ! Parollan est bien loin de l'ivresse. Je suis simplement déconnecté, ma fille, déconnecté. » Il se redressa une nouvelle fois en un mouvement qui niait toute possibilité d'un fléchissement de ses commandes motrices. « Des points de vue moral et social, vous avez remis quatre cadavres à ce vaisseau de la Flotte au large de Bêta Corvi. Quatre écorces en état de fonctionnement mécanique, mais vides. Et leurs habitants ou propriétaires initiaux ne reviendront pas dedans. »

Il était debout et s'approchait à grands pas. « Voilà votre chance, ma fille. Choisissez de sortir de votre coquille... optez pour le corps de Kurla : c'est le plus jeune. Ou d'Ansra. Ou de Chadress, après tout, si vous souhaitez un changement d'occupations. »

Durant une seconde où elle perçut un monde tourbillonnant de perspectives, Helva étudia cette effarante proposition. Tout comme elle avait brièvement envisagé de rester dans son enveloppe corviki. Avait-elle vraiment soumis un rapport impartial aux spécialistes ?

« En présumant, bien entendu, que je désire devenir un être humain mobile ? Rappelez-vous, Parollan, réussit-elle à répondre d'un ton raisonnable, je viens tout juste de *me trouver* dans un autre corps. Je m'aperçois que je préfère mon petit moi. »

Parollan la contemplait fixement. Il avança la main pour caresser le métal lisse à l'endroit exact où la soudure invisible fermait l'accès de sa coquille interne.

« Bien dit, Helva, bien dit. » Il pivota pour gagner la cuisine. Helva observa avec un certain soulagement qu'il usait du cadran pour demander un potage et non un stimulant. Il se rassit dans le poste principal avant de briser le sceau de réchauffage. Puis le filet de vapeur qui montait du récipient parut le fasciner, car il secoua la tête quand le bruit du couvercle qui se détachait interrompit son état de semi-transe.

« Je ne pensais pas que vous accepteriez, fit-il d'une voix détachée.

— Alors pourquoi me poser la question ? Pour me mettre à l'épreuve, chef ? »

Il leva les yeux, gloussant de rire en entendant le ton ronronnant qu'elle avait pris.

« Pas vous, ma fille...

— Et je ne suis pas votre fille...

— ... cela n'a rien à voir ! » Il but avec précaution une gorgée de soupe brûlante.

« Alors pourquoi me poser la question ? » insista-t-elle.

Il haussa les épaules. « Cela m'avait tout l'air d'être une chance unique de vous sortir de cette ceinture de chasteté en titane. »

Helva laissa jaillir son rire. « J'en suis sortie. Sur Corvi.

— Vous avez fait un essai et cela ne vous a pas plu ?

— Le mouvement ? La liberté ? » fit-elle, feignant volontairement de ne pas remarquer le double sens des paroles de Parollan, pourtant souligné par un haussement de sourcils et un sourire malicieux.

« Le mouvement *physique* », précisa-t-il ; il manifestait une certaine réticence. « La liberté *physique*.

— Définissez-moi le mot "physique". En tant que vaisseau, je jouis de plus de puissance physique, de plus de liberté physique que vous n'en connaîtrez jamais. Je pense, je sens, je respire. Mon cœur bat, le sang coule dans mes veines, mes poumons fonctionnent... pas comme les vôtres, mais ils fonctionnent.

— De même que les cœurs, les artères et les poumons de ces quatre... de ces quatre riens dans la chambre de conservation de la vie, à l'Hôpital de la Base. Mais *eux*, ils sont morts.

— Suis-je morte ?

— L'êtes-vous ?

— Vous êtes ivre, Parollan, l'accusa-t-elle d'une voix neutre, froide.

— Je ne suis pas ivre, Helva. Je discute d'une question profondément morale avec vous et vous m'éludez.

— J'élude Niall Parollan ? Ou le chef Parollan ?

— Niall Parollan.

— Pourquoi discuter de cette question profondément morale avec Helva, Niall Parollan ? »

En un geste inattendu, il haussa les épaules et s'adossa, sa silhouette se tassant un peu tandis qu'il nouait les doigts autour de la boîte de potage et contemplait le contenu d'un air sombre.

« Pour passer le temps, dit-il enfin. Nous avons tous les deux du temps à perdre cette nuit. Du temps qu'il faut bien passer d'une façon ou d'une autre. Ridicule de perdre *notre* précieux temps (un petit rire sardonique lui échappa) à bavarder de choses sans importance. Autant discuter d'une question profondément morale que — si je peux vous le rappeler — vous nous avez collée sur les bras. Et que personne ne résoudra, de toute manière. Vous auriez dû demander aux Corviki de nettoyer leurs ordures, avant de quitter leur atmosphère de pétomanes. Dites, avez-vous senti ce truc qu'ils respirent ? »

Helva s'aperçut qu'elle répondait à sa question tandis qu'une part de son esprit en évolution rapide s'étonnait de son comportement insolite.

« Moi, Helva, je n'ai pas de sens olfactif, par conséquent, moi, Helva, je n'aurais pas pu remarquer que l'atmosphère corviki "puait". Aucun des autres n'y a seulement fait allusion, donc je présume que pour les entités corviki, l'odeur atmosphérique n'avait rien d'anormal.

— Ah, ah ! » Un index délié se tendit vers elle en un geste accusateur. « Vous êtes dénuée de cette capacité physique.

— Et je ne suis pas sûre de la désirer... sauf pour sentir le café, puisque tout le monde prétend que son odeur est agréable.

— Pensez à en commander dans la matinée.

— La commande est déjà enregistrée par l'Intendant, répondit Helva d'un ton suave.

— Voilà comme j'aime ma fille !

— Je ne suis toujours pas votre fille. Et, au risque de vous paraître ennuyeuse, pourquoi êtes-vous ici, Niall Parollan ?

— Je voulais éviter d'être embêté par ces spécialistes infects, marmonna-t-il en pointant le pouce par-dessus son épaule en direction de la Tour de Base. Ce qui se produirait s'ils étaient en mesure de me joindre. Ils ne le peuvent pas ici parce que le Centre de Communication ne doit pas accepter d'appels à votre adresse, Helva XH-834, avant huit heures du matin, car vous, Helva, *ma fille*, les avez assez vus pour une révolution de la planète autour de son soleil, n'est-ce pas ? » Sa question claqua comme un fouet. « Ne le niez pas, insista-t-il comme elle ne répondait pas immédiatement. Je vous connais plutôt bien... oh oui, je vous connais, fillette, comme aucun autre homme ne vous a jamais connue... et vous étiez tellement sur le point de les envoyer se faire foutre... vous étiez si proche de... » Sa voix se perdit un instant. « Cette mission a été beaucoup plus dure pour vous que vous ne l'avouerez jamais. »

Elle resta silencieuse.

Il hocha la tête et avala une gorgée de potage.

« Vous n'êtes pas ivre, observa-t-elle.

— Je vous l'ai dit, fit-il en souriant.

— Je n'avais pas compris, poursuivit-elle sur un ton plus léger pour cacher combien elle était touchée de sa sympathie inattendue, je n'avais pas compris que faire la "bonne-de-vaisseau" figurait parmi les fonctions du chef. »

Il agita un doigt de façon expressive. « Nous avons des pouvoirs et des capacités largement discrétionnaires.

— Et suis-je vraiment au secret jusqu'à huit heures

ou cherchiez-vous seulement à m'empêcher de rencontrer d'aimables muscles ?

— Fichtre non ! s'écria-t-il, les sourcils haussés en signe de protestation. C'est là un fait réel que vous pouvez vérifier. Mais vous avez toute latitude d'appeler qui vous voulez. Simplement, personne ne peut communiquer avec vous du dehors. Et...

— ...vous êtes ici pour me faire oublier d'appeler les muscles.

— Cette femme n'a que les muscles en tête ! explosa-t-il. Allez, l'aiguillonna-t-il, appelez-les. Réveillez toute la caserne. Nous aurons une formidable partie de plaisir... » Il était à mi-chemin du pupitre de commandes.

« Pourquoi êtes-*vous* venu ?

— Hé, modérez votre ton, fillette. Je suis ici parce que votre bord est l'endroit où je me trouve le plus en sûreté. » Il se retourna vers elle avec un sourire diabolique. « Vous êtes certaine de n'avoir pas envie de communiquer avec la caserne ?

— Absolument. Pourquoi vous défilez-vous ?

— Parce que (et il se laissa retomber sur la couchette, s'installant le plus confortablement possible) j'en ai assez de leurs questions d'emmerdeurs et de leurs soupçons et...

— Des soupçons ? » Helva avait attrapé le mot au vol.

Niall émit un bruit incongru entre ses lèvres.

« *Ils* (et ses doigts s'agitèrent en direction des fenêtres éclairées de la Tour) ont de foutues conneries de théories sur les cerveaux schizoïdes et les inhibitions et toutes ces fariboles.

— A mon sujet ? »

De nouveau le même bruit grossier. « Je vous connais, ma fille, et Railly également, et nous ne croyons rien de toutes ces idioties sur votre compte.

— Je vous en sais gré.

— Pas d'hypocrisie avec moi, Helva, et le ton de Parollan se durcit. Je vous ferai user vos fesses au Service ! Je vous forcerai à prendre des missions qui ne vous plairont pas, uniquement parce qu'elles seront bonnes pour vous et pour le Service...

— Bonnes pour moi ? Comme l'histoire de Corvi ?

— Oui, bonnes pour *vous*, Helva, bonnes pour la femme qui se cache derrière ce blindage !

— J'avais cru comprendre que vous me poussiez à sortir de mon armure... pour me mettre dans le corps de Kurla. »

Parollan se tut. Ses yeux coléreux paraissaient vriller la colonne et pénétrer la coquille d'Helva. Brusquement il se décontracta et s'adossa de nouveau, apparemment très à l'aise, mais elle remarqua la petite contraction de ses mâchoires.

« Oui, n'est-ce pas, je vous y incitais ? » fit-il d'un ton soumis. Avec un soupir, il posa les pieds sur la couchette en pivotant et bâilla avec exagération. « Savez-vous que je ne vous ai jamais entendue chanter ? Me feriez-vous ce plaisir ?

— Pour vous garder éveillé ? Ou préférez-vous une berceuse ? »

Niall Parollan bâilla de nouveau, entrelaça ses doigts derrière sa nuque, croisa ses chevilles élégamment bottées et contempla le plafond.

« A vous de choisir. »

De manière surprenante, Helva se sentit prise de l'envie de chanter !

Traduit par Bruno Martin.
Titre original : Dramatic Mission.

LE VAISSEAU QUI DISPARUT

1

« Les astronefs-cerveaux ne disparaissent pas », déclara Helva d'une voix qu'elle espérait assez ferme pour couper court à toute discussion.

Teron avança le menton à tel point qu'il ressemblait à un homme de Neandertal au cou enfoncé dans les épaules. Ce mouvement, d'amusant qu'il avait été, était devenu d'abord contrariant, puis insupportable.

« Tu as entendu ce que dit l'administration centrale, répondit-il de son ton le plus pédant. Ils disparaissent, puisqu'ils ont disparu.

— Le fait de leur disparition ne s'accorde pas avec la psychologie des coquilles », rétorqua Helva qui avait grand-peine à se retenir de crier à plein volume. Elle avait l'impression qu'elle le forcerait peut-être à comprendre en l'écrasant de bruit. C'était profondément illogique, elle le savait, mais en s'efforçant de s'accommoder de Teron depuis toute une année galactique, elle s'était aperçue que ses propres réactions se manifestaient de plus en plus sur le plan émotif et non au niveau de la raison.

Leur union était visiblement intolérable — elle aurait même dit dégradante — et elle ne lui permettrait pas de se prolonger au-delà du temps nécessaire pour achever leur mission et regagner la Base de Régulus.

Helva en avait assez de Teron. Elle se moquait éperdument que cette conclusion fût ou non unilatérale. Elle avait eu du mal à s'avouer qu'elle se trouvait dans une situation à laquelle elle n'arrivait pas à s'adapter, mais l'incompatibilité entre Teron et elle était évidente. Elle reconnaissait avoir commis une erreur de jugement ; elle remettrait les choses au point. C'était la seule attitude intelligente.

Elle s'en voulut soudain. Teron devenait contagieux ! Elle prenait de plus en plus l'habitude de s'exprimer comme lui.

« Ta solidarité est digne d'éloges, bien que mal placée dans le cas présent, reprenait Teron, de sa voix emphatique. Les faits sont là. Quatre bâtiments sous contrôle cérébral, en cours de mission pour les Mondes Centraux, ont disparu sans laisser de traces, en même temps que les pilotes qui les accompagnaient. Premier fait : un astronef peut modifier sa bande enregistrée, un pilote ne le peut pas. Second fait : les bâtiments ne se sont pas montrés dans les ports d'escale prévus. Troisième fait : les astronefs n'ont pas été vus dans les secteurs de l'espace les plus voisins de leurs ports d'escale précédents ou annoncés. En conséquence, ils ont disparu. Ces astronefs ont dû modifier l'itinéraire projeté, sans aucune raison connue. Donc les nefs sont des organismes sur lesquels on ne saurait compter. Cette conclusion découle des données disponibles et ne peut être changée. Toute intelligence rationnelle ne peut qu'en accepter le bien-fondé. »

Il lui adressa le rictus qu'au début elle qualifiait de charmant sourire.

Helva compta lentement jusqu'à mille, par dizaines. Quand elle reprit la parole, ce fut d'une voix parfaitement calme.

« Les données présentées sont incomplètes. Il y manque les motifs. Il n'y a pas de raison que ces quatre nefs aient disparu à des fins personnelles. Elles n'avaient même pas de lourdes dettes. Et d'ailleurs elles devaient en être totalement libérées dans moins de trois années normales. » Tout comme moi, songea-t-elle. « Par conséquent, et en me fondant sur les renseignements particuliers dont *je* dispose... » Elle faillit perdre son song-froid et cracher littéralement le pronom personnel, « ... ta conclusion est inacceptable.

— Je ne vois pas en quoi tes renseignements particuliers, en admettant que tu en aies, fit Teron avec un sourire suffisant, pourraient modifier ma conclusion, étant donné que les Mondes Centraux ont abouti à la même. »

Et voilà, se dit Helva, il a réussi à ramener ce vieux et infaillible principe d'autorité, ce qui est censé couper net le déroulement de mes bandes !

De toute façon, inutile de discuter avec lui. Il s'entêtait pour de mauvaises raisons — comme Niall Parollan l'en avait elle-même accusée une fois. En outre, c'était un entêté dogmatique, stupide, à cheval sur le règlement et nanti d'œillères si étroites qu'elles empêchaient la moindre parcelle d'imagination ou d'intuition de venir nuancer ses raisonnements, ne fût-ce que durant une microseconde.

Elle n'aurait pas dû penser à Niall Parollan. Cela n'arrangeait pas son humeur. Ce petit freluquet servile lui avait en effet rendu une de ses visites non désirées, non officielles, pour la dissuader de porter son choix sur l'Acthionite.

« Il n'a réussi l'épreuve "Muscle" que grâce à ses connaissances théoriques. On l'a donc affecté aux basses besognes, mais pas vous ! s'était écrié Niall Parollan en arpentant la cabine principale d'Helva.

— Ce n'est pas avec vous qu'il sera associé ! Et ce que je sais de son caractère me semble des plus compatibles avec le mien.

— Réfléchissez, ma fille. Regardez-le un peu. Tout en muscles et rien dans le cœur. Trop parfaitement beau pour qu'on y croie. Seigneur ! C'est... c'est le parfait androïde avec une cervelle de métal programmée pour les atmosphères raréfiées. Il vous rendra cinglée.

— Il est sûr, bien équilibré, instruit, bien ajusté...

— ... et vous n'êtes qu'une pucelle en fer-blanc pleine d'aigreur ! » avait lancé Parollan et, pour la seconde fois depuis qu'ils se connaissaient, il avait foncé hors de la cabine.

Helva devait à présent convenir que Parollan avait vu terriblement juste en ce qui concernait le muscle Teron d'Acthion. La seule chose aimable qu'on pût en dire, selon Helva, c'était qu'il constituait un changement total par rapport à tout autre partenaire qu'elle eût déjà connu, à titre provisoire ou prolongé.

Et s'il la qualifiait encore une fois d'organisme sur lequel on ne saurait compter, elle lui fermerait le bec.

Cependant, Teron estimait l'avoir réduite au silence par sa dernière et percutante observation. Il s'assit à son tableau de pilotage, s'assouplit les doigts comme toujours, puis introduisit ses précieuses et toutes-puissantes données dans l'ordinateur, tout en vérifiant le plan de route. De toute évidence il était bien décidé à contrecarrer tout désir que pourrait éprouver Helva de modifier leur itinéraire pour les faire disparaître comme les quatre autres nefs.

Teron travaillait avec lenteur et méthode, son large front sans une ride, son visage aux fortes pommettes serein, ses yeux bruns immuablement fixés sur ce qu'il faisait.

Comment, par tous les soleils de l'espace, avait-elle manqué de perspicacité au point de le choisir ? se demandait Helva dont la coquille conservait encore une haute teneur d'adrénaline. Elle avait dû perdre momentanément son esprit encapsulé et trop aimant. Peut-être son fluide nutritif s'acidifiait-il ? Quand elle serait de retour sur Régulus, elle exigerait un examen de ses endocrines. Elle était un peu détraquée.

Non, non, non, se contredit-elle aussitôt. Elle retrouverait son état normal dès qu'elle serait débarrassée de Teron. C'était lui qui la poussait à douter de sa santé mentale, or elle savait bien qu'elle était parfaitement sensée, sinon elle ne serait pas devenue un astronef-cerveau.

Ne l'oublie pas, Helva, se répéta-t-elle. Il était tout à fait possible qu'avant la fin du voyage il parvienne à la convaincre qu'elle constituait par manque d'intelligence une menace pour le service des Mondes Centraux et que la meilleure solution serait qu'elle démissionne. Lui et sa théorie selon laquelle un astronef-cerveau était fatalement un organisme sur lequel on ne pouvait compter parce qu'il ou elle (mais surtout pas « la chose », s'il vous plaît !) pouvait ingérer des données, laisser de côté les impondérables et aboutir par des voies illogiques en apparence à des fins logiques et hautement profitables... par exemple l'affaire à laquelle elle s'était trouvée mêlée avec Kira, sur Alioth.

Et pour être franche, Helva devait avouer qu'elle avait manqué d'assurance à plusieurs reprises durant sa courte carrière d'astronef-cerveau. Teron avait eu la bonté de lui signaler ces déviations, en même temps que de lui indiquer des réactions beaucoup plus logiques dans des conditions identiques, ainsi que de la prévenir de ne jamais s'écarter des ordres précis tant que lui, Teron, serait son associé pour la part musculaire. Elle ne devait rien faire — nous répétons rien ! — sans d'abord en référer à lui-même et aux Mondes Centraux. C'était à sa capacité de respecter les ordres sans la moindre déviation qu'on reconnaissait un organisme intelligent.

« Tu veux vraiment dire », avait observé Helva en riant la première fois qu'il lui avait débité ce solennel sermon (elle avait encore le sens de l'humour à l'époque) « que si nos ordres exigeaient de pénétrer dans une atmosphère que mes examens ultérieurs démontreraient corrosive pour ma coque et mortelle pour nous deux, je devrais obéir à ces ordres... jusqu'à la mort ?

— Il n'est jamais donné d'ordres idiots aux nefs des Mondes Centraux », avait-il répliqué d'un ton de reproche.

« *Une demi-lieue, une demi-lieue,*
Encore une demi-lieue...

— Je ne vois pas ce que les demi-lieues ont à voir

avec le principe dont nous débattons, avait-il froidement déclaré.

— Je m'efforçais à une suggestion subtile. Je vais reformuler ma pensée.

— D'une façon concise et par conséquent compréhensible, s'il te plaît.

— Il est possible que des instructions soient données sans la connaissance préalable de faits très importants. Par exemple les atmosphères très corrosives mentionnées tout à l'heure...

— Purement hypothétique...

— ... Mais admissible en tant qu'exemple. Tu dois bien convenir que nous approchons souvent de systèmes solaires assez mal explorés. Il est donc tout à fait possible, et pas seulement hypothétique, que les ordres donnés à l'avance puissent nécessiter une réévaluation intelligente et mûrie qui à son tour entraîne ce qui peut paraître de l'insubordination sous l'aspect d'une modification desdits ordres, ou encore la désobéissance aux ordres et aux supérieurs le cas échéant. »

Teron avait secoué la tête, non pas avec tristesse, car Helva était certaine qu'il n'avait jamais éprouvé d'émotions *humaines* profondes *au cours* de sa vie, mais d'un air réprobateur.

« Je sais maintenant pourquoi les Mondes Centraux imposent un pilote humain comme chef aux vaisseaux-cerveaux. C'est nécessaire, indispensable même, quand un organisme incertain se trouve pratiquement à la tête d'un instrument aussi puissant que cet astronef. »

Helva avait bafouillé de stupeur devant une interprétation si erronée. Elle avait été sur le point de lui signaler que le tableau de commandes du pilote ne la dominait pas. C'était *elle* qui avait la suprématie sur le pilote.

« Un jour viendra, avait poursuivi inexorablement Teron, où l'on n'aura plus besoin de recourir à de si piteux expédients. Les opérations automatiques s'accompliront avec une telle perfection que les cerveaux humains n'y prendront plus part.

— Ce sont des *êtres humains* qu'on emploie », avait répliqué Helva en détachant les syllabes pour souligner le fait que le corps entier, et non pas la seule boîte crânienne, entrait en jeu. Les vaisseaux à commande mécanique — et même ceux à commande cérébrale — avaient fourni des performances fort peu satisfaisantes, surtout lorsqu'une initiative s'imposait.

Les combinaisons cerveau-muscle *constituaient bien la solution idéale.*

« Ah oui ! Des êtres humains... Créatures faillibles tout au plus que nous sommes, soumises à tant de tensions, barques bien fragiles pour une tâche aussi écrasante. » Teron avait tendance à s'embarquer dans un prêche pour un oui, pour un non. « L'erreur est humaine, le pardon divin. » Il soupira. « Et une fois éliminé cet élément humain, si prompt à l'erreur, lorsque l'automation sera devenue parfaite — voilà le mot clé, Helva —, lorsqu'elle sera *parfaite*, il n'y aura plus besoin des méthodes de fortune que les Mondes Centraux sont dans l'obligation d'appliquer actuellement. Une fois cette perfection atteinte, les astronefs seront vraiment sûrs. » Il tapotait le pupitre de l'ordinateur avec suffisance.

Helva avait étouffé un mot d'une seule syllabe. Des arguments historiques et irréfutables lui remontaient de ses années d'école et de formation. Mais elle se rendait soudain compte qu'ils se fondaient sur des incidents qui tendaient malheureusement à étayer la théorie chère à Teron de l'instabilité — si favorable qu'eût été le résultat final. Dans chacun des exemples, les astronefs-cerveaux avaient négligé ou révisé les ordres préalables dans la mesure où les circonstances l'avaient requis. Selon l'inflexible logique de Teron, l'intelligence même — qu'elle fût encapsulée ou autonome — était peu sûre. Helva le voyait mal admettre que des conclusions intelligentes ne fussent pas toujours logiques.

Et pour le moment, son intelligence, son instinct, sa formation, son instruction et sa raison affirmaient à Helva que les nefs-cerveaux *ne disparaissaient tout simplement pas*. Pas quatre à la suite. Pas quatre en moins d'un mois régulien. Une en une centaine d'années, oui, c'était possible, logique et probable. Mais il restait toujours un indice, une explication. Par exemple, l'astronef qu'elle avait découvert sur Alioth avait perdu son partenaire-muscle et le chagrin avait engendré une psychose. La nef avait donc disparu. On avait logiquement supposé qu'elle avait démissionné et s'était écrasée sur une étoile. La 732 avait en effet tenté de se suicider mais elle avait raté son coup, pour ne mourir que des années plus tard lorsque Helva et son muscle Kira l'avaient découverte.

Pourquoi avait-elle permis à Kira de la quitter après cette mission ? Kira aurait eu le même point de vue qu'Helva dans la présente discussion, mais elle ne voyait pas l'ombre d'un espoir de convaincre Teron que ces disparitions multiples étaient absolument invraisemblables. Parce que cela demandait un rien d'intuition, ce dont Teron était totalement dénué.

Comment son didactisme avait-il pu échapper à la Psychosonde ? Et encore une chose qu'elle avait remarquée, qu'il le reconnût ou non : le concept même des cyborgs du type d'Helva répugnait à Teron. Un « muscle » était pleinement conscient, même si la majorité des populations des Mondes Centraux ne l'était pas, que derrière les parois de titanium de l'astronef reposait une coquille renfermant le corps humain au complet, bien qu'inerte, immobilisé dans son développement par la chirurgie et la médecine glandulaire. Quand Helva était née difforme dans un monde de perfection physique, ses parents avaient décidé de faire don de leur enfant au Gouvernement des Mondes Centraux. Une fois isolés ses nerfs endommagés, on avait relié ses synapses cervicales aux commandes d'une petite coque à réaction pour commencer et, plus tard, à celles d'une grande et mince nef de reconnaissance plus rapide que la lumière, appartenant au Service de Santé des Mondes Centraux.

Helva et ses semblables étaient si bien conditionnés à leur vie en coquille qu'il ne subsistait pas en eux la moindre aspiration à une modification de leur sort peu commun d'encapsulés. Libérés de certains stimulants et de certaines tensions purement physiques, ils avaient l'avantage de posséder des perceptions et des instincts curieusement aiguisés dans le domaine des rapports entre les humains. Des commandes internes leur conféraient des moyens visuels et auditifs adaptables à un degré inconnu des humains. Helva pouvait projeter un murmure à deux cent cinquante mètres de distance. Elle pouvait porter sa vision à un grossissement de 100 000 fois la norme, ou observer à huit cents kilomètres de distance une planète où les conditions atmosphériques nuisent à la vision, ou bien encore voir à travers un millier de milles spatiaux dans le vide. Ses sens olfactif et tactile se traduisaient en pressions atmosphériques et en analyses chimiques, lui indiquant les tolérances de chaleur et de froid de l'enveloppe de l'astronef.

Par vocation, Helva avait étudié la pure vocalisation au point qu'elle était capable de chanter dans toutes les tessitures des cordes vocales humaines ainsi que selon diverses variétés exotiques, par exemple les roulades amoureuses des réticuliens, et les percussions, cliquetis et sifflements des habitants arachnides d'Ophius. Ce talent inhabituel l'avait fait connaître dès son premier tour de service sous le sobriquet du « vaisseau qui chante ». A la mort de son premier muscle, Jennan Sahir Silan, elle avait perdu une part de son goût pour l'art vocal. Maintenant, avec Teron pour partenaire, elle élevait plus souvent la voix pour protester que pour chanter.

D'ailleurs Teron était si mécontent de ce surnom qu'Helva craignait de se rendre sur des planètes où elle avait naguère chanté. En réalité, il faisait de son mieux pour la déshumaniser. Pourtant c'était lui qui agissait toujours de façon mécanique. On eût dit qu'il avait résolu de vivre selon des directives préétablies, programmées à l'avance, où il n'y avait place ni pour les erreurs, ni pour la fatigue, ni pour la maladie.

S'il n'avait pas été aussi exaspérant, elle aurait presque éprouvé de la pitié pour lui. Et tant qu'il ne l'avait pas contrariée en tout, elle avait bien compris cette aspiration à la perfection qui motivait toutes ses pensées et tous ses actes. Teron avait une peur panique de l'erreur, peur de commettre la moindre faute, parce qu'une faute impliquait l'échec et que l'échec était inadmissible. S'il ne commettait jamais d'erreurs, il ne serait jamais coupable d'échec et connaîtrait donc la réussite.

Eh bien, se disait Helva, elle ne craignait pas de se tromper et elle n'avait pas peur d'admettre un échec. Et, en tout cas, ses relations avec Teron en étaient bien un. Dès l'instant qu'il ne faisait pas confiance aux gens en coquille, il ne lui servait plus à rien, pas plus qu'aux Mondes Centraux. Enfin ! Elle ne se montrerait pas vindicative. Elle demanderait un changement et paierait l'amende. Cela ne l'endetterait guère. Et avec un nouvel associé, une ou deux bonnes missions, elle serait encore bénéficiaire. Mais Teron devait quitter son bord !

Cette décision de divorcer, une fois formulée intérieurement, lui fit beaucoup de bien.

Quand Teron s'éveilla le lendemain, il vérifia selon son habitude chaque jauge, cadran et instrument, à l'avant comme à l'arrière. Cet exercice lui prenait la majeure partie de la matinée. La même inspection aurait demandé à Helva dix minutes maximum. La coutume voulait qu'avec tout autre partenaire que Teron ce travail revînt au cerveau. Ce fut d'une voix morne qu'Helva répéta à Teron ses propres relevés qu'il compara avec ceux qu'il venait d'effectuer.

« Tout est en ordre et il ne manque pas un bouton de guêtre », commenta-t-il comme toujours quand leurs résultats coïncidaient... et ils coïncidaient toujours. Ensuite il s'assit aux commandes en attendant de se poser sur Tania Borealis.

Comme l'astronef TH-824 avait déjà touché Durrell, la quatrième planète de Tania Borealis, l'astroport connaissait bien Teron... le connaissait et le dédaignait au point de n'adresser ses remarques qu'à la seule Helva plutôt qu'à son muscle. Comme on complimentait

Helva, Teron n'en fut que plus désagréable. Il réagit en se montrant deux fois plus ennuyeux et prétentieux avec les fonctionnaires de l'escale et le capitaine du Service de santé auquel était destinée leur cargaison de produits rares. Il fallait bien quelques précautions spéciales en raison de la nature et du pouvoir de ces stupéfiants, mais c'était insultant de la part de Teron que de demander par faisceau concentré aux Mondes Centraux le double du cube d'identité du capitaine Brandt avant de lui remettre le précieux colis.

Et comme pour arranger encore les choses, il avait fallu que ce soit Niall Parollan, en qualité de Contrôleur de Secteur, qui reçoive la communication. Helva avait saisi toutes les nuances de ses mots soigneusement officiels.

Helva bouillait intérieurement. Il avait fallu que ce soit Parollan ! Mais elle éprouvait une envie jamais encore ressentie d'exploser dans toutes les directions hors de sa coquille. Parollan serait d'une suffisance intolérable, quel que soit le moment où elle déposerait sa demande de changement de « muscle ». Il y avait encore trois escales, sur Tania Australis et sur les deux contreparties d'Alula, avant qu'elle ne se pose sur la Base de Régulus. Mieux valait que Parollan se moque un bon coup tout de suite, ainsi la crise serait passée quand elle se débarrasserait de Teron.

Helva se prépara à la satisfaction évidente de Parollan et lui demanda de maintenir ouvert le circuit en faisceau concentré. Teron, esclave du protocole, accompagnerait le capitaine Brandt hors de la nef et jusqu'au véhicule qui l'attendait. Elle aurait alors l'occasion de transmettre sa demande.

« De la tour à TH-824. Le Xixon d'Antiolath demande l'autorisation de monter à votre bord, annonça la tour de Durrell.

— Autorisation refusée ! aboya Helva sans même un coup d'œil dans la direction de Teron.

— Ici le pilote Teron ! intervint avec force le muscle en s'approchant à grands pas du pupitre pour ouvrir le circuit local direct. Quel est l'objet de cette demande ?

— Je l'ignore. Ces messieurs arrivent par véhicule au sol. »

Teron coupa pour regarder par le sas ouvert. La voiture de Brandt croisait justement celle des arrivants, au centre du terrain.

« Helva, tu n'as pas le droit de donner des ordres de toi-même quand la demande a été correctement formulée.

— As-tu jamais entendu parler d'un Xixon d'Antiolath ? s'enquit Helva. Et ne sommes-nous pas en mission confidentielle ?

— Je suis parfaitement au courant de la nature de notre mission et n'ai jamais entendu parler d'un Antiolathien ni d'un Xixon. Ce qui ne signifie pas qu'il n'en existe pas. Et comme cela ressemble à une dignité religieuse et qu'une de nos directives essentielles est le respect de tous les ordres religieux, nous devrions le recevoir.

— Exact. Mais puis-je rappeler au pilote Teron que j'ai quelques années d'ancienneté de plus que lui dans le service et que j'ai accès à des mémoires, à des mémoires mécaniques moins susceptibles de lapsus que l'esprit humain ? Or il n'existe pas de Xixon.

— La demande était formulée correctement, répéta Teron.

— Ne devrions-nous pas d'abord consulter le Centre ?

— Il est des actes à accomplir qui ne nécessitent pas l'approbation officielle.

— Vraiment ? »

La voiture était arrivée et les gens du Xixon avaient respectueusement demandé l'autorisation de monter à bord. Leur présence interdisait à Helva tout entretien privé avec le Centre. Elle était encore plus furieuse de l'infantile curiosité qu'éprouvait Teron de voir qui était ce Xixon. Elle savait fort bien que si *elle* avait contredit *son* ordre, il aurait eu le droit de la semoncer. Mais comme c'était *lui* qui avait pris l'initiative, tout était naturellement régulier.

Les quatre hommes montèrent à bord, deux d'entre eux vêtus de simples tuniques grises, avançant d'un pas précis dans le sas, tels les gardes d'un dignitaire. Des armes pendaient à leurs ceintures et ils portaient d'étranges sifflets cylindriques accrochés au cou par une chaînette. Le troisième, vigoureux, aux cheveux grisonnants, laissa passer le quatrième, un homme aux cheveux blancs, de stature imposante dans sa robe longue d'un gris foncé. Il tripotait un sifflet plus gros que celui des gardes, mais de forme analogue, comme si c'eût été quelque talisman sacré.

Il y avait quelque chose d'assez peu rassurant dans leur comportement obséquieux, se disait Helva. En effet, l'homme aux cheveux gris, tout en introduisant l'autre, ne perdait pas un détail des aménagements de la cabine. A l'instant où il se déplaçait pour s'approcher de Teron, toujours au pupitre de commandes, le vieillard atteignait la paroi de titanium derrière laquelle résidait Helva. La manœuvre était à peu près terminée quand quelque chose s'affola dans l'esprit en éveil d'Helva.

« Teron, ce sont des imposteurs ! » s'écria-t-elle, se rappelant dans un sursaut d'espoir que le faisceau concentré avec les Mondes Centraux était toujours ouvert.

L'homme aux cheveux blancs, perdant toute trace de dignité extérieure et débitant les syllabes à une cadence terrifiante, pointa l'index vers le piédestal d'alimentation d'Helva.

Celle-ci, juste avant de perdre connaissance, vit les deux gardes souffler dans leurs sifflets dont les notes perçantes brouillèrent les circuits de l'astronef. Elle vit Teron s'affaler sur le plancher sous les coups de l'homme aux cheveux gris. Puis le gaz anesthésiant lâché dans sa coquille par le vieillard la submergea.

2

Ses circuits étaient hors service, songeait Helva. Puis elle reprit tout à fait connaissance.

Elle ne voyait rien, n'entendait rien. Pas même un murmure. Pas même un mince rai de lumière.

Elle lutta contre une vague de terreur primitive qui faillit lui faire perdre la raison.

Je pense, donc je vis, se dit-elle en recourant à toute sa volonté. Elle pensait et pouvait se rappeler, rationnellement, calmement, ce qui s'était passé, ce qui avait pu arriver.

L'horreur d'être coupée de tout son, de toute lumière, était sur le point d'anéantir son moi. Avec sang-froid, sans passion, Helva revécut la scène finale et brutale de l'attaque. L'entrée des quatre hommes, la position des deux gardes et leurs sifflets. Un bruit supersonique conçu pour brouiller ses circuits, pour paralyser ses défenses contre la mise en service de son panneau de secours sans autorisation. La manœuvre du troisième homme pour abattre Teron.

Voyons, poursuivait impitoyablement Helva. L'attaque avait visé à neutraliser muscle et cerveau en même temps. Seule une personne en relation étroite avec les Mondes Centraux pouvait obtenir les renseignements nécessaires pour maîtriser à la fois les deux. Les syllabes de commandement et le ton, la cadence à laquelle elles devaient être prononcées, constituaient des secrets hautement protégés, généralement gardés chacun de leur côté. Rien que le fait qu'un individu ait connu tout cela était en soi effarant.

L'esprit d'Helva aboutit à une conclusion évidente, pour terrifiante qu'elle fût. Elle savait à présent comment avaient disparu les quatre nefs. On les avait indubitablement enlevées de la même manière qu'elle l'était elle-même en ce moment. Mais pourquoi ? Et où étaient les autres ? Au secret ? Ou poussées à la folie par...

Elle se refusait à envisager cette éventualité pour elle-même ou pour toute autre personnalité encapsulée.

Une pensée constructive, une concentration accrue soulageraient son abattement actuel.

La première à disparaître avait été la FT-687. Elle effectuait également un transport de stupéfiants, mais pour en recueillir les matières premières et non pour distribuer les produits finis. De même pour les RD-751 et PF-699. Il y avait là une amorce de piste qui donnait matière à réfléchir.

Les drogues qu'elle livrait n'étaient disponibles que sur demande déposée aux Mondes Centraux et n'étaient fournies qu'en quantités minimes par des équipes spécialisées. Une ampoule de 100 cc de Menkalinite pouvait empoisonner les eaux de toute une planète et réduire sa population à une masse d'esclaves sans cervelle. Un simple granule de la même substance, dilué dans la protéine en suspension massive, permettait de vacciner les habitants de plusieurs systèmes solaires contre les pestes virulentes de l'encéphale. La Tucanite, un composé psychédélique, était d'une grande utilité dans le traitement des troubles catatoniques et autistiques parce qu'elle renforçait les perceptions et la conscience du milieu. Les gens âgés et fragiles de Tucan redynamisaient ainsi leurs pouvoirs psioniques quand ceux-ci s'amenuisaient. Si mortels que fussent ces produits sous une certaine forme, ils n'en étaient pas moins indispensables à des millions d'êtres sous une présentation différente, et il fallait bien qu'ils fussent disponibles. L'épée de Damoclès de l'usage et de l'abus était à jamais dangereusement suspendue au-dessus de la tête de l'humanité.

Même une personnalité encapsulée n'était pas à l'abri des machinations d'un esprit dérangé.

Un esprit dérangé ? Les pensées d'Helva allaient bon train. Où était donc son idiot de muscle ? Lui et ses attributs neandertaliens — ses muscles — auraient été fort utiles en ce moment. Elle éprouva un vif plaisir à se rappeler les coups violents que lui avait portés le troisième homme. Elle espérait bien qu'il était couvert de bleus, contusionné, ensanglanté. Mais au moins avait-il la faculté de voir et d'entendre sans amplificateurs...

Helva sentait frémir tous les replis de son cerveau sous l'effet de la privation de ses sens. Combien de temps réussirait-elle à détourner son esprit de...

Deux maisonnées égales en grandeur...
Je m'efforce de fuir la fièvre de l'Amour...
Fuir, Je n'y vois pas. Fuir?
La pitié a pour qualité de n'être pas restreinte...
Elle se répand comme la douce pluie du...

Non, pas du ciel. Portia ne lui servirait de rien. Le Barde l'avait trompée quand elle était sa plus fervente disciple sur d'autres rivages.

Au soleil de l'Inde où je coulais mes jours...

Des jours, elle en avait trop, ou pas assez. Se pouvait-il qu'elle fût suspendue entre le temps et la folie?

Il était une fois un fou de Chichester
Qui mettait tous les saints en l'air...

Elle aussi avait été mise en l'air, non par un fou, mais par un Xixon. Un Xixon. Un Nix.

Elle ne pouvait bouger. Elle ne pouvait voir. Elle ne pouvait entendre.

Combien de temps? Combien, combien, combien? COMBIEN DE TEMPS?

Lorsque, dans le cours des événements humains, il devient nécessaire à un peuple de rompre les liens[1]...

Elle se dissolvait. Il n'y avait rien dans tout l'espace et le temps à quoi elle pût penser qui ne la ramenât pas aussitôt à...

LE SON!

Un bruit métallique grinçant. Mais dans ses circuits auditifs! Comme un fer rouge dans son cerveau. Un brandon incandescent de lucidité après l'absence de bruit, dense, épaisse, compacte, impénétrable. Elle hurla, mais faute d'autre circuit que l'auditif, elle hurla sans bruit.

3

Une voix tonnait : « J'ai rebranché votre circuit auditif! »

Helva baissa aussitôt le volume à un niveau suppor-

1. Début de la Déclaration d'Indépendance des États-Unis.

table. La voix était dure, geignarde, nasale, déplaisante, mais le sens des paroles était un soulagement.

« Vous êtes relevée de vos fonctions à bord. »

Les mots ne prirent pas aussitôt tout leur sens. Elle écoutait ce qu'avaient de merveilleux les sons et la sensation qu'elle en avait devenait une souffrance incroyable. Il lui fallut un moment pour redonner à ces paroles leur véritable sens.

« On vous a connecté sur un circuit audiovisuel pour vous permettre de conserver votre raison. Tout abus de cette courtoisie sera sanctionné par un nouveau retrait qui risque de devenir permanent. » Un rire méchant accompagna la menace.

D'un coup la vue lui revint, bénédiction toute relative en raison de ce qu'elle perçut dans son objectif. Elle ne put réprimer un cri.

« Est-ce là votre idée de notre collaboration ? » s'enquit la voix stridente. Une vaste caverne hérissée de grandes défenses d'ivoire s'ouvrit juste devant elle, rose, rouge et blanc visqueux.

Elle ajusta en hâte sa vision, ramenant le visage à des proportions normales. Ce n'était pas une aimable figure, même dans ses justes dimensions. Elle appartenait à l'homme — dépouillé de son déguisement de vieillard — qui s'intitulait lui-même le Xixon d'Antiolath.

« Collaboration ? répéta Helva, encore perdue.

— Oui, votre collaboration ou rien. » Le Xixon porta la main en bordure du champ de vision d'Helva, refermant les doigts sur les câbles d'alimentation.

« Non. Je deviendrais folle ! protesta Helva, affolée, effrayée.

— Folle ? ricana son bourreau d'une voix atroce. Vous ne seriez pas toute seule ! Mais vous ne deviendrez pas folle, pas encore. J'ai du travail pour vous. »

Un doigt se porta devant son objectif comme un projectile en suspension.

« Non, non ! Idiot ! Pas comme ça ! » Son bourreau hurla et fonça hors du champ.

Helva rassembla désespérément ses esprits, accorda

son ouïe, régla le point. Elle était en face d'un petit panneau d'amplification audiovisuel auquel aboutissaient ses propres câbles et ceux de... oui... elle comptait douze autres fils. Elle ne pouvait voir que dans une direction, droit devant elle. Et juste devant elle, devant le panneau, se dressaient deux coquilles dont les sommets arrondis s'ornaient de fils minces, comme des chevelures. Dans ces coquilles vivaient deux de ses semblables. Il devait y en avoir deux autres encore. Elle perçut d'autres câbles à la périphérie de sa vision.

Elle pompa avec prudence le courant de l'amplificateur. Capacité très limitée. A sa gauche, d'où était parti le soi-disant Xixon, se trouvait une partie d'un appareil de communication interstellaire complexe, à en juger par ce qu'elle en voyait et par quelques cadrans qu'elle était en mesure de déchiffrer.

Le Xixon revint et lui adressa un sourire suffisant et moqueur.

« Ainsi c'est vous la nef qui chante. L'innommable Helva. Puis-je vous présenter vos compagnes dans l'innommable ? La conversation de Foro se borne à des grognements et des beuglements. Nous l'avons laissée trop longtemps dans le noir. » Le Xixon hurla de dépit : « Delia ne vaut guère mieux, certes, mais elle répond quand on lui parle. Quant à Tagi et Merl, elles ont appris à ne parler que si on le leur demande. Vous ferez de même. J'ai en effet toujours souhaité posséder mon propre jardin zoologique de monstres, et avec vous, le voilà au complet ! Vous, ma dernière venue, vous charmerez mes heures de loisir de votre voix incomparable, n'est-ce pas ? »

Helva ne dit mot. Elle fut instantanément plongée dans le noir absolu, dans le silence le plus profond.

Il est lui-même fou. Il agit ainsi pour me terrifier. Je me refuse à avoir peur d'un fou. J'attendrai. Je resterai calme, se dit-elle. Il a du travail pour moi, donc je n'attendrai pas trop longtemps avant qu'il me restitue la vue ou l'ouïe, autrement il irait à l'encontre de son but. J'attendrai. Dans le calme. Je jouirai bientôt de la vue et de l'ouïe. J'attendrai. Je serai calme, mais bientôt, oh! bientôt...

« Alors, ma jolie affreuse, vous avez eu le temps de réfléchir à ma grandeur d'âme? »

Helva avait eu le temps. Elle se borna à capituler en une seule syllabe. Le bienfait que constituaient la vue et l'ouïe ne pouvait effacer complètement les heures en apparence sans fin où elle en avait été privée; le chronomètre du tableau de bord lui indiquait pourtant qu'il ne l'avait « coupée » que durant quelques minutes à peine. C'était effrayant de dépendre de cette bête immonde.

Elle affina sa vision, pour lui explorer de près les yeux. Il y avait sous sa peau une teinte bleuâtre et caractéristique qui l'étiquetait soit comme originaire des trois planètes habitables de Rho Puppis, soit comme un habitué de la Tucanite. Cette dernière hypothèse était la plus vraisemblable. D'ailleurs elle transportait de la Tucanite et elle savait que la nef RD en avait également eu dans sa cargaison.

« Auriez-vous envie de chanter à présent? s'enquit-il avec un rire démoniaque.

— Monsieur? » fit une voix hésitante et servile à sa gauche.

Le Xixon se retourna, fronçant les sourcils devant cette interruption.

« Eh bien?

— La cargaison du 834 ne contenait pas de Menkalite.

— Pas du tout? » Il pivota brusquement vers Helva, les yeux flamboyants. « Où l'avez-vous déchargée?

— A Tania Australis, répondit-elle posément, la voix volontairement basse.

— Parlez plus fort! hurla-t-il.

— J'utilise toute la puissance que vous m'accordez. Cet amplificateur n'en fournit guère.

— C'est exprès », lança le Xixon, irrité, tout en promenant le regard autour de la cabine. Un doigt voila soudain toutes choses pour Helva. « Dites-moi, quel vaisseau doit livrer de la Menkalite la prochaine fois?

— Je ne sais pas.
— Plus fort.
— J'ai déjà l'impression de hurler.
— Mais non. Vous murmurez.
— Est-ce mieux ainsi ?
— En tout cas, je vous entends. Maintenant, dites-moi quel astronef doit effectuer la prochaine livraison de Menkalite ?
— Je l'ignore.
— Aurez-vous meilleure mémoire dans le noir ? » Le rire de son tourmenteur fit écho sous le crâne d'Helva tandis qu'il la replongeait dans les ténèbres.

Elle se força à compter lentement, à la cadence de la seconde, de façon à garder la notion de l'écoulement du temps.

Il ne la laissa pas longtemps tranquille. Elle avait envie de crier rien que pour s'emplir l'esprit de sons, mais elle réussit à maintenir sa voix très basse.

« Cela ne va-t-il pas mieux ? demanda-t-il, le front plissé et soupçonneux. J'ai entièrement débranché cette horreur de Foro. »

Helva se cuirassa contre la compassion qu'elle ressentait. Elle se réconfortait à l'idée que de toute façon Foro n'avait jamais rien eu dans la cervelle.

« C'est suffisant pour parler », dit-elle en augmentant d'un rien son volume. Elle ne pouvait plus recourir à ce faux-fuyant car cela coûterait à Merl, Tagi ou Delia leur dernière et faible emprise sur leur santé mentale.

« Hum... Tâchez que ça suffise, alors. »

Il disparut.

Helva poussa la force de son système auditif. Elle percevait au moins dix mouvements différents au-delà de sa vision, limitée à l'extrême. D'après la réverbération des sons, ils se trouvaient dans une caverne naturelle, de vastes dimensions mais au plafond bas. Voyons, si le tableau de communication principal dont elle distinguait une partie était du modèle planétaire standard, s'il n'y avait pas trop de chambres derrière celle-ci pour diffuser les sons et si tout le personnel du fou était à proximité, peut-être trouverait-elle un stratagème.

Il voulait qu'elle chante, n'est ce pas ?

Elle attendit et resta calme.

Il revint bientôt, se frottant l'épaule, l'air distrait. Helva augmenta le grossissement et nota le renforcement de la teinte bleue sous l'épiderme. Donc il prenait bien de la Tucanite.

On lui avança un fauteuil et il s'installa. Une autre main se matérialisa pour pousser une table sur laquelle étaient disposés des mets choisis.

« Chantez, ma jolie horreur, chantez », ordonna le Xixon fou en tendant un bras langoureux au-dessus de sa tête en direction des câbles d'alimentation d'Helva.

Helva s'exécuta. Elle commença vers le milieu de sa gamme, par les chansons les plus sensuelles qu'elle se rappelât, les amplifiant subtilement dans les basses, mais en gardant le volume assez faible pour qu'il doive se pencher pour l'écouter.

Cela l'énervait et, quand il voulut méchamment arracher tous les autres câbles du tableau, elle le supplia de ne pas priver ses semblables de leurs sens.

« Vous ne feriez sûrement pas cela, monsieur, alors qu'il vous suffit d'augmenter un tout petit peu mon alimentation à partir du distributeur principal. Même si les autres ne puisaient pas sur cet amplificateur, et en si minime quantité, je ne pourrais certainement pas exécuter une roulade réticulienne, par exemple. »

Il se redressa, l'œil allumé d'impatience.

« Vous savez réticuler la roulade d'amour ?

— Évidemment », répliqua-t-elle avec une légère surprise.

Il gardait les sourcils froncés, partagé entre le désir d'entendre ces chants exotiques renommés et l'impérieuse nécessité de maintenir limitée la capacité de la coquille d'Helva. Il était profondément sous l'emprise de la Tucanite à présent, ses sens avides de stimulants nouveaux et l'attrait des roucoulements réticuliens étaient trop forts pour lui.

Il appela toutefois un technicien obséquieux qui clignait les paupières sans arrêt et avait un tic prononcé à la joue, pour le consulter. Fascinée, Helva poussa le grossissement jusqu'à distinguer toutes les fibres qui tressautaient dans le muscle de l'homme.

Elle se retrouva plongée dans le noir et le silence, puis d'un coup se sentit ravivée, avec un sentiment de haute tension dans ses cordons d'alimentation.

« Vous avez tout le courant voulu, maintenant, prima donna ! lui dit-il avec une expression torve de désir. Chantez, ou vous allez le regretter ! Et ne me jouez pas de tours de coquille ! Parce que j'ai fait isoler tous les autres circuits de cet amplificateur. Chantez, vous qui n'avez plus de vaisseau, chantez si vous tenez à vos yeux et à vos oreilles ! »

Elle attendit qu'il eût fini de rire. Même une roulade réticulienne aurait été inaudible... et sans effet... avec ces croassements.

Elle choisit un chant facile, à deux voix, aiguë et basse, pour voir combien de courant elle pouvait tirer. Cela suffirait. Et l'écho de son chant modulé lui revint, pour lui confirmer que cette installation n'était pas très vaste et qu'elle se situait dans des cavernes de pierre naturelle. Très bien.

Elle surimposa des tonalités, multipliant peu à peu les basses fréquences, mais avec une subtilité qui tout d'abord donnait à croire qu'elles faisaient partie du chant réticulien. Même avec ses sens surexcités, il ne saisirait pas ce qu'elle faisait. Elle augmenta les fréquences imperceptibles.

Son roucoulement était d'une variété particulièrement prenante, et elle entendit, malgré son chant — si on peut donner un nom si noble aux roulades réticuliennes —, l'approche feutrée de ses esclaves et collaborateurs, alléchés par l'irrésistible appel de la sirène.

Elle rassembla ses forces puis déversa un véritable enfer sonique dans la triple note.

Le Xixon fut frappé le premier, bourré qu'il était de

Tucanite. Il mourut, le cerveau irrémédiablement embrouillé par cette dose massive de furie sonique. Et l'onde atteignit les autres aussi. Elle entendit leurs cris de désespoir par-dessus le son composé insolite qu'elle avait créé, quand ils se sentirent sombrer dans l'inconscience.

La surcharge causa plusieurs courts-circuits dans le distributeur principal, répandant des étincelles éblouissantes sur les évanouis et les morts. Helva déclencha tous les coupe-circuits qu'elle put pour maintenir ouverte sa propre alimentation maintenant très réduite.

Mais elle ressentit elle-même le contrecoup de ce raz de marée supersonique. Elle avait des picotements à ses terminaisons nerveuses, son ouïe résonnait et elle se sentait d'un coup à bout de nerfs.

Je parie que je me suis fourré une bonne dose d'acidité dans les fluides nutritifs, se dit-elle avec un certain humour noir.

La grande salle était silencieuse, hormis quelques halètements et le sifflement de la tension électrique.

« Delia ? Réponds-moi. C'est Helva.

— Qui est Helva ? Je n'ai pas accès aux magasins-mémoire.

— Tagi, m'entends-tu ?

— Oui, répondit une voix métallique, atone.

— Merl, m'entends-tu ?

— Fort et clair. »

Helva regardait devant elle le cadavre de celui qui l'avait si cruellement torturée. Oh ! si elle avait eu deux mains !

Mais la vindicte contre une enveloppe inerte est des plus illogiques.

Que faire à présent ? s'interrogea-t-elle.

Elle se rappela alors qu'elle avait été sur le point de divorcer d'avec Teron. *Et le faisceau concentré était resté en communication, non ?* Parollan n'était pas du genre à garder les deux pieds dans le même sabot. Où était-il ?

4

« Et voilà, Helva, tout est rentré dans l'ordre », dit le capitaine ST-1, en tapotant le piédestal d'alimentation d'un geste paternel.

Elle procéda à une rapide inspection pour s'assurer que la plaque de disjonction était de nouveau insérée dans le corps sans faille de la colonne.

« Votre nouvelle cadence syllabique est gravée dans la masse du métal et le Chef Railly est le seul à la connaître, la rassura le capitaine.

— Et les relais audiovisuels indépendants sont bien reliés aux synapses disponibles sur ma coquille ?

— C'était une excellente idée, Helva. Je souhaite que cela devienne pratique courante.

— Mais les miens sont bien connectés ?

— Oui, ils le sont. Cela équivaut à fermer l'écurie une fois le cheval en fuite, précaution après coup, mais...

— Avez-vous jamais été privé de l'usage de vos sens, capitaine ? »

Il frissonna et son regard s'assombrit. Aucun des membres du personnel de la Flotte ou des Nefs Cerveau-Muscle qui avaient pénétré dans le repaire du Xixon sur l'astéroïde n'oublierait le triste état des personnes encapsulées, ces êtres humains amplifiés qu'on jugeait naguère invulnérables.

« Tagi, Merl et Delia se remettront. Delia reprendra du service dans un an environ », dit le capitaine à voix basse. Puis il soupira car il ne se résignait pas à prononcer le nom de Foro. « On a besoin de vous autres, vous savez. » Il se pencha si brusquement vers le panneau qu'Helva étouffa un cri. « Tout doux, Helva. » Et il passa la main sur la colonne. « Non. On ne sent même pas le joint. Vous êtes parfaitement en sécurité. »

Il rassembla avec soin les instruments délicats de sa profession, qu'il enveloppa de mousse plastique.

« Comment vont les muscles ? » lui demanda-t-elle en s'étirant de tous ses prolongements recâblés pour se mettre à l'aise dans sa peau d'astronef.

« Eh bien, Rife, celui de Delia, se désintoxiquera de la Menkalite. Il n'en a eu qu'une dose. Il faut encore retrouver les deux autres nefs, mais j'estime que tous les "muscles" s'en tireront. »

Son expression se modifia soudain comme s'il eût reniflé une mauvaise odeur. « Pourquoi votre faisceau concentré était-il ouvert, Helva ? Quand nous avons tiré votre muscle de sa cellule capitonnée, il était furieux que vous ayez ainsi violé les règlements en vigueur, s'informa le capitaine qui réussit à imiter le ton de Teron pour un instant. Bon sang, si vous n'aviez pas pris cette initiative et si le Centre de Communication n'avait pas tout entendu... Comment se fait-il que vous ayez laissé le faisceau sous tension ?

— Je préfère n'en rien dire, mais puisque vous connaissez Teron, vous pouvez deviner.

— Pardon ? Enfin, quelle qu'en soit la raison, cela vous a sauvé la vie.

— Ils y ont mis le temps. »

Le capitaine rit de cette remarque acerbe. « N'oubliez pas que vous aviez terminé les formalités, si bien que vos ravisseurs ont quitté Durrell avant que votre contrôleur ait pu les en empêcher. Mais Parollan a brisé les tympans de tous les opérateurs en balayant les fréquences pour lancer les vaisseaux de la Flotte à vos trousses. Après quoi, avec tout un secteur à passer au peigne fin et étant donné que les trafiquants de drogues se planquaient sur cet astéroïde proche de Borealis, trop près de Durrell pour qu'on en ait même l'idée, cela a pris un certain temps.

— Cette idée du Xixon de se cacher juste à proximité était géniale dans sa folie.

— En fait, il avait un niveau élevé d'intelligence, admit le capitaine. Après tout, il y avait déjà une vingtaine d'années qu'il avait réussi l'examen préalable à l'instruction des muscles. »

C'était une découverte effarante, songeait Helva. S'il avait eu effectivement les qualités requises et que sa folie ne se soit manifestée qu'ensuite... Il avait absorbé assez de Tucanite pour éliminer les inhibitions induites par le déconditionnement — autre aspect que devrait examiner le Centre à la suite de cette aventure — et avait réussi à s'immiscer parmi les équipes d'entretien de la Base de Régulus, posant les jalons de son entreprise en accoutumant judicieusement aux stupéfiants les titulaires de postes importants. Après, en utilisant les vaisseaux-cerveaux des Mondes Centraux avec des muscles drogués en son pouvoir, il aurait pu se poser impunément n'importe où et même sur la Base de Régulus.

« Je vous quitte à présent, dit le capitaine en la saluant respectueusement. Que votre muscle personnel reprenne les commandes.

— Pas si je peux l'empêcher », protesta-t-elle.

La loyauté qu'elle avait pu avoir envers Teron s'était dissipée aussi définitivement qu'elle avait naguère perdu son sentiment de sécurité. Teron, ayant décidé qu'il était incarcéré sans espoir, s'était stoïquement résigné à subir le pire des sorts avec calme et dignité... comme tout homme logique.

De l'avis de tous — y compris le capitaine à en juger par l'expression de ses traits — une telle logique n'était que lâcheté; et c'était la conclusion irrémédiable d'Helva. Bien qu'elle dû reconnaître que Teron était cohérent dans son comportement.

Par contre, le Rife de Delia avait tenté de s'évader. Il s'était ménagé des prises dans le capitonnage de sa cellule et s'était blessé les pieds et les mains en s'efforçant de gagner la trappe du plafond. Étourdi par une injection de Menkalite, l'esprit brumeux, affaibli par le jeûne qu'on lui avait imposé pour permettre à la Menkalite de mieux agir sur son organisme, il avait même réussi à ramper jusqu'au sas quand le groupe des sauveteurs était arrivé.

Helva fit descendre le ST-1 par l'ascenseur du personnel et procéda à une vérification rapide de son propre état, viseurs de balayage, évaluateurs de puissance sensorielle, chambre de poussée à accumulation, inventaire. C'était comme de visiter à nouveau un trésor oublié plein de petits miracles. Helva se demandait si elle avait jamais apprécié à sa juste valeur l'adaptabilité inhérente à son vaisseau-corps, la puissance dont elle disposait, si elle avait jamais eu de la reconnaissance envers ceux qui l'avaient construite. Oh ! c'était bon de se retrouver soi-même !

« Helva ? fit une voix basse et hésitante. Êtes-vous seule maintenant ? » C'était le Centralcom des Mondes Centraux.

« Oui. Le ST-1 vient de partir. Vous pourrez sans doute le joindre...

— Qu'il aille au diable ! » Alors Helva reconnut que cette voix rauque devait être celle de Niall Parollan. « Je désirais seulement m'assurer que vous aviez bien regagné votre place naturelle. Êtes-vous sûre que tout va bien, Helva ? »

Niall Parollan qui, d'inquiétude, attrapait une laryngite ?

Helva en était flattée et surprise, étant donné la description désagréable d'elle-même qu'il lui avait crachée lors de leur dernière séparation.

« Je suis de nouveau intacte, si c'est bien ce que vous voulez demander, Parollan », répliqua-t-elle avec bonne humeur.

Elle aurait juré percevoir un soupir sur le faisceau concentré.

« C'est comme ça que je vous aime », fit Parollan en riant. Ce n'était donc qu'un gloussement, ce soupir ! « Naturellement, si vos synapses n'avaient pas été emmêlées sur Bêta Corvi, vous m'auriez écouté quand j'ai cherché à vous expliquer que ce simple et simiesque Acthionien n'était qu'un bloc de bronze à cheval sur un règlement...

— Pas de bronze, Niall, coupa sèchement Helva. Pas de bronze. Le bronze est un métal. Et Teron n'en a certes pas la résistance !

— Oh, oh ! Ainsi vous reconnaissez que j'avais raison ?

— L'erreur est humaine...

— Dieu merci ! »

Au même instant, Teron demanda l'autorisation de monter à bord.

« A plus tard, Helva. Je ne pourrais pas encaisser...

— Ne vous en allez pas, Parollan.

— Helva, mon seul et véritable amour, il y a trois jours que je suis collé à ce faisceau par sollicitude pour vous, et les comprimés stimulants ont cessé d'être efficaces. Je suis mort de fatigue !

— Mettez-vous encore des bouts d'allumettes dans les yeux un instant, Niall. Ceci sera officiel », insista-t-elle en actionnant l'ascenseur pour Teron. Elle éprouvait un froid dégoût au lieu de l'amicale gaieté une seconde auparavant.

En grandeur naturelle et écœurant de neandertalisme, son muscle entra dans le poste de commandes, saluant dans sa direction sans trop de cérémonie. Entra ? Il paradait, songea Helva, irritée, et son absence n'avait rien changé en lui.

Teron se frotta les mains, s'assit sur le siège de pilotage, s'assouplit les doigts avant de les placer avec une gravité imperturbable au-dessus du clavier de l'ordinateur.

« Je vais simplement procéder à une vérification complète pour m'assurer qu'il n'y a pas eu de dommages. »

Ce n'était ni une demande ni un ordre.

« Tout simplement, hein ? » fit Helva, d'une voix dangereusement calme.

Teron plissa le front et pivota dans son siège pour faire face au panneau d'Helva.

« Notre emploi du temps a déjà été suffisamment perturbé par cet incident.

— Incident ?

— Module le ton, Helva. Ce n'est pas à *moi* que tu espères jouer tes tours ?

— Que *j'espère* quoi ?

— Allons, commença-t-il d'un ton conciliant en baissant le menton. Je tiens compte de l'épreuve que tu as subie récemment. Tu aurais dû exiger que je contrôle le travail de ce capitaine ST-1 pendant l'installation. Tes circuits risquaient d'être abîmés, tu sais.

— Que c'est aimable de ta part d'y penser! fit-elle. C'était le moment!

— Tu pouvais difficilement subir des dommages matériels, blindée que tu es de titanium à l'état pur, observa-t-il.

— Teron d'Acthion, tout ce que je peux répondre, c'est que tu as une sacrée veine que je sois enfermée dans du titanium pur. Parce que si j'avais ma liberté de mouvement, je t'expédierais dans la cage d'ascenseur à coups de botte, si vite que...

— Qu'est-ce qui te prend? »

Pour une fois, le visage de Teron trahissait un étonnement patent et illogique.

« Fiche le camp! Déblaie le plancher! Hors de ma vue! Dehors! » rugit Helva, augmentant le volume à chaque mot, sans aucun égard pour la structure fragile de l'oreille humaine.

A coups de son, elle le chassa les mains plaquées sur les tempes, hors du pont, en bas du 824, plus vite que s'il avait pris l'ascenseur.

« Je ne suis qu'un meuble, n'est-ce pas? Un organisme sur lequel on ne saurait compter, hein? Illogique, inhumain, irresponsable!... » lui hurlait Helva d'une voix à la dimension d'une planète. Puis elle éclata de rire en se rendant compte que ce comportement émotif était son seul moyen de mettre en déroute le trop logique Teron d'Acthion.

« Vous avez entendu, Niall Parollan? demanda-t-elle d'un ton normal mais débordant de plaisir. Niall? Hé, Centralcom!... Vous autres du faisceau concentré, répondez-moi! »

Par le circuit ouvert lui parvint le son discordant d'un énorme ronflement.

« Niall? »

Le dormeur n'avait rien perçu et Helva gloussa devant cette nouvelle démonstration de l'humaine faiblesse.

Elle demanda et obtint l'autorisation de l'astroport à demi en ruine de l'astéroïde. Elle allait s'offrir un long bavardage avec le Chef Railly.

Son amende pour divorcer d'avec Teron serait un grain de sable en regard de la prime de récupération pour les quatre nefs enlevées. Et la Fédération ajouterait sans doute une prime pour la capture des trafiquants de drogues. Au total, s'il y avait une justice, les récompenses feraient d'elle une nef à peu près dégagée de ses dettes. Elle serait sa propre maîtresse, en fait. A cette idée, elle se mit à chanter.

Traduit par Bruno Martin.

Titre original : The Ship Who Disappeared.

LE VAISSEAU ET SON PARTENAIRE

Précipitée à travers l'espace à des vélocités que nul humain n'eût pu supporter sans protections spéciales, Helva jouissait des délices de savoir qu'elle s'était acquittée de ses dettes envers le Service des Vaisseaux Cerveau-Muscle des Mondes Centraux. Elle était sa propre maîtresse. Libre. Et libre de choisir enfin — après si longtemps — « un muscle », un humain autonome qui serait son compagnon, où qu'elle décidât d'errer. Elle n'était plus limitée à ces âmes pures, fraîches émoulues de l'enseignement de l'Académie, impatientes, complètement imbues de la morale des Mondes Centraux, modelées jusque dans leur façon de penser et d'agir, façonnées selon des exigences prédéterminées, physiques, intellectuelles, spirituelles et psychologiques... mais qui n'étaient *nullement* ce qu'elle avait en tête. Elle pouvait sélectionner n'importe qui, à présent. Elle avait toute liberté...

En fait, en y réfléchissant bien, non, elle n'avait pas tellement le choix. Les muscles, malgré toutes leurs insuffisances, n'étaient pas des techniciens du modèle courant, usinés par milliers à partir des programmes de spécialistes de toutes les planètes. Ils étaient spécialement instruits et éduqués à fonctionner selon un compagnonnage inhabituel. Elle ne pourrait se permettre de choisir une personnalité agréable pour s'apercevoir ensuite qu'elle s'était fiée entièrement à son charme.

Même pour des contrats de courte durée, avec quelque organisme industriel ou planétaire, elle devrait dans une certaine mesure s'en remettre au bon sens et à l'intégrité de son muscle, à une certaine largeur de vues, sinon elle se ferait royalement, industriellement et systématiquement pigeonner. De plus, elle désirait un partenaire permanent et non plus quelqu'un de passage. Il lui fallait une compagnie, un ami intelligent et sympathique, pas un employé passif.

Un autre facteur limitait encore son champ de recherche. Nombre de citoyens, par ailleurs bien adaptés à une galaxie complexe et hautement civilisée, se révoltaient ou éprouvaient une terreur superstitieuse à l'idée d'un être humain mis au tombeau derrière une cloison et relié au circuit opérationnel d'une puissante nef de l'espace. Cette névrose arrivait même à gagner des individus tels que Teron qui se persuadaient qu'une personne encapsulée n'était pas réellement humaine, n'était en fait qu'un ordinateur hautement perfectionné.

Helva devait reconnaître avec tristesse que bien peu des gens qu'elle avait connus songeaient à elle comme à Helva, une personne, un être éminemment humain, pensant, sensible, rationnel et intelligent.

Jennan l'avait considérée comme telle. Theoda, sauf pendant leur bref instant de compréhension réciproque, avait été trop concentrée sur un désir d'autopunition qui durerait toute sa vie pour nourrir des réactions sentimentales vis-à-vis d'Helva, l'être humain. Et bien que Kira Falernova eût passé avec elle plus de trois années, ni l'une ni l'autre n'avait permis à leur amitié de mûrir en un profond attachement.

A la vérité, le seul humain autonome qui parût considérer Helva comme Helva, c'était Niall Parollan. Et autant qu'elle sût, peut-être avait-il simplement trouvé le moyen efficace de manœuvrer les vaisseaux BB qui lui étaient subordonnés en passant avec eux de la louange à l'insulte de cette façon qui lui était si personnelle... et stimulante.

Et pourtant, il restait braqué sur le faisceau concentré

durant trois jours, suivant avec sollicitude l'infime trace de ses déplacements. Il aurait pu tout aussi facilement charger de cette tâche un simple opérateur des transmissions. Qu'il ne l'eût pas fait l'absolvait absolument des griefs qu'elle avait éprouvés envers lui.

Elle espérait qu'on l'avait trouvé endormi devant le tableau de commandes. Il fallait qu'il fût dans une position fichtrement inconfortable pour ronfler de la sorte ! Helva eut un rire intérieur. Dommage qu'il ne fût pas plus grand. Il aurait fait un fameux muscle. Et cependant on l'avait écarté, alors qu'un type comme ce foutu imbécile de Teron, grand et musclé à souhait en apparence, avait non seulement été accepté pour l'instruction, mais était allé jusqu'au bout du cours si difficile. Il avait dû réussir — comme l'avait suggéré Niall de sa voix acide — grâce à ses notes de théorie ! Peut-être les Mondes Centraux feraient-ils bien de réviser les qualifications exigées, en tenant compte du fiasco de Borealis. Ce que les natifs des mondes à forte gravité comme Parollan n'avaient pas en stature, ils le compensaient par leur masse... et par leur pur esprit de contradiction.

« Merde ! » lança Helva, pourtant peu coutumière de la grossièreté. Le mot lui revint en un écho plaisant, renvoyé des cabines désertes. « Je me demande s'il est resté éveillé assez longtemps pour prendre bonne note de mon divorce. »

Elle n'aimait guère réfléchir aux observations de Niall après qu'elle eut congédié Teron. Elle croyait presque entendre sa voix mordante lui rappeler combien il s'était lui-même efforcé de la dissuader de prendre Teron.

« Vous êtes peut-être un vaisseau intelligent, mais comme bonne femme, quelle idiote ! »

Eh bien, le désastre n'avait pas été total : elle aurait au moins cet argument à opposer au mépris de Parollan. De plus, si Teron *n'avait pas été* un crétin aussi crispant, cette espèce de Xixon ne serait jamais entré dans la cabine principale. Elle et Teron auraient été vaincus et elle n'aurait pas acquis assez de primes et de gratifications pour racheter si vite son indépendance.

Quelle pensée réconfortante c'était ! S'acquitter et se libérer si tôt dans sa carrière ; atteindre ainsi le but dont rêvaient tous les vaisseaux. Alors, à présent, quoi ? Il lui fallait un muscle, qu'elle choisirait avec un soin plus que méticuleux, et il lui fallait un autre but, une direction, une destination. Peut-être l'un entraînerait-il l'autre ou vice versa ?

« Je pourrais me rendre à la Nébuleuse de la Tête de Cheval », formula-t-elle à haute voix rien que pour se l'entendre dire.

Et le son des mots réveilla un souvenir pourtant résolument refoulé : Jennan appuyé au pupitre de commandes, lui souriant, les yeux brillant d'affection et d'humour...

« Si jamais ils nous relèvent de notre navette de laitier, nous tenterons de gagner la Nébuleuse, hein ? »

Finie la tournée du laitier, mais Jennan gisait mort dans le cimetière de la Base de Régulus, et tous leurs projets joyeux et fous étaient enterrés avec lui. Le défi que posait un tel voyage, sans compagnie, était aussi inepte et vide que son pauvre être-vaisseau.

La Nébuleuse de la Tête de Cheval, vraiment ! Pour changer le cours de ses pensées, elle effectua de rapides calculs. Oh ! elle y arriverait, bien qu'elle dépendît encore matériellement des hommes ! Sa pile était fraîchement chargée. Elle eût cependant aimé que quelques cerveaux s'agitent pour mettre au point une source d'énergie qui utiliserait pleinement le potentiel des vitesses supraluminiques. Pour le moment, cela équivalait à disposer d'une voiture de deux vitesses supérieures inutilisables parce qu'elles consommeraient la totalité du carburant en quelques millisecondes. Dans l'état actuel de sa propulsion, elle pourrait atteindre la Queue de Cheval... dans une centaine d'années normales, à sa vélocité maximale.

Et puis après ? Il fallait de la compagnie pour célébrer une victoire, pour donner du prix à une prouesse remarquable, sinon tout triomphe restait inutile. S'il n'y avait pas d'aiguillon pour progresser, alors toute avance demeurait vaine. Il fallait un but à n'importe quelle entreprise.

Helva était maintenant en mesure de comprendre pourquoi les nefs des classes plus anciennes choisissaient soudain de se faire désarmer, sans raison apparente. Et elle se demandait ce qu'elle avait bien pu voir de si excitant dans l'extinction de ses dettes. Elle était libre. A quoi cela l'avançait-il? Des êtres encapsulés comme Amon et Treel, si décidés à se racheter, ne croiraient jamais que c'était l'acquittement des dettes *en soi* qui comptait, en réalité.

La fréquence vaisseau à vaisseau couina, coupant le fil de ses réflexions moroses.

« Helva, ici le 422!

— Silvia!

— De ta part, j'accepte ce nom. La rumeur raconte que tu es arrivée à la libération?

— Oui, si mes calculs sont justes!

— Alors, qu'est-ce qui ne va pas? Ce n'est pas la fin du monde. C'en est le commencement.

— De quoi?

— Dis donc, cette coupure sensorielle sur Borealis t'a durement touchée.

— Non, non, vraiment. Tout va très bien. Simplement, je n'aime pas la solitude.

— Tu n'apprécies guère le bien-être, alors, poursuivit Silvia de son ton cynique. Je t'aurais crue heureuse d'être débarrassée de cet âne de Teron. Il me rappelait tellement cette demi-portion... Bon, n'en parlons plus. Helva, il va falloir faire attention, maintenant. Tu t'es libérée en moins de dix années normales. C'est trop vite. Beaucoup trop vite pour que les Mondes Centraux soient prêts à te lâcher.

— Je ne suis pas certaine qu'ils m'aient lâchée, répondit Helva.

— Que veux-tu dire? Écoute! » La voix de Silvia devint farouche. « Si on te joue de drôles de tours, fais intervenir les Surveillants des Mutants ou la Société de Défense des Droits des Minorités Intelligentes. Sur

Régulus, c'est Amiking et Rocco. Amiking, c'est la SDDMI, avec son bel uniforme, mais le cerveau, c'est Rocco. Tu les invites à assister à toutes tes discussions. Exige que l'on procède à nouveau au calcul de toutes tes dépenses depuis le jour où on t'a tirée du berceau pour te mettre en coquille.

— Il n'y aura aucune difficulté en ce qui concerne les chiffres et la comptabilité. Je suis libre. J'en suis certaine.

— Alors, qu'y a-t-il ?

— Qu'est-ce que je vais faire, *désormais* ? »

Silvia crachota un moment. « Ne te rends-tu pas compte que les ensembles industriels, sans parler des syndicats planétaires, paieront le prix que tu demanderas ? fit-elle d'un ton irrité. Pour tout le temps que tu voudras bien leur accorder. Bien sûr, il faudra faire attention, avec l'industrie privée. Ce sont tous des pirates. Avant de te poser sur Régulus, appelle Broley. Un citadin encapsulé sait *toujours* qui est prêt à faire une offre et à qui faire confiance. Surtout Broley. Il t'obtiendra un bon contrat !

— Et un bon muscle ?

— Te voilà revenue à ton dada, Helva ? » Silvia en était écœurée. « Rien comme le changement. Empoigne le technicien qu'il te faut pour une mission, puis laisse-le tomber. J'aurais cru que tu en aurais assez des muscles pour un bout de temps.

— Oui, j'en ai assez des muscles en général. J'en voudrais seulement un qui dure un peu. Si seulement Jennan...

— Si seulement... Les “si” ne t'apportent ni énergie ni crédits. Helva, tu n'as pas l'air de comprendre que tu es un vaisseau de tout premier plan. Les muscles te supplieront de les prendre à ton bord. Choisis bien. Bien sûr, toi et Jennan, c'était une fine équipe. Sa mort a été une foutue malchance. Mais il est mort. Laisse-le reposer en paix. Trouve un autre gars, un qui soit à ta hauteur, pas un salopard à la cervelle atrophiée comme celui que tu as chassé à grands cris. »

Helva était stupéfaite que Silvia fût au courant de cet incident.

« Et s'il te faut absolument un partenaire, choisis-le jeune, que tu puisses le former. L'Académie leur fait plus de tort que de bien. Tu dois maintenant savoir exactement ce que tu ne veux pas trouver chez un partenaire. Enseigne-lui ce qu'il doit connaître. N'espère pas l'impossible ! A toi de le façonner. Et attention aux manigances de Railly. Il va se donner un mal de chien pour te maintenir sur les rôles, ou alors je ne suis pas dans ce Service depuis quatre cents ans !

— Pourquoi y es-tu restée quatre cents ans, Silvia ? »

Il s'établit un silence si prolongé qu'Helva se demanda si la communication n'était pas coupée.

« Je ne me pose plus la question, Helva. Elle me taquinait quand j'avais ton âge et que ma libération paraissait proche. Et puis nous nous sommes heurtés à un essaim de météores au large de Saadalsund et... eh bien, disons qu'il y a toujours des choses intéressantes à exécuter pour les Mondes Centraux. Moi aussi, j'ai eu de bons partenaires, et de mauvais. » Sa voix devenait moins claire, la distance augmentait. « Attention, Helva. Ne te laisse pas avoir ! »

Le contact fut coupé, mais le réconfort que lui avait apporté la sympathie sans faiblesse de Silvia masqua pour un temps l'importance des avertissements qu'elle lui avait prodigués.

Pour se rassurer, Helva refit tous ses calculs, à commencer par les dettes effarantes de sa prime enfance et des années suivantes. Les modifications pituitaires nécessaires pour que son corps n'excède pas les dimensions de la capsule définitive et la délicate chirurgie cérébrale qui avait modelé Helva-le-vaisseau avaient été, comme toujours, très coûteuses. Toutefois, comme il était interdit d'avoir des « esclaves » ou des inférieurs sous contrat obligatoire au sein de l'Autonomie des Mondes Centraux, des commissions et des organisations de citoyens dévoués avaient décrété qu'une échelle des salaires doublée d'un système de primes et de gratifications constituerait à la fois un stimulant et une rémunération pour les êtres encapsulés de toutes les disciplines.

Maintenant, Helva s'apercevait que le conditionnement subtil et massif à la fois qu'on lui avait imposé durant ses années de formation était à deux tranchants. Cela la rendait heureuse en tant que personne encapsulée, cela l'avait vouée à sa vie du Service, mais donnait à sa libération un côté dérisoire. Que pouvait bien faire un vaisseau BB, sinon continuer comme il avait commencé... dans le Service? La même chose devait être vraie des autres êtres encapsulés, instruits à diriger les vaisseaux, à exécuter des travaux miniers sur les planètes ou employés dans les complexes industriels. Pourtant il y avait des compensations.

Le souvenir de Jennan remonta en surface pour la tourmenter... la tourmenter et la consoler. Ces années avaient été merveilleuses; courtes, mais pleines du miracle lumineux de la découverte de soi et de l'exploration à deux. Ils avaient été si enthousiastes à affronter ensemble le défi que posait toute mission nouvelle! Ils avaient tiré une fierté malicieuse du sobriquet dont on avait affublé Helva. Et Jennan avait dû les défendre tous les deux contre les railleries des autres muscles jusqu'au jour où le JH-834 était devenu objet d'admiration et de respect sous le nom du Vaisseau Qui Chante. Jennan avait été incomparable. Mais il existerait bien un autre homme possédant des qualités attachantes?

Elle se demandait si elle n'avait pas choisi Teron inconsciemment parce qu'il était l'antithèse de son premier muscle. Eh bien, Silvia avait raison : il lui fallait trouver un compromis raisonnable et former l'homme de son choix pour le transformer en un muscle convenable. L'habituer à la considérer comme une personne et non comme un vaisseau ou un ordinateur soumis aux émotions.

Elle était libérée. Elle pouvait prendre tout son temps pour chercher, pour laisser Broley lui obtenir un contrat indépendant et solide. Elle se demandait vaguement combien de temps il avait fallu au FG-602 pour se placer sous contrat dans la Fédération d'Alpha. Il s'était libéré juste avant la naissance d'Helva. Elle l'avait rencontré une fois, en compagnie de Jennan, mais lui et son partenaire avaient affiché une supériorité amusée et détachée plutôt offensante.

Elle imaginait qu'elle pouvait diffuser une annonce dès à présent. Elle commençait à se sentir mieux. De l'action, voilà ce qu'il lui fallait. Mais peut-être serait-il plus astucieux de se présenter à la Base de Régulus, pour s'assurer que tout était bien en ordre. Il n'était que logique de rester en bons termes avec les Mondes Centraux. Elle aurait besoin de leurs techniciens et de leurs hangars d'entretien pour toutes ses révisions.

Elle s'aperçut qu'elle avait un peu ralenti et imprima une poussée, pour rentrer vite et en toute confiance sur Régulus. Elle se mit à dresser la liste des qualités auxquelles elle tenait chez un partenaire, ainsi que des défauts à éviter. Sa méditation était si agréable qu'il lui parut ne pas s'être écoulé de temps quand elle se trouva dans l'obligation de demander les instructions d'atterrissage au Centre de Communications.

« Mais c'est Helva, aussi vrai que je vis et respire ! lui répondit Niall Parollan.

— Vous avez rattrapé votre sommeil et retrouvé votre beauté ?

— L'un et l'autre.

— Comment cela ?

— J'ai retrouvé ma beauté et rattrapé mon sommeil.

— Vos ronflements ne l'ont pas ennuyée, cette "beauté" ?

— Elles étaient trop fatiguées pour m'entendre et bien trop reconnaissantes pour faire des observations, ma fille.

— Je ne suis pas votre fille.

— Ce terme affectueux équivaudrait pour beaucoup à une accolade.

— Comment arrivez-vous à créer cette illusion ? »

Niall eut un gloussement malicieux. « Je choisis *mes*

partenaires avec soin, non pas pour la seule symétrie de leurs traits ou l'épaisseur de leurs crânes !

— C'est bon, Parollan. Vous avez marqué un point. Au fait, j'espère que vous êtes resté éveillé assez longtemps pour être informé du renvoi de Teron ?

— Oh oui ! Et j'ai pris encore plus de plaisir à porter la pénalité à votre débit.

— Je peux m'offrir ce luxe.

— Je le sais », et il y eut dans sa voix une nuance inattendue de gravité. « Posez votre derrière paresseux sur le Berceau n° 3, Terrain administratif. Un comité d'accueil officiel vous attend.

— Vous voulez dire un conseil d'émancipation ? »

Le Centre resta silencieux.

Eh bien, elle s'était tirée sans trop de mal des pattes de Parollan. Il lui manquerait. Ses manières caustiques l'avaient toujours stimulé et, quels qu'aient été ses mobiles, il s'était trouvé là pour l'attendre, au bout du faisceau concentré. L'indépendance apporterait ses propres compensations. Oui ou non ?

Tandis qu'elle se posait avec une précision méticuleuse sur le Berceau n° 3, elle connut de nouveau un instant d'incertitude. Depuis dix ans, toutes ses heures avaient été consciencieusement consacrées aux Mondes Centraux. Elle avait « appartenu » à ce Service sans se rendre clairement compte de la dette qu'elle avait envers lui. Eh bien, il lui faudrait procéder à une réorientation radicale de sa façon de penser. Le changement était indispensable à la croissance, et éventuellement à la maturité.

Elle était sur le point d'envoyer au Centre une demande péremptoire de s'activer quand elle vit le groupe sortir de la Tour de la Base. Niall Parollan paraissait tout petit, près des trois hommes de haute taille qui l'accompagnaient. Elle reconnut la forte silhouette du commandant Railly : c'était bien qu'il fût présent et c'était un hommage mérité au travail accompli par Helva. Elle reconnut les deux derniers comme étant le commandant mécanicien Breslaw et l'amiral Dobrinon, des Relations avec Xeno. Ce n'était pas la composition normale d'un jury d'attribution des récompenses. Silvia avait peut-être raison de penser que les Mondes Centraux ne la lâcheraient pas si facilement. Elle aurait dû convoquer les Surveillants des Mutants ou la SDDMI. Ou encore Broley. Il lui était difficile de se sauver d'un coup de tuyères, à présent. Elle aurait grillé le quartette des personnalités !

Elle abaissa donc l'ascenseur des passagers et activa prudemment ses appareils auditifs. Toutefois aucun des visiteurs n'émit d'observation avant qu'ils eussent atteint le sas. Puis ils échangèrent les politesses d'usage.

Cependant, dès qu'il eut courtoisement laissé passer le commandant, Niall Parollan regarda fixement la colonne d'Helva d'un air nettement possessif. Quand il s'avança à son tour dans le sas et lui adressa le salut accoutumé, ce fut comme s'il proclamait qu'elle était sa propriété exclusive.

Elle fut effarée de son audace. Ce n'était pas de Railly qu'elle devait se garder, mais de cette demi-portion, de ce Machiavel des mondes lourds, Parollan !

Dobrinon remarqua le salut du Chef.

« Messieurs, soyons corrects », dit-il, et, claquant sèchement des talons, il lui accorda un salut cérémonieux.

Le Service conservait des traditions si archaïques, songea Helva, comme de saluer un vaisseau en montant à son bord. Ou saluaient-ils en elle un officier supérieur ? Probablement pas. Les saluts entre personnes doivent être réciproques. Elle habituerait son prochain muscle à la saluer. Sentimentale vis-à-vis du Service ?

« Et toute notre profonde gratitude, disait le commandant Railly, prolongeant son salut un peu trop longtemps. Votre magnifique courage et votre habileté sur Borealis sont déjà entrés dans la légende du Service. Un triomphe de l'esprit sur l'immobilité. Nous sommes fiers, extrêmement fiers de vous voir comptée sur nos rôles. »

Helva saisit cet emploi du passé et se posa de nouveau des questions sur l'attitude de Parollan.

« Vous connaissez naturellement Dobrinon de Xeno et Breslaw, de la Mécanique », poursuivit le commandant, glissant bien vite sur ce détail, si bien qu'Helva se demanda si elle avait bien entendu. Et pourquoi ces deux-là étaient-ils présents si elle était, par accord tacite, indépendante ?

« Oui, nous nous connaissons », reconnut-elle d'un ton si sec que le commandant poussa un petit rire.

Il fit signe aux autres de prendre des sièges, sa déférence d'un instant auparavant cédant le pas à la question instante de l'ordre du jour. Helva examinait avec méfiance cette délégation. Parollan lui adressa rapidement un sourire en coin avant de s'installer sur le divan, un bras négligemment posé sur l'accoudoir.

« Comme s'il avait l'intention de s'attarder », songea acidement Helva.

« Je ne sais pas si la directive vous est parvenue en cours de route, Helva, dit le commandant, mais les modifications audiovisuelles que vous avez suggérées seront incorporées à toutes les nouvelles coquilles. Plus jamais l'un d'entre vous ne souffrira de privation sensorielle. Je n'arrive pas à imaginer pourquoi cela n'avait pas été prévu depuis longtemps. »

Breslaw s'éclaircit la gorge et se tira l'oreille gauche, s'arrangeant pour ne regarder personne quand il répondit : « Ces unités existent dans les coquilles avant maturation, Railly, et on avait coutume de les transférer lors de l'encapsulage définitif du personnel désigné pour les vaisseaux, jusqu'à la quatrième classe. A cette époque, les modifications apportées à la coquille interne établissaient une liaison directe avec toutes les installations du bord et paraissaient donc rendre superflu tout système auxiliaire. »

Railly fronça les sourcils. « Il semble parfois que ces traditions archaïques qui se transmettent dans le Service aient encore leur place dans notre contexte moderne.

— Malheureusement les personnes encapsulées capturées par Xixon étaient tous de classes postérieures.

— Oui, à la vérité, c'était à déplorer, Breslaw. Dans

votre cas, Helva, poursuivit vivement le commandant, il ne sera pas perçu de frais pour cette modification. Ce qui vous place tout près de la libération... » Il leva la main avec un sourire bienveillant à l'adresse d'Helva, qui allait l'interrompre. « ... vous aurez même probablement plus qu'il ne vous faut. Je pense qu'il ne fait aucun doute qu'on vous remette en totalité le prix de découverte et sauvetage, ainsi que la récompense pour l'arrestation des criminels. Cela viendra du Bureau Central de la Fédération. » Railly s'était mis à marcher de long en large dans la cabine. Helva était incapable de trancher s'il avait un poids sur la conscience ou s'il rassemblait ses idées. Dans l'un et l'autre cas, elle n'en augurait rien de bon.

« En conséquence, Helva, la Base de Régulus doit vous considérer comme libre, annonça-t-il d'une voix de stentor, en souriant de nouveau pour masquer sa trop évidente mauvaise volonté. Nous sommes fiers de votre passé, Helva. Très fiers. » Il baissa le ton comme pour un aparté confidentiel. « Malgré tous les bruits qui circulent dans l'espace et prétendent le contraire, nous souhaitons vivement que tous les vaisseaux BB puissent se comporter avec autant d'efficacité que vous et s'acquitter ainsi rapidement de leurs dettes envers nous. Ce serait un grand succès que de diriger le Service avec un solde créditeur. Toutefois, en attendant confirmation de ces primes et récompenses, la Base de Régulus doit vous considérer comme indisponible pour toute mission de quelque durée que ce soit.

— Et vous en aviez justement une en tête à mon intention ?

— Oui, nous en avions une en tête », reconnut Railly avec ses yeux pétillants et son sourire paterne. Il jeta un coup d'œil insistant vers Parollan.

« Il est donc plutôt inutile de perdre votre précieux temps à en discuter, n'est-ce pas, commandant ? demanda Helva au moment où Parollan se levait.

— Allons, Helva ! Je ne crois pas que le commandant puisse considérer qu'être avec vous soit une perte de temps, dit Parollan, les yeux moqueurs, la défiant. Bien sûr, si vous aviez d'autres projets en revenant de Borealis, c'est vraiment courtois de votre part d'être passée ici juste pour nous faire vos adieux. » Il pivota sur les talons et partit d'un pas décidé vers le sas. « Revenez nous voir de temps en temps.

— Une minute, Parollan », dit Railly.

Il réussissait à paraître impassible, mais Breslaw semblait proche de la panique et le sourire de Dobrinon s'était figé d'inquiétude. Ce qu'ils avaient en tête pour elle devait être rudement important. Elle n'avait aucune confiance en Parollan, mais ces deux autres hommes étaient des spécialistes, sérieux, posés, honorables. Cela ne lui ferait sûrement aucun mal de les écouter.

Parollan parvint au sas et se retourna pour adresser à Helva un geste cordial.

« Parollan ! »

Il s'immobilisa, la main sur la rampe de gauche, le visage ne trahissant qu'une attention polie.

« Qu'est-ce que vous aviez mijoté, Parollan ?

— Moi ? Je n'ai rien *mijoté* du tout ! »

Helva ne prêta nulle attention à l'exclamation de surprise de Dobrinon.

« Eh bien, se décida Parollan après un coup d'œil au commandant, nous avions discuté d'une autre mission pour le TH-834 après cette sensationnelle course à la drogue. Naturellement, ladite mission est avortée en raison de circonstances indépendantes de notre volonté. »

Helva eut un rire intérieur. Après tout, il ne lui avait pas si facilement pardonné l'affaire Teron. Il la tarabusterait durant vingt-cinq ans pour cette erreur...

« Sous un angle purement académique — en attendant que ces récompenses m'aient été versées — daigneriez-vous me parler de cette mission avortée ?

— Il n'y a pas de mal à en discuter, certes, convint-il en sautillant pour regagner la cabine, pendant que nous attendons confirmation de la Fédération. » Il installa confortablement son corps mince avant de poursuivre : « Il avait été à l'origine prévu d'affecter le TH-834 à la mission envisagée sur Bêta Corvi.

— Bêta Corvi ? » Helva réprima un sentiment d'alarme. Puis elle éclata de rire. « Teron d'Acthion dans une enveloppe corviki, dans ce climat et cette atmosphère ? »

Niall la regarda un moment, l'air sardonique. « Vous avez vous-même souligné qu'Ansra Colmer, une vraie égocentrique, avec des œillères, entêtée, pragmatique comme l'enfer, était la personne qui avait le moins souffert de traumatismes de la personnalité après les phénomènes du transfert corviki. Teron montrait à l'évidence les mêmes caractéristiques que de toute évidence il n'aurait pas...

— ... duré une seule minute en tant que personnalité sur Bêta Corvi, et vous le savez bien, Niall Parollan. Cet homme était incapable de s'adapter à de telles anomalies ! »

La tactique de Parollan la mettait en fureur. Voyons ! Ce qu'il avait suggéré était l'équivalent d'un meurtre, tout simplement. Et il avait persuadé Railly d'entrer dans la combine ? Avaient-ils tous les deux souhaité se débarrasser de Teron ?

« En fait, Helva, intervint Railly, avançant d'un pas comme pour séparer deux adversaires, je n'ai jamais vu d'un œil favorable Teron comme muscle pour vous, si vous me pardonnez de le rappeler...

— ... et *vous* aviez bien raison, commandant, dit Helva d'un ton si doux et contrit que Parollan émit un reniflement écœuré.

— ... et croyez que j'en suis navré, certes ! Toutefois, il ne semble pas que les résultats aient été trop néfastes.

— Sinon que maintenant Helva est un libre agent, observa Parollan du ton le plus neutre.

— Tout juste, reprit Railly avec un enthousiasme inattendu. Et, à moins qu'Helva n'ait d'autres projets en tête, nous parviendrons peut-être à lui faire comprendre les avantages qu'elle aurait à se charger de cette nouvelle mission malgré son changement de situation. »

Un étrange sourire flottait sur les lèvres de Parollan tandis qu'il rendait à son commandant son regard fixe.

« Oui, c'est possible », acquiesça le Chef, d'assez mauvais gré, semblait-il.

Helva vit que Dobrinon le considérait d'un air intrigué et que Breslaw était de toute évidence étonné. Leur boniment de vendeurs faisait-il long feu ?

« Dans ce cas, Helva, je vous pose la question : avez-vous des projets précis ? reprit Railly d'un ton décidé.

— Elle n'a pas eu le temps de passer des annonces, fit Niall d'un ton brusque. Elle ne s'est arrêtée sur aucune planète au cours de son voyage de retour. Et je doute que même le plus zélé des indicateurs que nous connaissions ait déjà appris que le XH-834 se trouve libéré de ses dettes. Cela arrive si rarement après une aussi courte durée de service !

— Je suis capable de répondre moi-même, s'il vous plaît, Parollan. »

Les autres examinaient leur collègue avec une stupéfaction incrédule. L'atmosphère du poste devenait tendue. Helva ne parvenait pas à comprendre pourquoi Parollan s'évertuait à détruire volontairement le climat que cherchait à entretenir Railly. Nul doute qu'il eût des raisons cachées... mais lesquelles ?

« Ainsi mon astucieux chef envisageait de me renvoyer sur Bêta Corvi ? Ce qui explique en partie la présence de l'amiral Dobrinon. Et vous, commandant Breslaw ? Ou la Mécanique compte-t-elle surenchérir sur Xeno pour s'assurer mes services ?

— Nous espérions unir nos forces, Helva », répondit Dobrinon après un silence gêné.

Quelqu'un s'est planté, songeait Helva.

« Il nous semblait juste, intervint Breslaw pour rompre le silence, que vous soyez le premier vaisseau à bénéficier des découvertes découlant des renseignements que vous avez rapportés de Bêta Corvi. »

Si la Mécanique avait utilisé la clé de stabilisation des isotopes instables...

« Et comment au juste en aurais-je bénéficié ? » demanda Helva d'un ton détaché. Elle surveillait Parollan. C'était un fervent adepte du coup d'aiguillon ; il aimait attiser la curiosité. Elle le jugeait très capable d'avoir tout organisé, y compris son indifférence apparente, pour la pousser à révéler ses pensées. Naturellement qu'elle aimerait toute amélioration de la propulsion supraluminique !

« Quand nous avons commencé à étudier les théories fondamentales, expliquait Breslaw, nous avons immédiatement vu qu'elles pouvaient s'appliquer à notre système supraluminique actuel. Helva, vous vous rendez sûrement compte que le potentiel du principe dépasse largement nos performances présentes. Le problème consistait à trouver une source d'énergie suffisante pour tolérer la consommation qu'implique la vitesse supraluminique maximale. Les données des Corviki rendent possibles les déplacements intergalactiques dans les dix années à venir. Peut-être même cette année ! »

Les voyages intergalactiques ? L'enthousiasme d'Helva rejoignait celui de Breslaw.

« Entre quelles galaxies ? Celle-ci et... la Nébuleuse de la Tête de Cheval ?

— Oui, franchir les distances intergalactiques en une fraction du temps évalué dans les termes de nos possibilités actuelles, dit Railly, comme s'il eût senti qu'ils avaient obtenu toute l'attention d'Helva. Imaginez, Helva ! Une puissance illimitée, une puissance littéralement inépuisable pour vous conduire au bord des galaxies visibles depuis les franges de la Voie lactée. Au-delà de tout espace actuellement connu de l'homme ! » Railly parlait avec fièvre, attisant les désirs d'Helva. « La puissance qu'il fallait pour obtenir un rendement efficace de tous les composants de la propulsion supraluminique, pour la première fois depuis leur conception ? Tout ce qu'il nous manquait, c'était une source constante de carburant pour répondre à la consommation d'énergie exigée. Et cela ouvre la possibilité d'explorer l'espace inconnu, de dresser la carte de nouveaux systèmes stellaires, de rendre accessibles des galaxies entières aux Mondes Centraux. »

Ce rappel l'arracha à la contemplation des étoiles.

« Intéressant. Très intéressant. Le principe supraluminique, cela m'a toujours fait l'effet d'avoir une bonne voiture, mais pas de bête de trait assez forte pour la tirer. Cependant, si ce progrès si nouveau découle des renseignements fournis par les Corviki, pourquoi une autre mission serait-elle nécessaire ? »

Railly gesticula dans la direction de Breslaw, qui se mit à agiter des graphiques tridimensionnels sur cubes et des bandes d'ordinateur qu'il plaça avec une certaine nervosité sur le pupitre de commande.

« Avec les données corviki sur la stabilisation des isotopes instables, nous avons été en mesure d'utiliser cette forme de gaspillage d'énergie, non plus pendant les fractions de seconde qui voient la détérioration des dérivés transuraniens, mais aussi longtemps que nous avons besoin de cette puissance. Pensez-y, Helva, poursuivit Breslaw, les yeux illuminés d'émerveillement, la puissance d'une étoile qui explose, à son plus haut degré d'énergie ! »

Le poste parut s'assombrir à ces mots. C'était une étoile en explosion — à son plus haut degré d'énergie — le soleil de Ravel, qui avait brûlé mortellement Jennan tandis qu'elle s'efforçait désespérément de fuir plus vite que ne se propageait la fantastique énergie. Mais disposer d'une telle puissance... *en faire l'esclave de ses volontés* ?

Il la lui fallait. Une nova intérieure pour expier le crime de l'extérieur. La justice d'Hammourabi à son état le plus pur. Elle se força à écouter les explications de Breslaw.

« Nous devons reconnaître, Helva, qu'interviennent des quantités énormes de subtilités et que — je l'avoue sans honte — personne de mon équipe n'est assez avancé du point de vue scientifique pour les évaluer. On dirait presque que les Corviki discutent de questions personnelles et intimes plutôt que de faits particuliers, mais le résultat net, c'est une soumission effarante des forces nucléoniques.

» Comme vous le remarquerez, Helva, poursuivit-il en

désignant le premier de ses cubes et en introduisant les équations dans l'ordinateur du bord, on laisse les isotopes rayonner de l'énergie cyclique, mais au lieu d'une diminution de l'énergie disponible au fur et à mesure de la détérioration, le niveau demeure constant. En faisant varier le nombre des cycles déclenchés par seconde, ou même par milliseconde », et Breslaw souriait d'aise avec une tendresse paternelle envers les perspectives de ce progrès, « la propulsion supraluminique reçoit la puissance voulue pour dépasser la vitesse de la lumière à tout multiple préalablement choisi. Pour franchir une distance donnée en un espace de temps donné, les équations originales fournissent le taux de variation du cycle dont on a besoin ! »

Avec des gestes impétueux, inattendus de sa part, Breslaw composa sur le clavier un jeu de calculs pour différents voyages.

« Si vous devez vous rendre... disons sur Mirfak, en deux jours normaux, vous le pouvez à présent. Au lieu de... heu !... combien de temps ?

— Quatre semaines. » Helva donna la réponse d'un ton distrait, plus intéressée à suivre le développement imprimé des passionnantes équations.

« Quatre semaines, donc. Eh bien, j'espère que cela vous fait apparaître les avantages ? »

Et alors Helva comprit ce qui rendait nécessaire la nouvelle mission sur Bêta Corvi.

« On ne tenterait sûrement pas de libérer une telle énergie dans un système solaire quelconque sans en connaître les effets subjectifs et objectifs. Quels sont les inconvénients que vous avez relevés ? demanda-t-elle. Est-ce que ces calculs se fondent sur l'expérimentation ou uniquement sur la théorie ? »

Le doute et l'inquiétude refroidirent l'ardeur de Breslaw. « Nous avons éprouvé par tous les moyens la source d'énergie VC, à Variation de Cycle. Nous avons pris toutes les précautions en adoptant une cadence de cyclage très lente. Il a été impossible, ajouta-t-il en faisant la grimace, de maintenir le vaisseau expérimental dans les limites de portée des instruments de contrôle...

— Le véhicule avait-il un équipage, ou était-ce un BB ?

— Un équipage.

La réponse de Breslaw fut à peine perceptible.

— Et les effets d'une telle accélération sur le personnel ont été mortels ?

— Pas que nous sachions. » Breslaw lança un brusque coup d'œil à Railly, qui bavardait à voix basse avec Parollan. Avant qu'Helva ait pu intensifier son système d'audition, les deux hommes se séparèrent, Railly rejoignant Dobrinon sur le divan et laissant Parollan isolé en face d'eux. Le visage de Niall exprimait une courtoisie impénétrable, ses yeux étaient en alerte.

« Eh bien, pourquoi ne le savez-vous pas ?

— Le vaisseau n'est pas revenu. Le temps estimé pour son retour éventuel est de neuf années standard. On l'a aperçu qui repassait en propulsion normale. Le dernier message qu'on ait capté nous recommandait de prendre d'énormes précautions lors de l'utilisation de cette source de puissance.

— Évidemment. J'oserai également avancer que celui qui manipulait la commande VC avait plutôt la main lourde pour s'expédier tellement loin de la portée maximale des télécommunications. Vous auriez dû utiliser un vaisseau BB et non pas des "muscles" fragiles qui ont fait rater le vol d'essai.

— Il a été d'autre part suggéré que nous avions peut-être mal interprété les instructions de Bêta Corvi, reprit Breslaw en hochant pensivement la tête. Il est facile d'extrapoler le potentiel de destruction du facteur VC. Il faut que nous nous assurions que nous n'avons pas commis d'erreur dans l'interprétation des données et lancé des émissions impossibles à contrôler ou qui deviendraient instables, et risqueraient de ce fait d'avoir des conséquences graves à l'échelle cosmique. » Breslaw la regardait, l'air tourmenté, mais avec un certain espoir.

Quelle sacrée réserve de force, pensait Helva, tout en souhaitant qu'on ne soit pas dans l'obligation d'éteindre cette pile à réaction. Les voyages intergalactiques ! Et ce vaisseau expérimental projeté à neuf années de distance de tout espace connu !

« Tout d'abord, je vous suis reconnaissante de la confiance que vous me manifestez, messieurs, dit-elle après un moment de silence. Je ne peux cependant pas m'empêcher de me demander si vous m'avez choisie parce que me trouvant libre — du moins théoriquement — il est de ce fait plus facile de me "perdre", puisque cela ne ferait pas apparaître de compte débiteur embarrassant dans la comptabilité. »

Seul Parollan saisit la légèreté du ton d'Helva et rit avec une joie sans bornes.

« Votre attitude facétieuse est mal venue, Helva, la réprimanda Railly. Vous êtes de tous nos vaisseaux celui que nous pouvons le moins nous permettre de perdre. Et quant à vous, Parollan, je ne vois pas quel humour vous trouvez à une supposition aussi offensante. » Il n'y avait pas à se tromper sur la colère qui l'animait.

« Dans ce cas, dit Helva, c'est un chantage de l'espèce la plus vile.

— Comment ! hurla Railly, en se détournant de Niall.

— Vous saviez parfaitement, commandant Railly, que je voudrais posséder un tel mode de propulsion dès que j'en connaîtrais l'existence. Que je souhaiterais certainement rester au Service des Mondes Centraux pour en être munie ! »

Parollan se calma immédiatement pour l'observer fixement.

« C'est bien là votre jeu, n'est-ce pas ? » insista Helva d'un ton froid parce que c'était à Parollan qu'elle s'adressait à présent et qu'il s'en rendait compte maintenant. Il continuait à la regarder et les muscles de sa mâchoire tressautaient.

« Franchement, oui, répondit Railly quand il devint évident que Parollan s'y refusait. Et il ne reste pas grand temps pour vous décider.

— Comment cela ? »

Un changement subtil de l'expression de Railly

éveilla en elle une colère pleine d'amertume. Voilà donc comment les Mondes Centraux traitaient leurs vaisseaux BB. *Elle aurait dû* convoquer les autorités de défense des mutants. *Elle aurait dû* se mettre en rapport avec Broley. Que les Mondes Centraux se débrouillent pour lutter eux-mêmes contre les incendies qu'ils allumaient !

« Les Mondes Centraux sont soumis aux directives de la Fédération, Helva, des directives promulguées et appliquées par tous les peuples de la galaxie civilisée. Certaines de ces lois ne laissent aucune latitude. Vous êtes toujours soumise à vos obligations initiales envers les Mondes Centraux tant que la Fédération n'aura pas versé vos primes supplémentaires. Après cela, nous aurons un ensemble totalement différent de directives pour définir le genre d'autorité, le type de contrats, les clauses restrictives, les paiements et les prérogatives que nous aurons dans toutes nos futures affaires avec un vaisseau BB. Si nous opérions de quelque autre manière, Helva, poursuivit implacablement Railly, nous aurions les tuteurs de l'humanité sur le dos, à examiner nos ordres enregistrés et à nous gêner aux entournures. Vous vous êtes révélée comme une contractante des plus capables. Le Service a besoin de vous. Ce besoin s'est manifesté jusqu'à présent à votre profit. On vous a fourni des chances extraordinaires de vous acquitter de vos dettes libératoires très tôt dans votre carrière. Nous avions l'impression que vous en tiendriez compte dès lors que nous vous offrons le privilège de devenir le premier vaisseau BB doté d'une propulsion supraluminique pleinement utilisable.

— Si je vous dois des excuses, veuillez les accepter. Je n'avais pas compris que les clauses du contrat changeaient, une fois acquise la libération. Toutefois, vous ne sauriez m'en vouloir de désirer comprendre tous les facteurs en jeu dans ce qui devait n'être à l'origine qu'une conversation amicale, en attendant confirmation des primes et gratifications.

» Les explications du commandant Breslaw impliquent le risque pour moi de me transformer en nova...

— Je proteste ! fit Breslaw en se levant d'un bond. Vous êtes en mesure de constater que la théorie est plausible. On l'a mise à l'épreuve...

— ... et vous êtes assez effrayé pour prendre la précaution de vérifier que les données n'ont pas subi une erreur d'interprétation. Je tiens à ma peau, messieurs, et je la préfère en un seul morceau.

— Votre coque est en titane massif, s'emporta Breslaw, invulnérable à...

— ... la puissance totale d'un soleil qui m'exploserait dans les tripes ? coupa sèchement Helva. J'ai déjà souffert de la chaleur d'une nova, Breslaw. Et cette coque de titane massif s'est révélée comme ne me protégeant nullement des blessures... ni de la perversité des humains. »

Breslaw se laissa choir sur le divan, complètement effondré. D'eux quatre, seul Parollan ne manifestait ni confusion ni peine. Il avait relevé brusquement la tête vers la colonne d'Helva en entendant sa mordante réplique. La ligne mince de ses lèvres pincées montrait un peu trop d'amertume même pour ce chef cynique. Pendant un instant, son regard fut à nu, reflétant une douleur physique et une expression qu'Helva avait déjà observées une fois... dans les yeux d'un homme qui allait mourir.

Ce fut lui qui rompit le silence, s'exprimant d'une voix lourde et lasse.

« On n'a nullement tenté de vous dissimuler les dangers possibles, Helva. Nous nous sommes en outre efforcés de déblayer en votre faveur une épaisse forêt de contraintes. Il vous serait plus avantageux de prolonger votre contrat original que d'en passer un complètement nouveau. Vous pouvez le vérifier dans nos classeurs si vous doutez de ma parole. Nous pouvons modifier certaines des clauses anciennes. Nous ne pouvons changer aucune des nouvelles. Maintenant, ayez la courtoisie de nous écouter jusqu'au bout, et puis il ne vous sera plus demandé qu'un oui ou un non. »

Il paraissait maintenant indifférent à la décision qu'elle prendrait et elle n'arrivait pas à comprendre pourquoi.

Dobrinon toussota et s'avança vers la colonne à pas lents comme s'il rassemblait ses pensées.

« La mission envisagée sur Bêta Corvi a des fins multiples, Helva, dont chacune exige des capacités, des talents et un passé qui vous désignaient inexorablement. Je vais vous exposer les points d'intérêt pour ma propre sphère d'activité.

» Je crois que nous pourrions à l'avenir préparer les Observateurs à supporter la désorientation psychologique des transferts corviki si nous avions une idée des changements qui se manifestent dans l'âme humaine qui a séjourné dans l'entité corviki. Oui, c'est là exiger une double part de votre psychisme, Helva, mais j'ai aussi une raison altruiste de *vous* demander d'y retourner. Parollan et moi sommes l'un et l'autre certains que si vous pouviez repartir et vous assurer de l'intégration... ou de la désintégration des personnalités du Solaire Prane, de Kurla Ster, de Chadress et d'Ansra Colmer dans leur milieu corviki, vous seriez peut-être en mesure de dissiper les sentiments de culpabilité et d'échec que vous avez éprouvés au cours de la première mission.

» Vous êtes la plus qualifiée — la seule capable sans doute de reconnaître les immigrants. » Dobrinon ébaucha un sourire en employant ce terme. Qui était parfaitement choisi, songeait Helva tout en s'efforçant de ne pas s'avouer à quel point l'idée d'un retour l'effrayait... et la tentait. « En outre, Davo Fillanaser s'est porté volontaire pour retourner là-bas. Mais, pour parler franc, l'étude de son psychisme révèle un traumatisme profond. Je le soupçonne de vouloir... euh... immigrer lui aussi.

— C'est très troublant, je vous l'accorde », dit Helva. Elle n'aimait guère l'image mentale du corps de Davo Fillanaser étendu sur une couchette, mais « inhabité ». Toutefois, si Prane, Kurla et Chadress étaient satisfaits de leur état de Corviki... Helva revint à la réalité. « Eh bien, il est évident que nous aurons besoin de l'assistance des Corviki si nous tenons à nous servir de leurs jouets sans causer de dommages à toute la galaxie. Je présume que vous avez procédé à l'analyse de mon image psychique et que vous pensez pouvoir me faire confiance, que je reviendrai ?

— Oui. » La réponse de Dobrinon fut prompte et nette.

« Même après la privation de mes sens sur Borealis ?

— J'oserais avancer que l'expérience de Bêta Corvi vous a aidée en cette circonstance.

— Observation astucieuse, Dobrinon. Nous sommes tous la somme de nos expériences, n'est-ce pas ? Ce qui me ramène à un sujet sordide. Je présume, Breslaw, que le facteur VC sera installé dans mes chambres des machines avant que j'entreprenne une nouvelle expédition sur Bêta Corvi ?

— Oui, c'est nécessaire. Sinon, comment seriez-vous en état de juger si oui ou non nous avons correctement mis en pratique leurs renseignements ?

— Et le coût de cette installation ? »

Breslaw lança un coup d'œil inquiet à Railly. Celui-ci inclina la tête. « Nous n'avons pas les moyens d'en calculer le montant exact : il a fallu reconstruire plusieurs fois le vaisseau expérimental. Le blindage est renforcé, les armatures doublées, un nouvel alliage est utilisé pour la coque. Bref, mon évaluation tourne autour de 500 000 crédits galactiques. »

Il avait la bonne grâce de paraître effaré, constata Helva, bien que ce prix faramineux la laissât à peu près indifférente. Après tout, elle avait déjà payé plus que cela jusqu'à présent.

« Et il faudrait que je signe le contrat immédiatement ?

— Oui.

— Et payer environ deux fois autant pour la même transformation si l'ancien contrat était résilié ?

— C'est certain », dit Breslaw en refermant ses dossiers d'un air attristé comme s'il eût maintenant abandonné tout espoir de voir aboutir son projet. Cette forme de pessimisme irritait Helva au plus haut point.

« Cependant, Helva, si vous consentez à la prolongation de l'ancien contrat, nous avons pouvoir de modifier toute clause d'obligation pour une personne aussi capable que vous l'êtes, glissa en souplesse Railly.

— Pas de pressions, Railly. Je n'ai pas encore examiné tous les angles de mon point de vue personnel. »

Ce n'était pas exact. Elle avait pris sa décision. Elle amènerait Railly à modifier les clauses d'obligation d'une personne aussi capable qu'elle au point que la Surveillance des Mutants et la SDDMI entendraient le règlement craquer aux jointures.

Parollan lui avait visiblement taillé une orbite des plus serrées. Et elle aurait parié sa prochaine gratification qu'il savait très bien quel effet aurait sur elle la description faite par Breslaw de cette source d'énergie. Il avait plus d'un tour dans son sac, celui-là. Il avait saisi la sorte de justice que serait la mise en esclavage d'une nova sous le commandement d'Helva, après ce que le soleil de Ravel avait fait subir à Jennan. Et c'était sûrement lui aussi qui avait suggéré à Dobrinon cette allusion à un sentiment de culpabilité qui se trouverait ainsi effacé. Eh bien, elle allait lui montrer, à ce réfugié d'un monde lourd, à cet égoïste plein de suffisance, dominateur, machiavélique... Elle cessa brusquement de penser à sa vengeance et examina Parollan.

Son visage était marqué des lignes sombres de la tension, de l'épuisement. On ne distinguait plus dans ses épaules affaissées le calculateur arrogant qui avait dévoilé le bluff d'Helva en feignant de sortir avant même de commencer la discussion. Il n'y avait plus d'éclat malicieux au fond des yeux sans défense et apathiques qu'il tournait vers la colonne. Il devait savoir qu'il avait gagné la partie ! Et maintenant, certain qu'elle était intéressée, éprouvait-il des remords pour ses petites machinations ? Il donnait vraiment l'impression de regretter quelque épisode de son passé, une circonstance marquée du mauvais sort.

C'était bien le moment d'éprouver de la pitié envers Niall Parollan ! Elle devait garder fermement en mémoire qu'ils avaient sans doute grand besoin d'elle, pour des raisons plutôt matérialistes... et il faudrait qu'on la paie cher !

« Je présume que la courbe de probabilité est hautement en ma faveur ? » demanda-t-elle, rompant le silence qui s'était établi.

Railly fit un signe d'acquiescement.

« Comme je le disais, intervint vivement Dobrinon, vous êtes la personne la mieux qualifiée pour reconnaître les immigrants s'il reste la moindre trace de leurs personnalités dans leurs identités corviki.

— Vous ne croyez donc pas qu'il en reste ? »

Il haussa les épaules. « Comment juger de la profondeur d'un transfert devant une structure et une psychologie totalement différentes des nôtres ? En ma qualité d'humain, je préfère penser qu'il subsiste quelques vestiges humanoïdes. Je vous recommande quand même de limiter le contact à un temps très court. Du moins, se corrigea-t-il aussitôt, si vous décidez d'effectuer cette mission. Il ne vous sera en aucun cas demandé de vous mettre en danger pour rechercher les autres.

— Le but essentiel de ce voyage est de vous procurer l'évaluation des données VC par les Corviki », déclara Breslaw. Il jeta un coup d'œil inquiet à Dobrinon, qui haussa les épaules pour montrer qu'il était d'accord sur cette priorité.

Oh ! elle les tenait, à présent !

« J'aimerais beaucoup être munie de cette propulsion si c'est possible », dit Helva. Pourquoi diable Parollan faisait-il la grimace ? Est-ce qu'on ne lui cachait pas quelque chose ?

« Ma foi personnelle en vous se trouve justifiée, dit Railly avec sa jovialité accoutumée.

— Mais il vous faudra accepter certaines stipulations que je formulerai, sinon il est inutile de continuer.

— Vous ne vous êtes jamais montrée déraisonnable, Helva, et j'ai en effet l'autorisation de donner au règlement un peu de souplesse en votre faveur.

— Il vaut mieux écouter mes conditions avant de me promettre quoi que ce soit, Railly, répliqua Helva d'un ton ferme. Je ne vais certainement pas hypothéquer mon psychisme pour vingt-cinq ans, en devant vous payer 500 000 crédits, rien que sur l'hypothèse que la propulsion VC aura l'approbation des Corviki et que de surcroît j'effacerai ainsi quelques traumatismes qui restent encore à vérifier.

» Cette prolongation de mon contrat ancien sera nulle et non avenue s'il n'est pas possible de m'installer la poussée VC. Vous pouvez laisser de côté les modifications à ma coque, je suis prête à payer le revêtement d'alliage spécial; quant à tout le reste, il vous faudra tout bonnement l'imputer au compte des pertes pour expérimentation. Voilà ce que je vous propose. »

Railly et Breslaw conférèrent rapidement, et Railly se laissa à regret persuader par le commandant mécanicien.

« D'accord.

— De plus, j'aurai mon libre arbitre pour juger s'il est bon ou non d'entrer en rapport avec les immigrants humains sur Corvi, sans aucune pénalité au cas où je ne pourrais pas accomplir ma mission dans tous ses détails.

— Je pense que Dobrinon a répondu clairement à ce sujet.

— En troisième lieu se pose la question d'un partenaire, d'un "muscle"...

— Vous avez pourtant démontré que vous opériez bien mieux sans muscle », coupa Railly, prêt à se montrer conciliant.

Parollan émit un son inarticulé du fond de la gorge.

« Vous aviez quelque chose à dire, Chef?

— Puis-je achever? demanda Helva, la voix acide. Parollan au moins est bien informé de mes réclamations en vue d'obtenir un partenaire permanent. Je n'aime pas opérer seule. J'en ai horreur.

— Ce ne serait pas du tout à conseiller, intervint Dobrinon, inquiet à son tour.

— Je n'entreprendrai pas cette mission sans le

muscle de mon choix ! cria-t-il pour dominer la voix des autres.

— Entièrement d'accord, Railly. Cet échange psychique avec les Corviki a d'énormes répercussions émotives. Parollan et moi avons le sentiment bien ancré... » Mais quand Dobrinon lança un coup d'œil vers le Chef, il ne trouva pas d'appui et poursuivit en hâte : « ... qu'il s'impose qu'Helva soit soutenue par un muscle fort et volontaire qui serve de tampon contre les traumatismes de cette aventure.

— La discussion peut se terminer tout de suite si mes conditions ne sont pas acceptées, Railly. Vous admettrez tout comme vos experts qu'elles sont raisonnables. »

Railly acquiesça, mais son sourire s'était effacé.

« Bien. Ma dernière condition est également axée sur le succès de la propulsion. Vous me replacez à 500 000 crédits de ma libération. J'y consens. Toutefois, avec la poussée VC utilisant le plein potentiel du principe supraluminique, je serai capable de me rendre là-bas en un temps négligeable. Il faudra ensuite que je m'esquinte le derrière rien que pour vous. Je ne pense pas que l'ancienne échelle de salaires et de gratifications puisse demeurer applicable à ce nouveau niveau de vélocité. »

Railly commença à protester avec volubilité, avançant la possibilité que l'estimation de Breslaw, 500 000 crédits, soit modeste, mais il était cependant prêt à accepter ce prix.

« C'est de l'extorsion pure et simple, coupa Helva. Et sur ce chapitre, s'attend-on que j'encoure aussi les frais de toute modification coûteuse que pourraient recommander les Corviki ? Il faut aussi que j'en tienne compte, ainsi que de l'entretien d'une source d'énergie toute nouvelle. Non, Railly. Je suis certaine que la Surveillance et la SDDMI considéreraient que l'ancien salaire doit être augmenté, en raison de mon efficacité accrue.

— Helva sera ce qu'il y aura de plus rapide dans la galaxie, dit Breslaw.

— De quel côté êtes-vous, Breslaw ?

— De celui d'Helva dans le cas présent, répliqua le mécanicien, nullement intimidé.

— Je ne demande qu'une augmentation raisonnable, d'un tiers. Ce n'est sûrement pas excessif pour une employée aussi loyale des Mondes Centraux. Je suis convaincue que vous vous arrangerez toujours pour tirer de moi des bénéfices suffisants pour l'argent que vous aurez placé, si je connais bien vos méthodes !

— *Mes* méthodes ? Railly pivota pour lancer un regard furibond à Parollan.

— C'est sous *vos* ordres que Parollan dirige sa section, commandant, observa Helva, ainsi que sur les impératifs d'aller vite en besogne et par n'importe quel expédient. »

Elle regretta ces mots dès qu'elle les eut prononcés. Le repli de Parollan était maintenant évident pour les autres. C'était lui — et non pas le commandant — qui était à l'origine de ce nouveau projet. Il avait calculé avec précision combien peu de chances il y avait qu'elle refuse. Elle n'imaginait pas ce qu'il pouvait bien penser à présent. Il s'était simplement tenu à l'écart de la conversation, n'avait pas pris la moindre part à la discussion, totalement absorbé par le combat qui se livrait en lui.

Elle avait de la peine pour lui. Elle le détestait. Elle avait besoin de lui. Et elle était sur le point de le posséder. Elle ne pouvait pas le vaincre, mais elle pouvait s'unir à lui.

« Acceptez-vous mes conditions, oui ou non, Railly ? C'est à prendre ou à laisser. »

Dobrinon et Breslaw entérinèrent et Helva n'eut pas besoin d'entendre le grognement exprimant le consentement de Railly pour se rendre compte qu'il n'avait en réalité pas le choix.

Une chose en sa faveur, cependant : il était beau joueur. Pendant un long moment, après avoir dicté les modifications à l'ordinateur de la Base et les avoir rendues officielles, il resta planté, la tête basse, les yeux fixés sur le pupitre de commande. Quand il fit demi-tour, ses traits étaient impassibles.

« On m'avait dit que vous seriez plutôt dure en affaires, Helva. » Il regarda Parollan en coin. « Mais je ne pensais pas qu'un vaisseau BB devinerait ce que j'avais en tête et arriverait à me contrer. Mais vous avez fichtrement raison, ajouta-t-il, les yeux flamboyants, en disant que je vais vous user le derrière tant que vous resterez vaisseau des Mondes Centraux.

— Cela me paraît équitable.

— Bon. Breslaw va vous demander de vous rendre aux hangars d'entretien pour installer la propulsion VC. Vous conserverez votre équipement normal jusqu'à ce que les Corviki aient garanti le nouveau système. Et par ailleurs, d'accord, tout est dans les 500 000 crédits. Dobrinon a des tas de résultats après son analyse des traumatismes de Bêta Corvi ; il faudra vous les mettre en mémoire.

— Niall a pris autant de part au travail que moi-même, dit Dobrinon, s'efforçant de nouveau d'entraîner l'homme silencieux dans la discussion. Il a découvert plusieurs points de corrélation astucieux parmi les renseignements et les bandes psychiques fournis par les autres membres de la mission, et c'est précisément cela qui a permis à mon personnel de formuler les conclusions préliminaires dont nous disposons.

— Oui, oui, Parollan nous est d'un grand secours, marmonna Railly. Il ne nous reste plus donc à débattre que d'un sujet : le muscle idoine. Pour l'instant...

— Doucement, le coupa Helva. Je croyais avoir fait clairement entendre que je ne me chargerai de la mission sur Bêta Corvi qu'avec un partenaire de mon choix. La question de savoir si cet homme demeurera avec moi après Bêta Corvi ne se pose pas. »

Railly se tourna vers elle, le regard méfiant.

« Oui, nous en sommes convenus. Mais vous avez également déclaré que vous désiriez un muscle permanent.

— Exact. Mais je n'irai sur Bêta Corvi que si Parollan m'accompagne. »

Elle ne fit pas attention à la violente protestation de

Railly ni aux exclamations étonnées et aux félicitations de Dobrinon et Breslaw. Elle avait les yeux, l'esprit, tout l'être concentré sur Niall.

Le petit homme mince se tourna, cherchant des yeux sur la colonne l'endroit exactement parallèle à la tête d'Helva.

« Le moment est mal choisi pour plaisanter, Helva.

— Je ne plaisante pas, mon garçon.

— Par tous les saints du Paradis, Parollan, Helva a du génie ! s'écria Dobrinon, tout joyeux, en saisissant une épaule qui ne se déroba pas. Et, cette fois, elle a vu clair dans votre bluff.

— C'est pourtant vrai. Vous vous vantiez toujours d'être plus musclé que n'importe quel autre homme du Service », observa Railly d'un ton sec et froid. Il n'y avait pas eu d'esprit de vengeance chez Helva quand elle avait désigné Parollan, mais la réplique de Railly était plutôt agressive. « Un peu de travail sur le terrain fera de vous un meilleur chef. »

— Je pense qu'Helva pourra rectifier cette gravité fluctuante qui nous a causé tant de problèmes avec le vaisseau d'essai, assura Breslaw à Parollan. Et il y a toujours les trames antichocs à titre de protection supplémentaire. »

Brusquement, ils partirent. Niall Parollan resta, troublé, ahuri, ne réagissant d'aucune des manières qu'elle eût pu comprendre.

« Vous plaisantez sûrement, Helva, dit-il d'une voix qui se brisa malgré tous ses efforts pour se dominer.

— Pourquoi ? Vous en savez plus long sur le travail de muscle que n'importe qui d'autre dans le Service. Vous connaissez le problème corviki en long, en large et en travers, et vous avez sans aucun doute étudié à fond les équations de Breslaw avant...

— Naturellement. » Toute sa maîtrise de soi avait disparu. Ses paroles tombaient, dures, amères. « Pensez-vous que je vous aurais laissée vous aventurer dans une entreprise dont je n'aurais pas vérifié tous les aspects ? Mais c'est bien moi qui ai monté cette farce. *C'est moi !*

Pas Railly. Je l'y ai amené. Et aussi Breslaw et Dobrinon, dès que j'ai vu la possibilité de vous raccrocher.

— C'était si évident !

— Vous n'aviez pas l'ombre d'une chance, Helva, parce que je savais exactement sur lesquels de vos boutons je devais presser, et à quel instant. Et c'est ce que j'ai fait, Dieu me garde, c'est ce que j'ai fait !

— Vous êtes sans l'ombre d'un doute le chef le plus dénué de scrupules de tout le Service, reconnut-elle, opposant au mépris brûlant qu'il éprouvait envers lui-même une humeur parfaitement sereine. Et c'est un beau tour de cochon que vous m'avez joué là.

— Vous ne m'écoutez même pas, espèce de sorcière en fer-blanc ! Ne comprenez-vous donc pas ce que je vous ai fait ? Je vous ai *forcée* à ne pas quitter le Service !

— Non, c'est moi qui ai décidé de rester. A mes propres conditions. »

Niall la regardait farouchement, les yeux assombris par le conflit qui le déchirait. Toute arrogance, toute assurance lui avait été ôtée. C'était une réaction trop violente en comparaison de la petite vexation qu'il pouvait ressentir en constatant que c'était lui qu'on avait manœuvré pendant un moment.

« Vos conditions ? Vos conditions ! Eh bien, voilà encore un bel et bon exemple de justice cosmique. » Il se mit à rire d'une ironie qu'il était seul à percevoir.

« Vous devriez bien me faire partager votre joie, Niall. J'aimerais rire un peu, fût-ce à mes propres dépens. »

Maintenant il avait les larmes aux yeux et ses poings se crispaient contre ses cuisses.

« J'ai monté toute cette histoire, Helva, parce que moi, Niall Parollan, j'étais dans l'incapacité de vous laisser quitter le Service des Mondes Centraux. Oh oui ! je vous ai fait attribuer toutes les missions qui pouvaient vous aider à vous libérer. Et une fois que vous avez été libre, j'ai constaté que je me refusais à envisager la perspective de vous perdre. Alors, j'ai organisé tous ces sales mais astucieux complots pour vous garder. Et en vous voyant réagir exactement comme je l'avais prévu, j'ai compris que j'avais usé de ma situation pour commettre l'acte le plus vil de toute une vie de magouilles habiles, rusées et méprisables. Et il m'était devenu impossible d'arrêter ce que j'avais déclenché. Je n'arrivais même plus à imaginer une combinaison pour vous tirer du pétrin. Et voilà que vous, Helva, vous me réclamez comme votre muscle, moi, Parollan ! » Il y avait de l'angoisse dans son rire.

« Cela ne modifie nullement mon choix, Parollan », dit-elle avec force. Il fallait qu'elle mette fin à ce rire affreux. « Je suis aussi égoïste en voulant vous avoir pour muscle que vous en me gardant dans le Service. Et il vaut mieux pour moi vous avoir comme muscle que comme Chef. De toute façon, je n'ai guère d'autre solution que de rester avec les Mondes Centraux, ajouta-t-elle d'une voix radoucie. C'est vous qui m'avez ouvert la possibilité de continuer selon mes propres exigences, parce qu'ils savent fichtrement bien que je suis le seul vaisseau qui puisse se charger du boulot. Je vous désire comme muscle, Niall Parollan, parce que vous êtes intelligent, faux, méprisable, dénué de scrupules et exigeant. Parce que vous savez quels boutons presser pour me faire réagir. Certes, votre apparence et votre taille ne sont pas en votre faveur, mais je connais la musique. J'ai confiance en vous pour me ramener de n'importe où... même de Bêta Corvi.

— *Confiance en moi ?* » C'était un cri jailli de ses entrailles. Son corps tremblait sous l'effort. « Espèce de sotte, de phénomène, demi-portion d'imbécile romantique au derrière en ferraille ! Vous me faites confiance ? Vous ignorez donc que je sais jusqu'au moindre détail ce qu'il y a à savoir de vous ? J'ai même fait procéder à une extrapolation de vos chromosomes pour savoir de quoi vous avez l'air. Et je connais les syllabes d'ouverture qu'on a cofidiées dans votre panneau il y a moins de sept jours ! Confiance en moi ? Je suis la dernière personne en qui vous puissiez avoir confiance. Me choisir comme muscle ? Seigneur ! »

Helva fut ébranlée par ces révélations. Parollan avait une fixation sur elle, comme muscle ! Elle avait envie de chanter des alléluias, de hurler de fureur. Elle se sentait exaltée et envahie de panique. Mais elle savait ce qu'il fallait faire. Et il le fallait. Le désir déraisonnable de voir le visage de son cerveau n'était pas rare chez un muscle quand les deux partenaires éprouvaient un attachement émotif profond. Il était le plus souvent entravé par la difficulté d'ouvrir le panneau d'accès. Si Niall était en possession des syllabes secrètes....

Il fallait qu'elle élimine cette fixation, d'une façon ou d'une autre.

« Voilà pourquoi je ne peux pas être votre muscle, Helva, reprit Niall, la voix brisée. Et ne me racontez pas de fariboles sur les fixations, qui sont fréquentes et guérissables. Je connais les syllabes d'ouverture. Et un jour, c'en serait trop pour le petit Niall. J'ouvrirais ce cercueil dans lequel on vous a bouclée. Je regarderais votre beau visage, et je toucherais ce divin sourire, je vous tiendrais... »

Il s'était avancé, luttant à chaque centimètre contre le désir de son corps, et maintenant il était plaqué les bras en croix contre sa colonne, la joue pressée contre le métal froid, le bout des doigts blanchi tant il s'efforçait de pénétrer la surface inflexible. Une main glissa lentement vers le panneau. Et pourtant il avait le visage étrangement clair, serein, presque heureux, les yeux clos comme s'il l'eût déjà serrée contre lui.

« Alors, prononcez les syllabes ! s'écria-t-elle avec passion. Ouvrez le panneau, brisez la coquille, regardez mon visage et tenez entre vos bras mon corps difforme ! Mieux vaudrait pour moi mourir de vos mains que de rester vierge et intacte sans vous ! »

Poussant un cri inarticulé, il fit un bond en arrière comme si le métal l'eût brûlé. Son visage se convulsait en une atroce grimace.

« Puisque vous n'avez pas agi à l'instant, Niall, vous ne le ferez jamais », dit-elle d'une voix toujours douce et apaisante, tout en réprimant les aspirations inattendues qui menaçaient de lui voler sa santé mentale.

« Mon Dieu, Helva ! Non ! »

Il pivota, partit en courant jusqu'au sas, abaissa le contacteur de l'ascenseur. Il sauta de la cabine avant qu'elle ait atteint le sol et fonça pour disparaître dans la Tour.

Et moi, il ne me reste qu'à attendre, songea amèrement Helva. C'est à lui de prendre la décision. Il faut qu'il veuille revenir parce qu'*il sera certain* de sa confiance en lui-même. La mienne en lui n'a pas d'importance. Il doit être l'initiateur, celui qui dresse les plans, celui qui agit.

Pourquoi diable n'ai-je pas bouclé le sas ? Pourquoi ne l'ai-je pas gardé ici jusqu'à ce qu'il se rende compte qu'il est redevenu sain d'esprit... que le moment critique est passé ? Toutes ses défenses étaient abaissées : jamais plus il ne sera aussi vulnérable à lui-même ou à moi. Il faut qu'il le comprenne dès qu'il aura repris tous ses sens.

Sûr qu'il ne va pas tarder à revenir, tout arrogance, désinvolture, vantardise et suffisance ! Si la fixation est si profonde, il faudra bien qu'il revienne. Il ne pourrait pas rester à l'écart. Seul... un Niall Parollan le pourrait... si ledit Parollan décidait que c'était son devoir. Voilà le genre d'homme qu'il est. Il est capable de justifier tout ce qu'il fait de trompeur, de coupable, de malhonnête, de chasser les mauvaises actions de son esprit quand elles ont atteint le but cherché. Mais qu'on exerce des pressions sur son intégrité foncière, qu'on le touche en son noyau caché de bonté et d'honnêteté, et Niall Parollan accomplira le geste noble, l'acte de sacrifice qui lui paraît si étranger. Pour bousiller du même coup tout le reste de leurs vies, à tous les deux !

Devait-elle appeler Railly ? Il agirait instantanément. Sur quelles bases ? Niall était rentré dans la Tour. Pour réfléchir, envisager, décider ; et, elle l'espérait sincèrement, pour revenir. Après ce que Railly avait dû subir, il valait mieux pour elle ne pas l'ennuyer sans nécessité. Et surtout ne pas l'indisposer contre Niall.

Et de nouveau Helva était immobilisée, son sas grand ouvert et l'ascenseur au niveau du sol.

Il avait dit qu'elle était belle. Quand avait-il fait procéder à l'extrapolation de son groupe de chromosomes ? Cela coûtait une fortune. Même pour un être normal. Avant Bêta Corvi ? Après Borealis ? Oh, oh ! dieux de l'espace ! s'était-il procuré son dossier médical ? Non, cela aurait révolté un homme avec les goûts de Niall pour les filles nubiles. Elle eut envie de glousser ; n'était-*elle* pas nubile et jeune ? Naturellement, l'aisance de connaisseur avec laquelle il laissait sous-entendre d'étonnantes prouesses sexuelles pouvait être trompeuse. Non. Les hommes de petite taille ont souvent en compensation de ce qui leur manque en hauteur des attributs plus généreux. Et les appétits qui vont avec. Mais elle avait un beau visage, avait-il dit. Même si ce n'était que le résultat d'une extrapolation artificielle, cela lui faisait plaisir. Il n'aurait pas utilisé ce qualificatif à la légère. Il fallait bien qu'elle soit belle pour qu'il le dise.

L'idée d'être belle était à la fois rassurante et troublante. Les personnes encapsulées étaient conditionnées à ne pas penser à leur apparence et ne voyaient jamais aucune reproduction d'elles-mêmes. Ces portraits étaient aussi très secrets. Mais il était évident que rien n'était secret ou sacré pour les gens résolus. Niall avait réussi à se procurer les nouvelles syllabes d'ouverture, que seul le commandant Railly était censé connaître... et encore étaient-elles bouclées sous hypnose dans son esprit, par mesure supplémentaire de précaution.

Elle était belle. Niall l'avait dit. Où était-il ?

Des hommes sont morts et les vers les ont mangés
Mais pas par amour.

Elle éclata d'un rire inattendu devant ces vers ridicules qui lui étaient passés par la tête. Néanmoins, des hommes avaient risqué davantage pour la beauté, et en particulier pour la beauté inaccessible, que pour toute autre raison.

C'était pour la beauté légendaire d'Hélène que Troie était tombée. Pour la beauté de l'or et des pierres précieuses, d'autres avaient risqué leur vie, de même que par superstition, ou pour la liberté. Pour la beauté du savoir, des hommes avaient lutté et péri. Pour la beauté de quelque principe, des masses de fanatiques, de toutes les confessions possibles, avaient aussi péri.

Elle ne voulait pas que Niall meure pour elle... belle ou non. Elle le désirait à son pupitre de pilotage !

Une voie de communication s'ouvrit.

« Oui ?

— Quel charmant accueil », répondit une voix connue.

Ce n'était pas Niall, et le soulagement qui l'avait envahie l'abandonna.

« Qui est-ce ?

— Quel changement de ton offensant, ma chère !

— Oh ! bonjour, Broley. Je... j'attendais un autre appel. Mais je suis toujours heureuse d'avoir de vos nouvelles. » C'était de mauvaise politique que de se mettre à dos un administrateur encapsulé de la ville, notamment Broley, et surtout en ce moment précis. Elle aurait peut-être besoin de son appui.

« Vous paraissiez si joyeuse ! Et j'espère du fond du cœur que le visiteur que vous attendez n'est pas un rival.

— Un rival ?

— Oui, oui », et sa voix devint un peu âpre. Helva se morigéna d'un coup. Broley ne se serait pas montré si affable s'il n'avait eu quelque idée en tête. « Je crois comprendre que vous êtes parvenue au moment de votre libération ? reprit-il d'un ton plus amène.

— Évidemment, on peut vous faire confiance pour être bien informé !

— Ainsi donc, vous n'avez pas encore pris d'engagements ?

— Désolée, Broley. Je prolonge mon contrat avec les Mondes Centraux.

— Vous, une prolongation ? Et avec les Mondes Centraux ? » La voix de Broley n'était plus qu'un murmure effaré. « Moi qui vous ai toujours crue intelligente ! Par tous les circuits imprimés ! Pourquoi diable avoir pris une décision aussi irrationnelle, avilissante et digne d'une cervelle de droguée ? Vous ne vous rendez pas compte que j'ai quatre industries et deux planètes toutes prêtes à surenchérir les unes sur les autres et à se priver de bénéfices pendant dix ans rien que pour passer un contrat de six mois avec un vaisseau BB tel que vous ? Quel démon vous a incitée ? J'en reste sidéré. Je devrais d'ailleurs me faire examiner du point de vue mental ! Vous m'avez complètement désarçonné par votre folie. J'en reste sans voix ! »

D'une façon curieuse, la rage de Broley redonnait de la vie à Helva. Cette personne encapsulée, mais citadine, avide, bavarde et cynique la renforçait dans sa première décision. Probablement y avait-il en effet six compétiteurs prêts à se trancher financièrement la gorge pour elle, mais elle avait la certitude qu'elle ne trouverait aucune joie à remplir leurs contrats quels qu'ils fussent. Et les perdants lui causeraient tout le tort possible. En dépit de tous leurs défauts, les Mondes Centraux travaillaient pour le bien général de la Fédération, et non pour l'expansion d'un système d'étoile isolé ou pour obtenir un monopole purement commercial.

« Broley ? Sans voix ? s'enquit Helva avec un rire qui lui coûtait. On ne le dirait pas.

— C'est Parollan qui vous a embobinée, n'est-ce pas ? » contra vivement Broley.

Helva imaginait sans peine l'esprit de son interlocuteur rapiéçant des bribes de conversations surprises et d'hypothèses diverses pour aboutir à cette conclusion. Mais quelle était la part de devinette ? Quelle était la part d'informations réelles ? Elle savait que Broley tirait fierté de prévoir les événements. Ce qui faisait de lui « un manager » extraordinairement habile. L'immense métropole de Régulus, si complexe, abritant une douzaine de sous-races en plus d'une énorme population humanoïde, fonctionnait en souplesse, sans ralentissements de la circulation, sans crises du travail ni pénuries de matières... le tout sous la direction de Broley. Mais il avait toujours un circuit ouvert pour percevoir les rumeurs et les échos de difficultés. Il adorait les difficultés, prétendant que cela le maintenait jeune ; mais il chérissait les rumeurs et ne jugeait pas indigne de lui d'en répandre quelques-unes simplement pour le plaisir.

« Parollan est mon chef, répliqua-t-elle d'un ton détaché. Mais j'ai obtenu quelques changements, moi-même.

— Ainsi vous avez marchandé ?

— Oui, et pour remonter dans votre opinion, je vous annonce que si mes conditions ne sont pas respectées, ma prolongation de contrat sera annulée.

— Je me sens vraiment mieux après cela. Vous ne m'indiqueriez pas les conditions que vous avez posées ?

— Vous vous ennuyez, Broley ?

— Je prends *vos* intérêts à cœur, Helva. Vous êtes une des personnes que je préfère, depuis que votre premier muscle a rossé et battu comme plâtre cinq brutes de la flotte qui s'étaient permis de rire de vos chants. »

C'était bien de Broley d'évoquer Jennan ! Et en ce moment précis. Eh bien, les conditions, il en serait informé de toute façon, alors autant les lui exposer et garder son amitié.

« La propulsion VC ! hurla-t-il quand elle en fit mention. Vous perdez la tête, Helva ! Je vais tout simplement demander à ces industriels de vous attendre, ma chère. » Il paraissait plein d'assurance et autosatisfait.

« La VC est si dangereuse ?

— Oh ! ma chère Helva, ils n'ont sûrement pas été francs avec vous ! Avez-vous entendu parler de ce qui est arrivé au vaisseau expérimental ?

— A neuf années de distance, m'a-t-on dit, mais vous savez parfaitement bien qu'une personne en coquille est beaucoup mieux équipée pour manipuler des circuits délicats que tout individu mobile...

— Oh, zut ! coupa Broley. Dès que je trouve le temps de bavarder agréablement, il faut qu'on vienne me déranger ! »

Elle fut reconnaissante de l'incident, quel qu'il fût, qui les avait interrompus. Un peu du cynisme de Broley, cela allait très loin. Quand elle aurait été en service depuis aussi longtemps que lui, serait-elle aussi misanthrope et acerbe ? Ou aussi impassible que Silvia, qui vivait des années de calme désespoir pour la chance peu probable que demain lui apporterait un instant de beauté, d'amour ?

Où était Niall ? Il était sans doute maintenant assez apaisé pour penser clairement. Des heures s'étaient écoulées depuis son départ. Il devait comprendre que leur association serait brillante, riche, pleine. Il perdait son temps comme chef. Voyons, ils rembourseraient la dette de la VC dans les délais du contrat, sinon plus vite, en travaillant tous les deux dans ce but. Alors elle n'aurait plus à se tourmenter de se trouver indépendante. Personne ne pourrait lui causer de mal tant que Niall serait son muscle. Si Niall le voulait bien...

Elle jeta un coup d'œil chargé d'espoir au-dehors, surprise que les rapides ténèbres équatoriales fussent tombées sur la Base de Régulus. Il n'y avait que de rares lumières dans la Tour, aux postes de surveillance et dans quelques bureaux. Elle se rappela qu'elle n'avait activé que les récepteurs de l'ascenseur en se posant. Maintenant qu'elle en mettait d'autres en circuit, elle entendait des bruits métalliques assourdis en provenance des lointains ateliers d'entretien ainsi que le pas mesuré de la sentinelle qui paradait devant la Tour.

Encore une des fantaisies archaïques du Service, songea-t-elle, sachant bien que les détecteurs hautement spécialisés disséminés autour de la Base relevaient même le passage d'un insecte, l'identifiaient et le détruisaient s'il était nuisible avant que le garde humain ait pu réagir devant une attaque plus facilement décelable ou plus bruyante. Mais le claquement de talons de la sentinelle quand elle faisait demi-tour avait quelque chose de rassurant. Elle ne se sentait plus si seule. Quelques antiques traditions avaient vraiment une place particulière que ne pouvait occuper aucun ersatz moderne. Comme... Au diable Broley ! Pourquoi avait-il fait allusion à Jennan ?

Broley était en mesure de repérer Niall pour elle. Mais il exigerait d'être renseigné en détail. Et il n'aurait vraisemblablement pas beaucoup de compréhension envers le besoin qu'elle éprouvait. Selon Broley, les encapsulés devaient être autonomes et se suffire à eux-mêmes.

Elle répondit sans attendre à l'appel strident.

« Eh bien, il se peut que Parollan n'ait pas abusé de votre confiance, mais il est certainement en train de célébrer je ne sais quoi ! » Broley était brutal au maximum. « Il a commencé par causer une collision entre quinze véhicules à coussin d'air et trois transporteurs lourds, ce qui a littéralement cisaillé deux mâts d'émission. Comment il n'a pas été tué, je l'ignore encore, mais il s'en tire sans une égratignure ainsi que les trois femmes avec qui il était. Heureusement, personne n'a été sérieusement touché dans les autres voitures, mais il a été frappé d'une amende de mille crédits pour une conduite aussi imprudente. Et il a eu le toupet de rire. S'il n'était pas Chef du Service avec de grosses influences, on l'aurait mis à l'ombre pendant quelques mois. Et tout cela par votre faute. Je serai soulagé de vous voir partir. Oh ! et puis zut ! Il est au *Vanishing Point*. Et maintenant, il faut que je mette en route des surveillants spéciaux pour maintenir le bon ordre en cet endroit aussi. S'il se figure pouvoir s'en sortir avec deux délits la même nuit, il se trompe lourdement ! Je ne veux pas que ma ville subisse des troubles en raison des multiples escapades amoureuses de Parollan. »

Ayant ainsi déversé sa bile, il coupa le contact.

Parollan cherchait-il à se tuer? Elle pouvait comprendre sa visite au *Vanishing Point*... la maison était connue pour la variété et la fantaisie des plaisirs qu'elle offrait. La plupart des planètes comptent plusieurs de ces établissements, surtout les villes de spatioport, fréquentées par la plupart des muscles.

C'était trop bouleversant d'imaginer ce qu'il y faisait. Elle regrettait profondément que les gens en coquille n'eussent pas la ressource bénie du sommeil. On aurait dû leur donner un moyen quelconque de se dispenser d'activité cérébrale, quelque refuge contre des pensées insupportables. Mais son esprit désobéissant revenait à la maison du *Vanishing Point* et à sa mauvaise réputation.

« Deux Maisons, de noblesse pareille... » commença-t-elle d'une voix décidée qui résonna en écho dans les cabines désertes. Elle se demandait si le Solaire Prane/Corviki comprendrait la gratitude qu'elle lui devait pour ce passe-temps.

Une voie de communication s'ouvrit et elle ne fut nullement surprise d'entendre la voix sèche de Broley. Toutefois il paraissait maintenant intrigué et non plus en colère.

« Auriez-vous fait renvoyer Parollan pour vous avoir abusée en vous entraînant à cette prolongation de contrat ?

— Non.

— Simple question. Je n'arrive vraiment pas à piger pourquoi il se conduit ainsi. Cela ne ressemble en rien au Parollan que je connais.

— Que fait-il ? » La question partit avant qu'Helva ait pris le temps de réfléchir.

« Il *agissait* comme à l'ordinaire. Maintenant il semble avoir perdu le peu de bon sens que lui avait laissé tout cet alcool. En fait, les surveillants étaient tout prêts à s'emparer de lui, quand il convoque soudain le joaillier de la Maison et offre un bijou à toutes les filles "en souvenir de moi", leur dit-il. Et il rentre chez lui. Et tout seul, en plus. Et vous ne devinerez jamais ce qu'il est en train de faire.

— A moins que vous ne me le disiez ?

— Il a fait venir un négociant et il vend son mobilier, ses tableaux, ses objets d'art, ses enregistrements. Il a dépensé une fortune pour les collectionner et il n'en obtiendra pas la moitié de leur valeur. Il a vendu sa voiture à coussin d'air. Et, en plus, il bazarde toute sa garde-robe. »

Helva s'efforçait de réprimer l'espoir que faisait naître en elle cette nouvelle. Rejet symbolique d'une partie révolue de sa vie ? Pourquoi ? Niall savait bien que les muscles avaient tous un foyer dans quelque port. Pourquoi vendre ? A moins... Elle se refusait à envisager l'alternative.

Broley reprenait : « S'il avait eu une nouvelle querelle avec Railly, vous l'auriez appris ?

— Je n'ai rien entendu du Centre de Communications de toute la nuit.

— Si vous avez du nouveau, vous vous souviendrez de Broley, n'est-ce pas ?

— Oui, Broley, je ne vous oublierai pas. »

Est-ce que les filles, la boisson, la maison de mauvaise réputation n'étaient que le divertissement d'un soir du célibataire ?

César et Cléopâtre l'occupèrent jusqu'à l'aube, jusqu'au retour en masse des techniciens et des spécialistes de l'ordinateur, qui vinrent la distraire.

Un couinement insistant du Centre, et Railly se mit à tonitruer sur la ligne.

« Que diable veut Parollan, en nous donnant sa démission ? Qu'est-ce que vous manigancez maintenant, Helva ? Laissez-moi lui parler. Immédiatement !

— Il n'est pas à bord.

— Pas à bord ? Alors où est-il ?

— Je l'ignore.

— Et j'imagine qu'en outre vous ne savez pas que Parollan a posé une lettre de démission sur mon bureau pour gâcher ma matinée ? Qu'il mentionne le sous-paragraphe d de l'article 5 ? A mon avis, il souffre d'aberration mentale. Il est devenu fou. Si vous avez tous les deux l'intention de jouer encore un tour au Service après la séance d'hier !... » La voix coléreuse de Railly se perdit. « C'est bon, Helva, reprit-il d'un ton patient, que s'est-il passé après notre départ ? Je croyais la question entièrement réglée. Parollan était le muscle de votre choix et vous deviez à vous deux mener à bien la mission envisagée sur Bêta Corvi. Alors... que s'est-il passé ?

— Une association se fonde sur le consentement réciproque des deux parties », répondit Helva d'une voix lente et appliquée.

Il y avait eu dans le ton de Railly une dureté dangereuse, une menace informulée, et l'insinuation effarante que c'était elle-même et Niall qui avaient organisé à l'avance les événements de la veille.

Voilà donc pourquoi Niall avait démissionné, s'efforçant de garder une certaine avance sur Railly... qui aurait sûrement tenté de l'obliger à revenir à bord. Ainsi Niall Parollan avait pris sa décision. C'était pour cela qu'il avait tout vendu : pour se procurer assez d'argent pour quitter Régulus et échapper à l'autorité de Railly.

C'était très difficile de réfléchir clairement. Et pourtant il fallait qu'elle garde tous ses esprits au bénéfice de Niall. S'il devait s'en aller, elle ne permettrait pas qu'on l'en empêche.

« Je connais cette définition de l'association entre partenaires, Helva, fit Railly, le ton mordant. Et alors ?

— Alors, Niall n'était pas d'accord pour l'association.

— Écoutez-moi bien, Helva. Et plus de sottises. Niall Parollan a supplié qu'on le prenne dans le Service, il y a douze ans, quand il a appris qu'il était foutrement trop petit pour faire un muscle. Depuis qu'il est passé Chef, il explique aux muscles comment ils doivent exécuter leurs missions, organiser leurs cerveaux et leurs vies. Vous n'allez pas me dire qu'au moment où Parollan met un vaisseau en position de le choisir comme muscle, il se dégonfle ?

» Eh bien, moi, je vais vous dire une chose, XH-834, il va l'accomplir cette mission sur Bêta Corvi, sinon il restera aux fers tout le reste de sa vie. »

Aux fers ? songea Helva, farouchement. Encore une vieille tradition du Service. Que Railly était ridicule de croire qu'il pouvait « mettre aux fers » un Niall Parollan !

Se calmer, réfléchir ! Railly ne tarderait pas à être informé que Niall avait tout vendu. Elle ferait bien de décoller...

Le hurlement aigu de véhicules à coussin d'air menés à toute allure l'arracha à ses pensées. Elle effectua un balayage automatique et vit tout un escadron qui se déployait autour de sa base. Premier round pour Railly.

« Broley, commença-t-elle, dès qu'elle eut la communication, il faut que vous avertissiez Parollan. Railly est à ses trousses et veut sa peau.

— Vraiment ? » Broley était enchanté. « Parollan est en route pour le spatioport en ce moment. Il a obtenu un billet clandestinement, de son négociant. Je viens de l'apprendre.

— A quelle heure le décollage ?

— Neuf heures, mais...

— Avertissez Parollan que Railly a pris des mesures pour l'empêcher de partir. Il a posté toute une garde autour de moi, aussi suis-je immobilisée. Maintenant, il va sûrement fermer le spatioport.

— Allons, Helva ! Parollan appartient au Service...

— Plus maintenant. Vous vous rappelez ? Il a démissionné. C'est pourquoi Railly veut le maintenir sur Régulus.

— Mais si Parollan a donné sa démission, Railly n'a plus aucune autorité sur lui.

— Vous, Broley, naïf à ce point ? Ma prolongation de contrat est nulle et non avenue, à moins que Parollan ne m'accompagne comme muscle dans la mission sur Bêta Corvi.

— Railly l'arrêtera, convint Broley, puis il se rendit compte de ce qu'Helva venait de lui avouer. Vous avez essayé de manœuvrer Parollan pour qu'il vous serve de muscle ? » Il eut un rire d'amphibie à l'agonie, sans doute parce que cela ne lui arrivait pas souvent, songea Helva, mais du moins ne paraissait-il pas contrarié qu'elle lui eût caché ce renseignement. « Chère fille ! Vous êtes fabuleuse, purement fabuleuse ! Voyons, cet homme, c'est avant tout un étalon. Il ne se bouclerait jamais dans le célibat des “muscles”... Grands dieux ! peut-être en serait-il capable, après tout ! Il a envoyé promener les filles, la nuit dernière...

— Écoutez-moi donc, Broley. Avertissez immédiatement Niall que Railly veut s'emparer de lui pour ce contrat.

— Doucement, ma belle. Si Parollan reste introuvable, le contrat est annulé ?

— Oui, oui.

— Et, dans ce cas, vous auriez toute latitude de considérer les offres de mes candidats ? »

Elle s'attendait à moitié à ce marchandage, aussi accepta-t-elle.

« Railly est un méchant ennemi, Helva.

— Il ne peut rien me faire sans Parollan. Et, s'il essaie, je fais appel à la Surveillance des Mutants et à la SDDMI.

— Ceux-là ! fit Broley d'un ton de mépris.

— Ils ont parfois leur utilité, comme en ce moment, par exemple.

— Néanmoins mes candidats auront la première chance ?

— J'ai donné mon accord, non ? Maintenant, avertissez Parollan. Et ensuite oubliez où vous l'aurez joint.

— Il est dans un taxi public, mais il faudrait encore que je me rappelle dans lequel, avec tous les soucis que me cause l'administration de la ville... » Broley gloussait en coupant la communication.

« Se boucler dans le célibat. » C'était bien ce qu'avait dit Broley ? Pourtant, Niall lui avait affirmé qu'elle était belle. Il y avait eu tant de désir dans sa voix, dans son corps nerveux plaqué contre la barrière de métal. Il avait souhaité la regarder, la tenir...

Cette longue nuit, après qu'elle fut rentrée de Bêta Corvi, il était venu lui tenir compagnie. Elle devait déjà l'obséder à cette époque. Et c'était pourquoi il lui avait suggéré d'occuper le corps vide de Kurla. Comment avait-elle été assez stupide pour ne pas saisir ce qui avait motivé cette étrange conversation ?

Son corps qui était dans l'incapacité de fonctionner comme un corps, habité par une âme qui n'était que trop humaine. Et le corps de Kurla, qui n'était que chair, tangible, belle... et son âme.

Elle aurait pu devenir une créature charnelle pour lui, utilisable par lui, capable de connaître elle-même cet ultime don de soi...

Peut-être que si le corps de Kurla n'était pas encore attribué...

Non ! *Non!* Elle repoussa résolument des idées aussi dévastatrices. Broley tiendrait parole. Il avertirait Niall. Le reste dépendait uniquement de ce dernier. Elle avait la certitude que Parollan saurait rester en liberté assez longtemps pour que la colère de Railly s'apaise. Il avait de l'argent en abondance. On trouve toujours le moyen d'acheter sa sûreté.

Mais Railly était un terrible ennemi. Broley avait raison sur ce point. Toutefois, un vaisseau BB de mauvaise volonté est un objet inamovible. Même si Railly parvenait à attraper Niall, elle n'aurait qu'à leur refuser l'accès de son bord. Elle ne voulait pas d'un muscle embarqué de force.

De force ? Hum !... oui, c'était le terme qui expliquait tout. Comme c'était curieux et ironique que le premier homme qu'elle souhaitât avoir comme muscle depuis la mort de Jennan se révélât hostile à cette union. *Nous perdons toute perspective, nous autres gens en coquille. Nous oublions que tout le monde n'a pas envie de partager notre destin.*

Mais Niall avait bien eu envie de devenir « muscle » ! Quand il s'était aperçu qu'il n'avait pas les qualités physiques requises, il avait réussi à s'élever jusqu'au commandement de toute une section de muscles. Et puis il avait fallu qu'elle survienne, coquette et entêtée, pour le forcer à se dépouiller de tout ce qu'il avait acquis, son grade, son prestige, son luxe.

« Broley ?

— Quoi encore ?

— Vous l'avez prévenu ?

— Je vous ai promis que je le ferais. C'est fait. J'ai également émis quelques observations précises sur son comportement et je l'ai averti, de mon propre chef, de ses difficultés à venir. »

Oh non ! gémit-elle intérieurement. Broley faisant un sermon à Niall dans son présent état d'esprit ?

« Où est Parollan pour le moment ?
— Je ne saurais vous dire ce que j'ignore.
— Vous devez bien avoir une idée ?
— Pas la moindre, mais vous serez la première informée dès que j'aurai du nouveau. En attendant, vous feriez pas mal de vérifier votre niveau d'acidité, ma chère ! » Et Broley se retira après ce conseil perfide.

Il fallait qu'elle entre en rapport avec Niall. Elle accepterait de travailler avec un autre muscle si Parollan voulait bien rester à son poste de chef. Elle ne pouvait le laisser tout sacrifier à cause d'elle.

Elle scruta anxieusement l'extérieur. La zone était très animée, une circulation intense de petits véhicules. Railly organisait des recherches de grande envergure. Si Broley refusait de l'aider, comment trouverait-elle Niall ?

Après tout, il existait un autre moyen pour aboutir au même but. Il était évident que Railly avait bien l'intention de mener jusqu'au bout l'opération de Bêta Corvi. Très bien, donc...

Avant qu'elle ait pu activer une voie de communication, un appel lui vint de la Tour. Railly lui déclara d'un ton officiel et sec qu'elle devait garder sous tension son écran de réception. L'image se précisa, montrant Railly, les épaules rejetées en arrière, les yeux fixés droit devant lui, mais le regard dans le vague, assis derrière un bureau encombré de paperasses, avec un assistant qui se tenait à l'arrière-plan, l'air craintif. Il y avait aussi deux autres hommes dans la pièce ; le plus âgé, au visage triste, portait l'uniforme vert et or de la SDDMI. Le second était plus jeune, avec des yeux perçants mais sombres. Il paraissait cependant très à l'aise et balançait mollement une jambe croisée sur l'autre ; des bottes élégantes le chaussaient.

« Le capitaine Amiking, de la SDDMI, et M. Rocco, de la Surveillance des Mutants, sont ici en réponse à une plainte déposée en votre nom, XH-834. » La voix de Railly était aussi sinistre que son expression.

« Oui, notre informateur prétend que votre dernière

expédition vous a acquis suffisamment de crédits pour obtenir votre libération, Helva », intervint Rocco en souplesse, sans paraître s'apercevoir que Railly n'avait pas fini de parler.

« Divers crédits de la Fédération ne sont pas encore versés, répondit Helva, jugeant de meilleure politique de dire la vérité, notamment si cela devait faire monter la colère de Railly.

— Les crédits sont versés mais... commença Railly.

— Dans ce cas le XH-834 a satisfait à toutes ses anciennes obligations financières ? s'enquit Amiking d'une voix douce.

— Oui, cependant...

— J'en infère donc que la troupe rassemblée si gentiment sur le berceau d'atterrissage occupé par Helva est là pour la protéger contre les importunités des candidats indépendants à un contrat avec elle ? » demanda Rocco.

Railly pinça les lèvres en une mince ligne tout en portant son regard le plus froid sur le représentant de la Surveillance.

« Autrement cela ressemblerait fort à quelque forme de contrainte morale, car Helva, si elle le désirait, ne pourrait certes pas s'en aller sans carboniser nos troupes. Ce qu'un vaisseau BB est constitutionnellement dans l'incapacité de faire. Ces hommes doivent se retirer. Immédiatement.

— Nous sommes sur une Base du Service, monsieur Rocco...

— Immédiatement, commandant Railly ! Sinon le capitaine Amiking et moi-même serons forcés de constater l'application de mesures de coercition. » L'agent de la Surveillance des Mutants arborait un sourire indolent, mais sa voix avait, elle aussi, une tonalité dure et froide.

Railly aboya un ordre à son assistant, qui se mit à tripoter le pupitre de communication. Presque instantanément, les hommes rassemblés autour d'Helva commencèrent à se disperser.

« Sont-ils partis, Helva ?

— Oui, monsieur Rocco. Mais il faut que vous

sachiez que j'ai prolongé mon contrat avec les Mondes Centraux.

— Je l'avais entendu dire, observa Rocco, se tournant poliment vers elle, les yeux étincelants. Ce qui fait précisément que cette garde était totalement injustifiée. J'ai toutefois également appris qu'une des conditions de la prolongation, exigée précisément par vous, ne peut plus être remplie en raison de circonstances indépendantes de votre volonté. En conséquence ce contrat se trouve invalidé...

— Ce contrat ne sera pas invalidé avant que les Mondes Centraux aient montré qu'ils ne peuvent pas satisfaire à ladite condition! s'emporta Railly, frappant coléreusement du poing sur son bureau pour souligner ses paroles.

— Et ils en sont incapables, contra Rocco avec une égale emphase. Niall Parollan était le muscle de votre choix, n'est-ce pas exact, Helva?

— Oui, mais...

— Il a démissionné du Service et n'est plus disponible...

— Niall Parollan sera à bord du XH-834 avant la tombée de la nuit, rugit Railly, se dressant pour dominer les autres. La condition sera remplie et la mission prévue par le contrat sera exécutée.

— *Si* vous parvenez à découvrir Niall Parollan, rectifia Rocco.

— Messieurs, cette discussion est ridicule, déclara Helva, élevant la voix pour se faire entendre. Oui, je voulais Niall Parollan comme partenaire. Je suis désolée qu'il n'ait pu satisfaire à mon désir. Je regrette profondément qu'il ait cru nécessaire de démissionner du Service pour donner du poids à son refus. Mais je ne le forcerais jamais à accepter un travail qui lui coûte... je ne veux pas lui empoisonner la vie. Je préfère envisager l'affectation d'un autre muscle.

— Oh! espèce de martyre au derrière de fer-blanc, infidèle, tricheuse, demeurée à la chevelure en fils métalliques! rugit une voix âpre dans la coursive principale. Ainsi vous envisagez un autre muscle? »

Niall Parollan se tenait près du panneau ouvert de la chambre des machines, vêtu d'une combinaison de mécanicien déchirée et tachée, le visage coléreux, marqué d'égratignures et de traînées de graisse.

« N'essayez pas de me tromper, Helva, c'est Parollan ! hurla Railly sur l'écran de communication.

— C'est lui, en effet, et c'est d'abord avec lui que j'ai à discuter, Railly ! » cria Helva.

Elle coupa le contact, boucla le sas, activa le champ magnétique de protection autour de sa coque. Elle allait immédiatement mettre la situation au clair.

« Oui, je dois envisager l'affectation d'un autre muscle. Vous ne me laissez pas le choix, salopard, demi-portion, ivrogne, putassier ! Quel autre moyen me reste-t-il d'amener Railly à abandonner les recherches et à vous laisser filer en liberté ?

— En liberté ? Qui donc est libre ? Dès l'instant où je vous laisse seule, vous êtes toute prête à vous vendre de nouveau, à redevenir esclave ! Entre toutes les filles bornées, à idées courtes, à la vue basse, à l'idiotie majeure !...

— L'idiotie ! s'exclama Helva, crachant sa fureur et son indignation. Regardez-vous donc ! Vous envoyez au diable sept années de dur labeur et votre grade péniblement conquis, tout cela parce que vous aimez foutrement trop les parties de plumard pour accomplir une seule et malheureuse mission avec moi ! Vous me forcez à hypothéquer mon âme pour la deuxième fois en deux jours...

— Rocco et Amiking sont arrivés, hein ? Ils sont allés voir Railly avant son lever pour être sûrs que l'on vous laisserait libre. Et puis qu'est-ce que j'apprends ? Cette reine des mauvaises langues qu'est Broley me dit qu'on a tendu un filet partout pour s'emparer de moi et... » Il interrompit son débit désordonné. Il grinça des dents, les yeux si chargés de colère qu'Helva comprit aussitôt que le sermon de Broley avait été assaisonné du plus pur vitriol. « Rocco et Amiking sont avec Railly en ce moment même, n'est-ce pas ? s'enquit-il avec beaucoup moins de véhémence.

— Oui, c'est exact. » Elle adopta un ton radouci, elle aussi, trop soulagée de le savoir en sûreté à son bord pour désirer poursuivre la querelle. « Et vous feriez bien d'avoir une explication valable et toute prête pour Railly, parce qu'il y a une équipe des plus décidées qui se rassemble autour de nous. Et Railly connaît lui aussi les syllabes qui m'ouvriraient. »

Niall n'avait pas besoin de ce rappel, car il entendait l'équipe de « pénétration » qui cognait déjà contre la paroi externe de la coque.

« Quelle folle vous êtes ! Vous auriez pu vous libérer définitivement, murmura-t-il, plus désespéré à présent que furieux.

— Rien que la mission sur Bêta Corvi, Niall. C'est tout ce qu'il exige. »

Niall releva brusquement la tête. « Je ne crois pas que ce soit si simple, même pour Railly.

— Si la propulsion VC est bonne, je suis en tête de parcours, dit-elle. Si c'est raté, alors je suis libre et vous aussi !

— Libre ? » répéta Niall à voix basse, mais il y avait un sourire insolite sur son visage fatigué. Il tendit la main, caressa doucement le panneau, le bout sensible de ses doigts courant le long du joint presque invisible du logement intime d'Helva. « Je ne suis pas plus libre que vous, Helva. Mais, les dieux m'en soient témoins, je me suis efforcé de mon mieux de vous arracher à ce foutu dégueulasse de contrat que j'avais manigancé. » Il décocha d'un geste délibéré son poing contre la colonne, se faisant éclater la peau et s'ensanglantant les doigts.

« Assez, Parollan ! Si nous ne sommes pas capables de résorber une dette de 500 000 crédits en moins de dix ans, alors nous ne sommes pas le couple que je crois ! »

Il avait armé son poing pour cogner de nouveau, mais il recula, la fixant de ses yeux écarquillés de surprise et d'espoir.

« Savez-vous que vous avez raison ? Tout à fait !

— Bien sûr que j'ai raison. Et si vous avez toute la contrition nécessaire, foutez-vous donc au pupitre et persuadez Railly de faire battre en retraite cette équipe de pénétration ! »

Il était déjà aux commandes, abaissant le contacteur de vision, oubliant qu'Helva l'aurait fait plus vite que lui.

« Que diable se passe-t-il, Railly ? Bon Dieu ! Est-ce qu'un muscle ne peut pas laisser son vaisseau seul sur une Base du Service, sans découvrir ensuite qu'on le soumet à une indignité ridicule ? Je croyais que cette foutue affaire de Bêta Corvi avait la plus haute priorité ! Où sont les perspectives ? Où sont les cubes de Breslaw ? Il me faut aussi les dossiers de Dobrinon. Comment diable espérez-vous nous voir décoller dans les cinq jours si vous ne secouez pas les puces de vos paresseux de techniciens ?

— Parollan, commença Railly avec un flot de bile à déverser, vous êtes en état d'arrestation. Vous avez une amende. Vous êtes...

— J'ai démissionné, ne l'oubliez pas, Railly ! gronda Niall en réponse, reprenant de l'élan. Vous n'avez aucune autorité pour m'infliger une amende ou m'arrêter, pas même pour me commander d'aller où que ce soit. Je suis citoyen des Mondes Centraux, et je fais fonction de partenaire actif de l'Helva-834. Elle a signé avec vous un contrat pour une mission, et il est stipulé à la section 1 du paragraphe 6 qu'elle a le libre choix dudit partenaire, à savoir le nommé Niall Parollan. Et si vous croyez encore que vous pouvez prendre le dessus, ma démission est datée d'avant l'arrivée des crédits de la Fédération. Et par conséquent avant que la prolongation du contrat ait pris effet. Maintenant, si vous voulez immobiliser ce vaisseau pendant que le tribunal discutera pour savoir qui est dans son droit, allez-y ! Mais si vous voulez que ce vaisseau décolle son cul fort coûteux pour le porter sur Bêta Corvi afin d'obtenir l'approbation pour votre belle et nouvelle source d'énergie, vous feriez bien de vous manier le train ! »

Helva aurait dû savoir que Niall ne s'expliquerait pas et ne s'humilierait pas. Et peut-être que cette attitude offensive était la seule façon efficace de traiter Railly. Elle se sentait navrée pour l'assistant du commandant, qui se tenait figé de stupéfaction près du coude de Railly. Elle était heureuse pour tout le monde de la présence de Rocco et d'Amiking. En fait, elle ne doutait nullement que Niall eût compté sur leur présence pour forcer Railly à accepter cette brutale remise en place des réalités.

Et c'était bien la version que le commandant devrait accepter. Il n'avait pas le choix, et aucun recours, pas devant les représentants d'organisations aussi influentes, dont il ne pouvait se permettre de se faire des ennemis.

« Vous allez bouger, Parollan, affirma-t-il d'une voix étranglée, et vous allez travailler comme vous n'auriez jamais cru qu'une équipe puisse bosser !

— Naturellement.

— Et un jour... » Railly grinçait des dents, « un jour, Parollan, vous ferez tellement le malin que tel sera pris qui croyait prendre !

— Pas de prophéties, commandant. Seulement les bandes et les cubes. Bien content de vous avoir vus, Rocco, et vous, capitaine. Terminé. »

Tandis que l'écran s'éteignait, Niall se retourna vers Helva avec une expression curieusement vulnérable.

« Il donnerait tout l'argent de sa retraite pour me savoir déjà mort, n'est-ce pas, Helva ? » Il parlait d'une voix calme, résignée, mais son large sourire enlevait toute amertume à ses propos. Et l'expression de son regard, possessif, fier, aimant, intensément vivant, fit basculer de joie l'esprit d'Helva.

Ils se tireraient ensemble de cette crise, en définitive. Ils étaient en mesure de relever n'importe quel défi. Ils se connaissaient mieux l'un l'autre qu'elle et Jennan ne s'étaient jamais connus. Ils admettaient leurs points forts... et leurs faiblesses. Ce serait un ciel brillant sillonné de feux d'artifice, une avance constante, de défi en défi, jusqu'à la réussite. Helva aurait aimé prolonger ce moment de pure ardeur. Un bonheur aussi parfait était si rare, si fragile.

Le Centre couina, interrompant l'instant précieux.

« Euh !... Monsieur Parollan ? Je veux dire XH... euh !... NH-834 ? bégaya une voix inquiète.

— Ici Parollan, dit-il sans quitter des yeux la colonne d'Helva, qui allait établir le contact.

— Monsieur, nous ne pouvons pas utiliser l'ascenseur pour effectuer la livraison parce que... »

Helva lui coupa la parole, annulant le champ magnétique, redonnant le courant à l'ascenseur et ouvrant le sas.

« Zut ! Quelle façon de prendre le commandement ! Regardez-moi ! » Niall poussa un juron, reprenant conscience du monde extérieur à la vue de ses vêtements souillés. « J'aurais été plus propre s'ils m'avaient amené ici en me traînant par terre. » Il se débarrassa de la combinaison déchirée tout en regagnant le poste de pilotage. « Commandez-moi une tenue au magasin de la Base, Helva. Ils connaissent mes mesures. Dites aussi qu'on envoie quelqu'un ramasser un petit poste à ondes porteuses au poste de garde 17. Et... au fait... les détecteurs de la clôture sont en court-circuit entre les postes 17 et 18. »

Il continua à donner des instructions en prenant une douche, puis en revêtant la tenue qu'on avait apportée en hâte à bord, et enfin en avalant un repas rapide dans la cuisine. Ni l'ascenseur ni les circuits de communication ne restaient libres un seul moment. La cabine principale se garnit de tables supplémentaires pour y poser les cubes-modèles de la propulsion et les bandes enregistrés envoyés par Dobrinon. Niall se fit en outre apporter tous les films pris par le vaisseau de reconnaissance. Il paraissait infatigable, et pourtant il était resté debout toute la nuit et avait couru pendant toute la matinée. Railly ne ferait jamais travailler Niall davantage que celui-ci ne travaillait de lui-même... Et c'était aussi vrai pour elle.

« Dites, Helva, fit soudain Niall, clignant les yeux dans la direction du sas, donnez donc un peu de lumière. J'y vois à peine.

— Je n'avais pas idée qu'il fût si tard. » Elle scruta le bref crépuscule équatorial.

Juste à cet instant, la voix moelleuse et cuivrée d'une trompette sonna, en haut de la Tour de Base, la fin officielle de la journée. La fin du jour... et le requiem. Les notes amples et riches flottaient sur la vaste Base du Service, jusqu'au cimetière lointain sous les grands arbres. Une fois, elle avait entendu cette sonnerie uniquement comme un requiem. Ce soir... chaque jour meurt, songeait Helva, pour faire place à la nuit qui accomplit son parcours de chagrin et de sommeil et amène... un nouveau jour. L'extinction des feux... exposé simple et poignant d'une fin et d'un commencement.

Le jour a fui,
Fui le soleil,
Sur la mer, sur la terre, dans le ciel,
Tout est bien.
Reposez en paix,
Dieu est près de vous !

Adieu, Jennan ! Bienvenue à bord, Niall !

Tandis que se mourait l'ultime note dans l'espace sombre et dans son cœur, elle observa que les yeux avisés de Niall étaient braqués sur elle... en alerte, en attente.

« Quelle tradition sentimentale pour un Service si moderne, murmura Helva... l'extinction des feux au coucher du soleil...

— Et vous l'aimez, dit-il de façon tout inattendue, d'une voix âpre. Vous auriez les larmes aux yeux... si cela vous était possible.

— Oui, je pleurerais, avoua-t-elle, si je le pouvais.

— C'est une bonne chose que je sois si méchant. Cela compense la tendresse de votre cœur... partenaire ! dit-il. Helva ! Ne changez jamais. »

Et ce fut pour elle comme un chant...

Traduit par Bruno Martin.
Titre original : The Partnered Ship

TABLE

Achevé d'imprimer en juin 1996
sur les presses de l'Imprimerie Bussière
à Saint-Amand (Cher)

POCKET - 12, avenue d'Italie - 75627 Paris Cedex 13
Tél. : 44-16-05-00

— N° d'imp. 1337. —
Dépôt légal : avril 1996.

Imprimé en France